Maike Vogt-Lüerssen

Die Aufzeichnungen der Marquise de Rohan-Preuilly – Das Leben einer Hofdame der französischen Königin Katharina de' Medici

Historischer Roman

Maike Vogt-Lüerssen

Die Aufzeichnungen der Marquise de Rohan-Preuilly

Das Leben einer Hofdame der französischen Königin Katharina de' Medici

Historischer Roman

Vogt-Lüerssen, Maike
Die Aufzeichnungen der Marquise de Rohan-Preuilly – Das Leben einer Hofdame der französischen Königin Katharina de' Medici
Historischer Roman
ISBN 978-1-5190-3331-4

1. Auflage

Umschlagsabbildung: François Clouet: Katharina de' Medici, Paris, Bibliothèque Nationale

Independently published
ISBN 978-1-5190-3331-4

meinem Holger gewidmet

Nantes, den 16. April 1598

Meine geliebte Antoinette,

leider können Papa und ich nicht schon, wie versprochen, am 18. April wieder bei Dir sein. Bitte unsere treue Seele, Jehanne, dass sie Dich bis zu meiner Ankunft tatkräftig bei den Vorbereitungen zur Hochzeit unterstützt. Sobald der heftige Dauerregen nachgelassen hat und der Boden nicht mehr allzu weich und schlammig ist, werden wir es wagen, uns auf den Heimweg zu begeben. Aber nach den letzten Erfahrungen bei solch einem fürchterlichen Unwetter – Du kannst Dich bestimmt noch an den Achsenbruch unserer Kutsche und die schmutzige Unterkunft im Gasthaus „Frohe Einkehr" im letzten Jahr erinnern –, möchte ich Papa und mir nicht noch einmal etwas so Unangenehmes zumuten.

Die Tage hier in Nantes waren sehr schön. Seine Majestät, Heinrich IV., ließ es sich nicht nehmen, uns persönlich willkommen zu heißen. Es war besonders für mich eine hohe Ehre, bei der Verkündung des Ediktes von Nantes am 13. April anwesend sein zu dürfen. Den Hugenotten wurde mit diesem Erlass im ganzen Königreich endlich die volle und ungeteilte Gewissensfreiheit zugesichert. Außerdem wurden ihnen die ausgedehntesten bürgerlichen Rechte zugebilligt. Wie wir Katholiken sind sie von nun an vorbehaltlos zu allen Würden und Ämtern zugelassen.

O Antoinette, wie habe ich diesen Tag herbeigesehnt! Endlich hört der schon über 30 Jahre währende Bürgerkrieg auf, in dem machtgierige Menschen, angeblich aus reinen Glaubensgründen, teures französisches Blut für ihre egoistischen, eitlen und unberechtigten, rein politischen Ziele opferten. Hoffentlich kehren in unser geplagtes Vaterland nun endlich wieder Ruhe, Frieden, Glück, Fröhlichkeit und Nahrung im Überfluss ein. Vielleicht können wir schon bald wieder ohne Angst, von hugenottischen oder katholischen Räubern überfallen oder sogar ermordet zu werden, durch unser geliebtes Frankreich reisen.

Die Zeit bis zu unserer Abreise werde ich damit verbringen, Dir Deinen größten Wunsch zu erfüllen. Ja, ich habe mich nach unserem letzten gemeinsamen Gespräch endlich dazu durchringen können, meine Erinnerungen an die vergangenen Jahre schriftlich niederzulegen und Dich somit an meinen bisher glücklichsten und traurigsten Momenten voll teilhaben zu lassen. Während ich zu Feder und Tinte gegriffen habe, liest Papa derweil wie gewohnt. Er liebt dieses unfreundliche Wetter, da es ihm immer einen guten Grund bietet, sich hinter irgendwelchen Büchern zurückzuziehen. Zurzeit liest er die wissenschaftlichen Traktate eines gewissen Giordano Bruno, der zu

Beginn der 80er Jahre in Paris seine Vorlesungen gehalten hatte. Bestimmt wird Papa uns zu Hause über diesen Mann und seine Werke gründlichst aufklären. Dieser ehemalige Dominikanermönch soll doch tatsächlich behauptet haben, dass es außer unserer Erde noch unzählige andere Welten geben würde, mit Wesen wie uns oder sogar höher entwickelten Kreaturen. Eine ungewöhnliche Theorie, nicht wahr, Antoinette?

Adieu, meine geliebte Tochter, bald werden wir wieder bei Dir sein! Deine Mama

I

Geboren wurde ich – wie Du weißt, geliebte Antoinette – am 14. Mai 1554 auf dem Stammschloss meiner Vorfahren väterlicherseits, der trotzigen, uneinnehmbaren Burg Alleuze im Herzogtum Auvergne, die heute leider nach den schrecklichen Bürgerkriegen viel von ihrem ehemaligen äußeren Charme eingebüßt hat. Mein Vater, der Marquis Herluin de Alleuze, Vicomte d'Orcival, der meinem Großvater im Jahre 1517 als einziger Sohn nach neun Töchtern von seiner zweiten Gattin geschenkt worden war, gehörte zu einem der ältesten und berühmtesten französischen Geschlechter, dessen Stammbaum sich bis Anfang des 10. Jahrhunderts zurückverfolgen lässt.

Mein Vater blieb nicht lange in der Obhut seiner fast nur aus weiblichen Mitgliedern bestehenden Familie, denn schon im Alter von sieben Jahren schickte mein Großvater ihn an den Hof des von ihm hochverehrten Königs Franz I., wo er mit dessen drei Söhnen Franz, geboren im Jahre 1517, Heinrich, geboren im Jahre 1519, und Karl, geboren im Jahre 1522, gemeinsam erzogen und unterrichtet wurde. Und unser allseits verehrter König Franz I. hatte meinen Vater ebenso liebgewonnen wie seine eigenen Söhne, denn der Sprössling des Hauses de Alleuze erwies sich schon bald als ein tollkühner Reiter, ein ausgezeichneter

Bogenschütze, ein mutiger Kämpfer, ein begeisterter Jäger, ein ungewöhnlich begabter Tänzer und als ein fantastischer Unterhalter. Mit 19 Jahren nahm mein Vater zum ersten Mal an den Kriegen gegen den ärgsten Feind unseres Königs, Kaiser Karl V., in Savoyen und Piemont teil. Zwei Jahre währte der Kampf, bis in unserem Königreich wieder für kurze Zeit der Frieden einziehen konnte. In den Jahren 1542 bis 1544 kämpfte er dann im Auftrage seines königlichen Herrn gegen die vereinigten Truppen des englischen Königs Heinrich VIII. und des Kaisers.

Mein Vater war wirklich ein „Kriegsmann par excellence“, und Seine Majestät, Franz I., konnte ihn wegen seines Mutes nicht genug loben. Nach dem Tode der königlichen Prinzen Franz und Karl besetzte somit mein Vater das Herz des Königs, der ihn stets an seiner Seite wissen und ihn nicht einen Tag lang missen wollte, denn die Beziehung zu seinem einzigen noch lebenden Sohn Heinrich war leider nie besonders innig.

Im Jahre 1547 jedoch starb unser geliebter König – Gerüchten zufolge an einer Geschlechtskrankheit –, und mein Vater kehrte daraufhin zu seinem Stammschloss zurück. Seine Eltern, meine Großeltern also, waren schon seit Jahren tot, und von den noch acht lebenden Schwestern waren die sechs jüngsten im benachbarten Kloster untergebracht worden, während die zwei ältesten sehr vorteilhaft verheiratet werden konnten.

Mein Vater dachte nun ebenfalls daran, eine Familie zu gründen. An schönen Bräuten fehlte es nicht. Liebe Antoinette, Du musst wissen, mein Vater hatte den Ruf, der schönste Mann Frankreichs zu sein. Mit seinen 1,93 m überragte er jeden anderen Mann, und er hatte durch seine sportlichen Betätigungen einen kräftigen Brustkorb und breite Schultern erworben. Auch sein Gesicht mit den sinnlichen Lippen, der wohlgeformten Nase und den strahlend-blauen Augen ließ viele Frauenherzen in seiner Gegenwart schneller schlagen. Ich persönlich liebte als kleines Kind besonders sein weiches, lockiges, gold-schimmerndes Haar. Du kannst Dir bestimmt vorstellen, dass es meinem Vater nicht schwerfiel, die Frauen in seiner Umgebung leicht von dem Pfad der Tugend abzulenken. Jedenfalls hatte er schon in jungen Jahren den Ruf eines ausgezeichneten Liebhabers erworben.

Für meine Mutter, Bonne d'Artois, Gräfin von Nevers, war das bestimmt nicht einfach. Sie wurde im Jahre 1548 als Dreizehnjährige mit meinem Vater verheiratet. Als Sprössling eines der ältesten Geschlechter Frankreichs war sie in den hohen Adelskreisen als Braut sehr begehrt, und mein Vater war deshalb sehr stolz, dass er unter den zahlreichen Bewerbern um ihre Hand als Gewinner hervorging. Meine Eltern sollen zudem das schönste Brautpaar Frankreichs gewesen sein. Denn auch meine Mutter galt als ein Ausbund an Schönheit. Ich selbst kann mich noch sehr gut an ihr langes, bis zu den Kniekehlen reichendes, schwarzes Haar, ihre leuchtenden, dunklen Augen und ihre feingliedrigen, sanften Hände erinnern. Auch an Tollkühnheit stand sie meinem Vater nicht im Geringsten nach. Sie war ebenfalls eine ausgezeichnete Bogenschützin, eine außergewöhnlich begabte Tänzerin und eine waghalsige Reiterin. Auf den wildesten Pferden, die selbst mein Vater für unberechenbar und für zu gefährlich hielt, unternahm sie ihre täglichen morgendlichen Ausritte. Gefährliche Stürze blieben dabei natürlich nicht aus. So erzählten mir die Dienstleute an unserem Hofe, dass meine Mutter mehrere Male mit komplizierten Knochenbrüchen nach Hause gebracht werden musste. Aber keine gebrochene Rippe, kein gebrochenes Bein, keine Gehirnerschütterung konnten sie davon abhalten, sobald wie möglich wieder auf einem ihrer wilden Hengste zu sitzen.

Ein Jahr nach der Hochzeit meiner Eltern erlitt meine Mutter eine Fehlgeburt, für die mein Vater nur sie allein verantwortlich machte, da sie sich angeblich nicht genug geschont hätte. Um diesem Vorwurf zu entgehen, gab sich meine Mutter alle Mühe, ein Jahr später, im Jahre 1550, den erwünschten Erben zu liefern, meinen älteren Bruder, der nach unserem Vater Herluin genannt wurde.

Und mein Bruder Herluin setzte bei seiner Tauffeier einen Monat nach seiner Geburt alle Anwesenden in großes Erstaunen. Denn – das schworen alle – nie sah man jemals ein so schönes Kind in einer Wiege liegen. Gott schien seine wertvollsten Schatztruhen für ihn geöffnet zu haben. So war nicht der geringste Makel an ihm zu entdecken. Die wohlgeformteste Nase, die leuchtendsten Augen, der sinnlichste Mund zierten sein Gesicht. Neidisch gratulierten die hohen Gäste meinen Eltern zu diesem auserwählten Kind.

Im Jahr 1551 erlitt meine Mutter hingegen eine Totgeburt, die ihr fast selbst das Leben gekostet hätte. Die Ehe meiner Eltern schien zudem seit dieser Zeit nicht mehr als glücklich bezeichnet werden zu können. Zu sehr verletzten meine Mutter die vielen außerehelichen Beziehungen meines Vaters, der bei der Auswahl seiner Beischläferinnen keinen Unterschied zwischen Dienstmagd und Herzogstochter machte.

In den Jahren 1552 und 1553 war mein Vater außerdem wieder im Auftrage des neuen Königs, Heinrich II., am Kriegsgeschehen gegen Karl V. beteiligt und bewirkte unter anderem durch seinen mutigen Einsatz die Besetzung Korsikas.

Als er wieder heimkehrte, flammte die Liebe zwischen meinen Eltern für kurze Zeit wieder auf, so dass ich ein Jahr später, am 14. Mai 1554, und zehn Monate nach mir mein zweiter Bruder, Ysambert, zur Welt kamen. Aber schon kurz nach der Geburt meines jüngeren Bruders ertappte meine Mutter meinen Vater in einer intimen Szene mit einer ihrer Hofdamen, und von da an bis zu ihrem frühen Tod weigerte sie sich vehement, je wieder das Bett mit ihrem Gatten zu teilen. Wozu es wohl auch sonst kaum noch gekommen wäre, da mein Vater nur noch sehr selten an unserem Hofe verweilte.

Schon als Kind konnte er es nämlich nicht ertragen, länger als zwei bis drei Wochen an einem Ort leben zu müssen. Als unruhiger Vagabund liebte er es, stets unterwegs zu sein. Im Jahr 1557 war er mit dem Herzog Franz von Guise in Rom, um gegen die spanischen Truppen des Herzogs von Alba zu kämpfen. Leider erwiesen sich die Feinde als schlagkräftiger, so dass mein Vater zum ersten Mal eine sehr schwere Niederlage einstecken musste. Außerdem brach in seiner Armee eine fürchterliche Seuche aus, die vielen seiner Freunde das Leben kostete. Gott sei Dank, wurde er schon bald wieder nach Frankreich zurückberufen, um gegen die Spanier und Engländer im Nordosten unseres Vaterlandes zu kämpfen. Aber auch diese kriegerische Auseinandersetzung endete nicht besonders glorreich für unser Vaterland. 1557 besiegten die Spanier uns bei Saint-Quentin vernichtend. 10.000 unserer Kämpfer wurden getötet oder verwundet, 4.000 gerieten in Gefangenschaft. Auch mein Vater zog sich eine schwere Verletzung an seiner rechten Schulter zu, die ihm bis zu seinem Lebensende noch viele schmerzhafte Stunden bereiten sollte.

Bei uns zu Hause merkten wir natürlich nichts von diesen Kriegen. Ich verbrachte meine freie Zeit, in der ich nicht zum Lesen, Schreiben oder Sticken gezwungen war, mit meinem kleinen Bruder, mit dem ich zusammen herumtollte, „Mutter und Vater" spielte, Erkundungstouren um unser Schloss herum unternahm oder den spannenden Geschichten unserer Mutter lauschte. Letzteres machte Ysambert und mir besonders viel Freude. Auf einer kostbaren, weichen Decke im Schlossgarten sitzend oder liegend, folgten wir den aufregenden Abenteuern zu Lande und zu Wasser, die meine Mutter uns so lebhaft mit Drachen, einäugigen Ungeheuern, bocksbeinigen Teufelchen, guten Feen, lieben Zauberern und starken Helden schildern konnte.

Alles wäre in Harmonie und Ordnung gewesen, wenn es da nicht das Problem mit unserem älteren Bruder gegeben hätte.

Ysambert und ich, die leider beide kaum als schön bezeichnet werden können – alles Schöne in der Schatztruhe Gottes war für Herluin aufgebraucht worden –, hatten panische Angst vor unserem älteren Bruder, der sehr schnell jähzornig und brutal werden konnte. Selbst der geringste Anlass, ein falsches Wams, das ihm sein Diener aus Versehen überziehen wollte, eine Speise, die er nicht ausstehen konnte, Regen statt Sonnenschein ..., es gab unzählige Kleinigkeiten, die seine hemmungslosen Wutausbrüche auslösten. Und dann warf er mit Gläsern, Bechern, Steinen und schließlich mit allem, was sich in seiner Nähe befand, auf die ihn Umgebenden. Meiner Mutter fiel es mit den Jahren immer schwerer, ihn wieder zur Ruhe zu bringen. Nach diesen Wutausbrüchen, die bald täglich stattfanden, wurde er meistens sehr schweigsam und grübelte allein vor sich hin oder er heulte zum Steinerweichen.

Ysambert und ich hielten es für das Beste, ihn aus der Ferne zu beobachten. Wir hatten – ehrlich gestanden – große Angst vor ihm. Unser Vater hingegen war sehr stolz auf Herluin, erwies dieser sich doch als ebenso tollkühn, waghalsig und mutig wie er selbst. Die Geschichten, die ihm meine Mutter durch ihre Dienstmänner über unseren älteren Bruder zutragen ließ, hielt er, der selbst zum Jähzorn neigte, für völlig übertrieben und verzeihbar.

Aber im Frühjahr 1559 trat eine Steigerung im sonderbaren Benehmen Herluins auf. Eines Morgens war unser ganzer Innenhof mit toten Hühnern übersät.

Das Mordinstrument, ein großes, mit Blut beschmiertes Beil, lag noch neben einem Baumstumpf. Der Anblick war zum Fürchten. Die Wände um den Hof herum waren mit Blut bespritzt, und die zuckenden Leiber der erst vor kurzem enthaupteten Hühner ließen Ysambert und mich erschaudern. Unsere Mutter wusste anscheinend sofort, wer der Übeltäter war und bestrafte meinen Bruder mit Hausarrest für einen vollen Monat. Die Diener – nebenbei erwähnt – hatten es in Anbetracht des Beiles nicht gewagt, meinen Bruder von seiner Wüterei zurückzuhalten.

Der Hausarrest bewirkte jedoch keine Veränderung im Verhalten Herluins. Eines Tages musste meine Mutter entdecken, dass irgendjemand ihren Lieblingshengst mit einem Messer grausam verstümmelt hatte. Aus unzähligen Wunden floss das Blut, und der Anblick des geschundenen Pferdes blieb für mich zeitlebens unvergesslich. Um ihm die unerträglichen Schmerzen zu nehmen, musste meine Mutter ihren Lieblingshengst selbst erschießen. Der Übeltäter war niemand anders als unser ältester Bruder. Die Wut unserer Mutter war unbeschreiblich. So hatten wir sie noch nie gesehen. Ysambert und mir gegenüber hatte sie noch nie ihre Stimme erhoben, stets sprach sie in freundlichem Tone mit uns. Nur mit Herluin verfuhr sie streng.

Und in diesem beschriebenen Fall befahl sie einem Diener unseren Bruder kräftig mit der Rute zu züchtigen, wobei sie die Strafe auf 30 Schläge festsetzte, die sie selbst überwachte. Ysambert und ich versteckten uns in unserem Schlafraum und hielten uns die Ohren zu, um die schmerzerfüllten Schreie unseres Bruders nicht mit anhören zu müssen. Laut zählten wir die auf dessen Rücken auftreffenden Schläge mit und hofften, dass nur zu bald unser „30“ erklang. Unsere Mutter schien das Schreien ihres Sohnes nicht zu stören. Sie pochte auf die Ausführung der Strafe.

Der Anblick unseres Bruders hinterher war mitleiderregend, und zum ersten und wohl auch einzigen Mal bedauerten Ysambert und ich ihn von ganzem Herzen. Da unsere Mutter ihn zudem zu Wasser und Brot für vier Wochen verurteilt hatte, stahlen wir uns mit den auserlesensten Speisen, die wir dem Koch abbetteln konnten, in die Kammer unseres Bruders. Er machte auf uns beide einen sehr erbärmlichen Eindruck, wie er völlig gekrümmt auf seinem Bett lag und sich wegen der Wunden auf dem Rücken kaum bewegen konnte. Zudem schien er wenige Tage später zu fiebern, was meine Mutter überhaupt nicht zu interessieren schien. Ysambert und ich versuchten, eine Dienstmagd zu überreden, unserem Bruder zu helfen. Aber alles Zureden und selbst das Angebot, dass sie meine Perlenkette, die ich zur Taufe von unserer Königin Katharina de’ Medici als Geschenk erhalten hatte, bei feierlichen Anlässen tragen dürfe, brachten nichts. Ysambert und mir blieb nur noch der liebe Gott im Himmel, den wir inbrünstig baten, unserem Bruder zu helfen. Und tatsächlich gesundete er zu unserer großen Freude wieder. Aber leider änderte auch diese harte Strafe Herluin nicht im Geringsten! Anstatt seinen Geschwistern dankbar für ihre Hilfe zu sein, tötete er Ysamberts Lieblingskatze und meinen Lieblingshund, indem er sie außerhalb unseres Schlosses mit der Rute, mit der er selbst geschlagen worden war, zu Tode prügelte. Ein Kaufmann, der uns regelmäßig mit neuen Stoffen versorgte, fand unsere Lieblinge auf dem Weg zu unserem Schloss von einer großen Eiche baumelnd.

Unsere Mutter blieb nach Bekanntgabe dieser erneuten Untat unseres Bruders eigenartig ruhig. Ich weiß noch genau, dass Ysambert und ich regelrecht schockiert von ihrer angeblichen Gleichgültigkeit waren.

Einen Tag später hörten wir laute, schmerzerfüllte Schreie, die aus dem Pferdestall kamen. Mit den Dienern liefen Ysambert und ich zu den Pferchen. Mutters neues Pferd, ein wilder schwarzer Hengst, wieherte und bäumte sich ohne Unterlass auf. Der mutige Stallmeister unseres Schlosses befahl uns, uns in Sicherheit zu bringen, bevor er das Gatter des wild um sich ausschlagenden Pferdes öffnete. Mit voller Kraft raste der Hengst an uns vorbei, bäumte sich erneut auf, versuchte verzweifelt aus dem Schloss auszubrechen und ließ sich erst eine Stunde später mit Hilfe mehrerer Stallknechte beruhigen. In seinem Pferch selbst ließ er unsere Mutter tot und unseren Bruder schwer verwundet zurück.

Unser Vater kam zwei Wochen später, nachdem man ihn vom Vorfall benachrichtigt hatte. Mutter wurde in der nahe liegenden Abtei, in der immer noch fünf ihrer Schwägerinnen als Nonnen tätig waren, beigesetzt. Angeblich wäre sie aufgrund eines tragischen Unfalls ums Leben gekommen. Unser Bruder Herluin erholte sich nur langsam. Wie durch ein Wunder hatten sein schönes Gesicht und seine wohlgeformten Hände nicht die kleinste Verletzung erhalten. Nur sein Körper war übersät mit großen Narben. Niemand – nicht die Diener, noch Vater, Ysambert und ich – erwähnte, dass mein Bruder von meiner Mutter mit einer Lederschnur fest an sie gebunden worden war, so dass er nicht die geringste Chance hatte, den kräftigen Hufschlägen des Hengstes zu entfliehen. Zusammen mit ihm wollte sie sterben. Den Abschiedsbrief meiner Mutter an meinen Vater fand ich erst nach seinem Tode in seiner kleinen Truhe, in der er alles Wertvolle aufbewahrte.

„Alleuze, den 22. September 1559

Geliebter Gemahl,
bitte verzeihe mir, was ich Dir angetan habe. Aber mir blieb keine andere Wahl! Unser ältester Sohn

hat die Krankheit unserer Familie geerbt, über die ich so gern geschwiegen hätte. Fast in jeder Generation unseres Hauses tritt sie auf und sorgt für Kummer und Schmerz. Mein Bruder litt ebenfalls an ihr. Mein Onkel ließ ihn, nachdem er zwei unserer Diener ermordet hatte – was wir Gott sei Dank mit Geld vertuschen konnten – für alle Zeiten in einem Burgverlies verschwinden. Herluin, Dein Sohn, so schön und mutig er Dir erschien, wäre wie mein Bruder zu einem unberechenbaren Monster geworden. Ich möchte nicht, dass er meiner Madeleine, meinem Ysambert, Dir, den ich nie aufgehört habe, mehr zu lieben als alles andere auf dieser Welt, oder meinem Dienstpersonal, für das ich mich verantwortlich fühle, irgendetwas antut. Da ich ihn geboren habe, fühle ich mich verantwortlich, mit ihm gemeinsam zu sterben. Vergib' mir, Geliebter!"

Da Vater schon bald wieder von seinem Wanderfieber ergriffen wurde, übergab er meinen Bruder Ysambert, der die geistliche Laufbahn betreten sollte, dem benachbarten Kloster, um ihn dort auf sein zukünftiges geistliches Amt vorzubereiten. Herluin blieb auf unserem Schloss, und ich wurde an den Hof der großen Königin Katharina de' Medici geschickt, um mit ihrer jüngsten Tochter Marguerite gemeinsam erzogen und unterrichtet zu werden. Der Tag meiner Abreise war der 21. November 1559.

II

Der Abschied von meinem bisherigen Zuhause fiel mir nicht sonderlich schwer, da in unserem Schloss niemand mehr war, den ich schmerzlich vermisst hätte. So begab ich mich mit meiner Gouvernante und einem Diener meines Vaters auf den Weg ins Loire-Tal nach Blois, wo sich der Hof der königlichen Familie zu jener Zeit befand. In den sieben Tagen, die wir für diese Reise benötigten, versperrte ein undurchdringlicher Nebel stundenlang die Sicht aus unserer Kutsche. Dabei war ich so neugierig auf die an uns vorbeigleitenden und mir unbekannten Landschaften und Orte gewesen. Schließlich war es ja meine allererste große Reise in meinem Leben.

Die Gouvernante hingegen quälte mich mit Namen und Daten, die mein Vater säuberlich auf einem Bogen Papier für sie festgehalten hatte. „Madeleine, wiederhole die Namen der Kinder der Königinmutter Katharina de' Medici!“ forderte sie mich mit ihrer schrillen, unangenehm hohen Stimme auf.

„Der älteste Sohn Ihrer Majestät heißt Franz II. und ist 15 Jahre alt. Er ist seit einem Jahr mit der schottischen Königin Maria Stuart verheiratet und seit dem Tod seines Vaters am 10. Juli 1559 unser neuer König. Dann folgt seine Schwester Elisabeth, 14 Jahre alt, die seit dem 22. Juni 1559 mit dem spanischen König Philipp II. vermählt ist. Claude, 12 Jahre alt, ist bereits seit dem 5. Februar 1559 die Gattin des Herzogs Karl II. von Lothringen. Unverheiratet sind noch folgende Kinder Ihrer Majestät: Karl-Maximilian, neun Jahre alt, Eduard-Alexander-Heinrich, acht Jahre alt, Marguerite, sechs Jahre alt, und Hercule, vier Jahre alt."

„Na endlich sitzen die Daten, Madeleine. Ich muss Dir gestehen, ich hatte schon alle Hoffnung aufgegeben, dass Du jemals in der Lage sein würdest, all diese wichtigen Fakten zu behalten. Du weißt, ich halte Dich nicht für sonderlich schlau! So noch eine Probe, wie spricht man den ältesten Bruder des Königs an?"

„Monsieur, Madame!"

„Prima, nun setzt Du mich wirklich in Erstaunen! Ich glaube, für heute ist es mit dem Lernen genug", mit diesen Worten beendete sie schließlich ihre Unterrichtsstunde in der Kutsche und ließ mich in Ruhe vor mich hinträumen.

Erwachsene sind schon komisch. Wie glücklich man sie mit ein paar dahingeworfenen Namen und Daten machen kann. Mir wäre sehr viel lieber gewesen, meine Gouvernante hätte mir von diesem „Franz II." oder der „Elisabeth" etwas Interessantes erzählt, z. B. wie sie aussehen, was sie am liebsten essen, was sie hassen, was sie in ihrer Freizeit tun, ob sie mit ihren Gatten eine glückliche Ehe führen ... So blieben diese Personen für mich doch völlig leblos. Da waren Vaters Informationen schon sehr viel aufschlussreicher. Der letzte Krieg hätte unserem Vaterland nur geschadet, erzählte er bei unserer letzten gemeinsam eingenommenen Mahlzeit. König Heinrich II. wäre sogar gezwungen gewesen, mit seinen erbittertsten Feinden, Heinrich VIII. von England und Kaiser Karl V., Frieden zu schließen. Außerdem hätte Seine Majestät zugunsten Spaniens auf seine Ansprüche in Italien und in Burgund verzichten und als Unterpfand künftiger Freundschaft zwischen Frankreich und Spanien seine jüngste Schwester Marguerite mit dem Herzog Emanuel Philibert von Savoyen und seine älteste Tochter Elisabeth mit dem spanischen König Philipp II. vermählen müssen. Auf dieser Doppelhochzeit, die im Juni dieses Jahres stattfand, hätte der König in einer Tjost leider sein Leben verloren. Ein Splitter der zerbrochenen Holzlanze seines Turniergegners wäre durch sein Visier ins Auge gedrungen und hätte ihn letztendlich 10 Tage später getötet. So etwas Spannendes teilte mir meine Gouvernante jedoch nie mit. Na, ja, vielleicht hatte sie außer den vielen Namen und Daten nichts anderes im Kopf. In den nächsten Tagen quälte sie mich jedenfalls noch mit dem „richtigen Verhalten“ gegenüber den jungen französischen Prinzen und Prinzessinnen. So lernte ich, wie ich sie anzureden hätte, wie viele

Verbeugungen ich vor wem machen müsste, wie ich mich beim Essen zu verhalten hätte, welche Diener und Dienerinnen Ihrer Majestät ich wie oder überhaupt nicht zu grüßen hätte ... Die Reise schien hierdurch ewig zu dauern. Erst am Nachmittag des 28. November trafen wir endlich in Blois ein. Ein Platzregen machte es uns leider unmöglich, das herrliche Schloss von außen eingehend zu bewundern. Schnell flüchteten wir durch die für uns geöffnete Tür und gehorchten dem Befehl eines königlichen Dieners, hier auf weitere Instruktionen zu warten.

Ein Junge, mindestens anderthalb Köpfe größer als ich, näherte sich uns derweil neugierig. Auf seinen Armen befand sich ein ganz junger Hund, der es sichtlich genoss, von seinem Herrn liebevoll gestreichelt zu werden.

„Seid herzlich willkommen!“ begrüßte er meine Gouvernante, unseren Diener und mich. „Da haben Sie sich ja schönes Wetter ausgesucht, um uns einen Besuch abzustatten. Darf ich Ihren Namen erfahren?“

„Ich bin Marie de Craon, die Gouvernante von diesem Fräulein hier.“ Und indem sie auf mich wies, beendete sie ihren Satz mit: „Sie ist die Tochter des Marquis de Alleuze und heißt Madeleine. Ihre Majestät Katharina de’ Medici erwartet unseren Besuch. Madeleine soll mit Ihrer Majestät hochverehrten Tochter Marguerite erzogen werden. Und wenn ich fragen darf, wer sind Sie?“

„Eduard. Oder genauer Eduard-Alexander-Heinrich!“ erwiderte der Junge höflich und brachte mir bei Nennung seiner vielen Namen sofort meine letzten Unterrichtsstunden ins volle Bewusstsein zurück.

„... acht Jahre alt“, murmelte ich das Auswendiggelernte vor mich hin und vollführte sogleich einen gekonnten Hofknicks vor dem Sohn Ihrer Majestät Katharina de’ Medici.

„Ach, lass das sein“, war sein kurzer Kommentar zu meiner Vorführung, „das musst Du nur machen, wenn wir in aller Öffentlichkeit sind. Komm, begleite mich. Ich werde Dich zu Mama und meinen Schwestern bringen. Um diese Zeit sind sie immer am Sticken und Plaudern.“

Und bevor ich antworten konnte, ergriff er meine rechte Hand und zog mich durch die Gänge des prächtigen Schlosses Blois. Meiner Gouvernante und unserem Diener rief er noch zu, sich etwas zu gedulden, es würde sich gleich jemand um sie kümmern.

Ich kann es nicht verhehlen, dieser Eduard, der später nur noch mit seinem dritten Namen „Heinrich“ angeredet wurde, aber davon werde ich Dir noch berichten, liebe Antoinette, hatte mein Herz im Sturm erobert. Auch von den anderen neuen Familienmitgliedern war ich hellauf begeistert. Zuerst lernte ich in einem gemütlich eingerichteten Zimmer in der zweiten Etage Eduards Mutter, Katharina de' Medici, und seine Schwestern, Elisabeth und Marguerite, kennen.

Ihre Majestät, die Königinmutter, legte nach Eduards kurzer Erklärung, um wen es sich bei mir handeln würde, sofort ihren Stickrahmen mit Faden und Nadel beiseite und begrüßte mich auf das Allerherzlichste. Sie war ganz in Schwarz gekleidet. Diese Farbe, die ihr sehr gut stand, trug sie seit dem Tode ihres Gatten bis zu ihrem eigenen Lebensende. Liebe Antoinette, ich weiß nicht, was für falsche Geschichten Du schon über diese große Königin gehört hast. Leider sind mittlerweile so viele Lügen und Halbwahrheiten von ihr verbreitet, dass Eure Generation sich kaum noch ein wahres Bild von Katharina de' Medici machen kann. Antoinette, sie war eine wunderbare, herzliche, intelligente und schöne Frau. Schlank war sie dagegen schon damals, als ich sie kennenlernte, nicht mehr. Aber schaue mich an. Auch ich bin füllig und trotzdem laut Papa die schönste Frau der Welt. Aber Spaß beiseite! Katharina de' Medici war schön. Nicht so schön wie meine Mutter, aber an ihrem Äußeren war wirklich nichts auszusetzen. Sie war damals gerade 40 Jahre alt und hatte immer noch dunkelblondes, üppiges Haar, die gleichen feingliedrigen, sanften Hände wie meine Mutter, eine königliche Haltung durch und durch und ausgesprochen angenehme Gesichtszüge. Wie meine Mutter war sie zudem eine schwer zu besiegende Bogenschützin und eine ausgezeichnete Reiterin, die es bevorzugte, lieber im Herrensattel als im Damensattel an der Hatz teilzunehmen. Und wie meine Mutter hatte sie dieser Leidenschaft viele Knochenbrüche und einmal sogar eine schwere Kopfverletzung zu verdanken. Ich, die ich stets bei ihr war, sah sie noch bis ins hohe Alter von 60 Jahren zu Pferde steigen. Danach gab sie diese Passion jedoch auf.

Ihre älteste Tochter Elisabeth hatte ich das Vergnügen ebenfalls noch kennenzulernen. Vier Tage nach meiner Ankunft sollte diese sich nach Spanien, ihrer nun neuen Heimat, begeben. Ihren Gatten, den spanischen König Philipp II., hatte sie – was mich als kleines Kind sehr erstaunte – bisher noch nicht zu Gesicht bekommen. Als Stellvertreter ihres Gatten diente bei der Hochzeit im Juni der Herzog von Alba. Elisabeth hatte das dunkelblonde, üppige Haar ihrer Mutter geerbt, war jedoch im Gegensatz zu Ihrer Majestät sehr schlank und groß. Sie schien nicht besonders glücklich zu sein, ihre Mutter und ihre Geschwister bald verlassen zu müssen. Wie mir Eduard vertraulich zuflüsterte, hatte sie panische Angst vor ihrem 18 Jahre älteren Ehemann. Kein Wunder, da doch über den spanischen König nur Negatives berichtet wurde. So soll er der arroganteste, unnahbarste, intoleranteste und furchteinflößendste Herrscher unserer Zeit gewesen sein. Wie Marguerite, der jüngsten Tochter Katharina de' Medicis, die ebenfalls mit einer Stickarbeit beschäftigt war, fiel mir bei diesen vielen unfreundlichen Eigenschaften Philipps II. nichts ein, wie und mit was ich Elisabeth hätte trösten können.

Marguerite, mit der ich den Geburtstag, den 14. Mai, gemeinsam hatte, war genau ein Jahr älter als ich. Sie hatte ebenfalls das dunkelblonde, üppige Haar ihrer Mutter geerbt und war schon jetzt als außergewöhnlich schön zu bezeichnen. Mit welcher Grazie sie zudem den Faden in ihrer Näharbeit zu führen wusste. Katharina de' Medici musste einfach stolz auf ihre hübschen und wohlerzogenen Kinder sein.

Bereitwillig setzte ich mich zu ihnen und lauschte ihrer durch mich kurz unterbrochenen Unterhaltung.

„Elisabeth, mein Liebling, der König von Spanien, Dein Gatte, wird nicht so ein Monstrum sein, wie Du ihn gerade beschrieben hast. Ich habe durch meine Kuriere nur positive Nachrichten über ihn erhalten. Alle seine Ehefrauen, sowohl Maria Manuela von Portugal als auch Maria Tudor von England, waren in ihn verliebt und sprachen nur gut von ihm“, mit diesen Worten versuchte die Königinmutter, ihre älteste Tochter zu beruhigen. „Selbst seine Geliebten sollen von ihm begeistert gewesen sein. So schlimm, wie Du ihn beschreibst, ist er bestimmt nicht."

„Mama, Dir sollte entfallen sein, dass Du selbst ziemlich zornig auf ihn warst, weil er seine zweite Frau, die ehrwürdige englische Königin Maria Tudor, so sehr vernachlässigt hätte, dass sie aus Kummer – ich zitiere Dich nur Mama – aus Kummer gestorben wäre."

„Ja, ja, das habe ich gesagt. Aber bedenke, Maria Tudor war 11 Jahre älter als Philipp. Sie war bereits eine alte Jungfer, als Philipp sie auf Befehl seines Vaters hin heiraten musste. In Deinem Fall ist doch alles anders. Erstens bist Du jung und schön, und zweitens ist es der ausdrückliche Wunsch des Königs selbst gewesen, Dein Gatte zu werden. Du weißt, dass Du eigentlich seinen Sohn heiraten solltest, aber das wollte er nicht. Warum wohl, liebe Elisabeth? Na? Weil er Dich haben möchte, weil er Dich liebt!"

„Aber Mama, er hat mich doch noch nie gesehen! Wie sollte er sich da in mich verliebt haben?"

Durch den Eintritt einer weiteren weiblichen, hochgewachsenen Person, die in Begleitung einer älteren Dame war, wurde das interessante Gespräch abrupt unterbrochen. Wie meine Gastgeberin und ihre zwei Töchter erhob ich mich sofort von meinem Stuhl und knickste höflich vor dieser mir noch unbekannten, hochnäsig wirkenden Frau.

Es war Ihre Königin Maria Stuart, die in diesem Kreise wohl nur von Elisabeth wirklich herzlich begrüßt wurde. Als Königin von Frankreich, Schottland und England, Schwiegertochter Katharina de' Medicis und Schwägerin von Elisabeth und Marguerite wurde sie mir vorgestellt. Bestimmt, liebe Antoinette, hast Du von dieser Königin ebenfalls viele Geschichten gehört. Ohne Zweifel war Maria Stuart schön zu nennen. Sie war schlank, sehr groß, fast zwei Köpfe größer als ihr Gemahl, der König, und verdrehte, wie ich noch miterleben konnte, reihenweise den am Hofe anwesenden Männern den Kopf. Ja, die Herren lagen ihr im wahrsten Sinne des Wortes zu Füßen. Mit ihrem zarten, ovalen Gesicht, der etwas zu spitzen Nase, den weichen, dunklen Augen, dem üppigen rotbraunen Haar, den langen, schneeweißen Händen und ihrer weichen, weiß-schimmernden Haut entsprach sie exakt dem damaligen Idealbild einer schönen Frau. Wenn sie bloß nicht so arrogant und altklug gewesen wäre. Mit ihren stets spitzen Bemerkungen, ihrer Sucht aufzufallen und ihrem Ehrgeiz, in allen Disziplinen, sei es der Jagd, dem Tanzen, dem Bogenschießen oder dem Singen, als die Beste oder Siegerin abschneiden zu müssen, machte sie sich besonders bei den Frauen am Hofe reichlich unbeliebt. Ihre Anwesenheit zerstörte daher sofort jede Harmonie, jede fröhliche Stimmung, jede Vertrautheit. Ich, liebe Antoinette, konnte sie – ehrlich gestanden – nicht ausstehen. Und mit welcher Arroganz sie die Königinmutter, ihre eigene Schwiegermutter, behandelte, der sie doch so viel zu verdanken hatte! Ich bin noch jetzt, wo doch so viele Jahre vergangen sind, entrüstet über ihre Unverschämtheiten! Nannte sie die Königinmutter doch in Anspielung auf deren Vorfahren „Florentinische Krämerstochter“. Hatte sie denn wahrhaftig völlig vergessen, wie Katharina de’ Medici sie, die schon seit 1548 an ihrem Hofe weilte, stets mit großem Respekt behandelte?

Ihre Begleiterin, die ebenfalls auf ihre sehr weiße Haut großen Wert zu legen schien, löste bei mir ebenfalls keine Sympathie aus. Wie ich später wieder von meinem Vertrauensmann, Eduard, erfuhr, handelte es sich bei dieser Dame um Diane de Poitiers, also die langzeitige Geliebte des verstorbenen Königs Heinrich II., den sie zu seinen Lebzeiten vollkommen beherrschte.

Sowieso, liebe Antoinette, war das Klima am königlichen Hofe im Jahre 1559 alles andere als entspannt. Der machtgierige, arrogante und sehr reiche Herzog Franz von Guise und seine Brüder Karl, der Kardinal von Lothringen, und Claude, der Herzog von Aumale, versuchten, über ihre Nichte Maria Stuart auf den jungen König Einfluss zu nehmen. Alles lief zu dieser Zeit nach den Wünschen der Guisen ab. Schon gleich nach dem Tode Heinrichs II. übernahm der aalglatte und scharfzüngige Kardinal Karl von

Lothringen die Staatsverwaltung und kontrollierte die Finanzen. Natürlich wurden seine Familie und seine Anhänger dadurch noch reicher. Außerdem sorgte er dafür, dass nur seine Leute mit den zur Verfügung stehenden hohen militärischen und höfischen Ämtern versehen wurden. Ganz offen sagte man von ihm, dass ihm nichts entging. Jeden fetten Bissen, sei es eine Abtei, ein Bistum, ein wichtiges Amt, verschluckten die Guisen, die zu diesem Zweck im ganzen Königreich Leute auf die Lauer legten und bezahlte Diener hatten, die ihnen sofort Nachricht geben mussten, falls durch einen Todesfall irgendwo ein Posten oder eine Pfründe frei wurden. Auch den verstorbenen König Heinrich II. hatten Karl und sein älterer Bruder Franz, das Familienoberhaupt der Guisen, über seine Geliebte Diane de Poitiers beherrscht, die mit diesem Adelsgeschlecht stets unter einer Decke gesteckt und die auch ihre zweite Tochter mit einem weiteren Bruder Karls vermählt hatte. Natürlich war mir das damals nicht alles bewusst. Ich selbst spürte nur die Spannungen innerhalb des königlichen Hofes.

Die Protestanten in unserem Königreich waren schon zu dieser Zeit so stark, dass man sie nicht mehr einfach übergehen konnte. Hilfe und Verständnis für ihre Angelegenheit suchten diese bei Katharina de’ Medici, die sie für tolerant und vertrauenswürdig hielten. Von den religionsintoleranten Guisen hatten sie doch nur Tod oder Verbannung zu erwarten.

O verzeihe mir, Antoinette, in meiner Wut bin ich doch etwas vom Thema abgeschweift. Ich wollte doch noch erzählen, dass ich schon kurz nach dieser Begegnung mit den wohl arrogantesten Frauen unseres Königreiches auch die drei Brüder Eduards kennenlernen durfte. Hercule, der jüngste Spross, begrüßte uns nach seinem Mittagsschläfchen mit einem Küsschen, bevor er sich neben seine Lieblingsschwester Marguerite setzte, und der König Franz II. und Karl-Maximilian, die von einem kurzen, erfolglosen Jagdausflug zurückgekehrt waren, waren ebenfalls sehr herzlich zu mir. Besonders Karl-Maximilian machte einen sehr positiven Eindruck auf mich, richtete einige freundliche Fragen an mich, bedauerte mich wegen der eintönigen, sieben Tage währenden Reise hierher und beschrieb mir die glücklose Jagd bis ins allerkleinste Detail. Franz II., der junge König, dagegen schien nicht so mitteilungsbedürftig zu sein. Er war zudem sehr blass und klagte über heftige Ohrenschmerzen, so dass die Königinmutter mit ihm sofort den Raum verließ.

Nein, liebe Antoinette, ich kann es nicht verhehlen. Mit Ausnahme einiger weniger Leute war ich von meiner neuen Familie hellauf begeistert. Auch meine neue Gouvernante, die herzensgute Catherine d’Estouteville, war stets sehr freundlich zu mir und hielt zudem große Stücke auf mich. Und mit Stolz konnte ich ihr später von meinen außergewöhnlichen Leistungen in Latein, Mathematik, Geschichte und in der italienischen Sprache berichten.

Ja, sorgfältiger Unterricht wurde am königlichen Hofe ganz groß geschrieben, da Ihre Majestät, Katharina de' Medici, fest der Meinung war, Wissen würde die Menschen bessern. In meiner Klasse befanden sich außer Marguerite noch Katharina, die einzige Tochter von Franz von Guise, die zwei Jahre älter als ich war, und Jeanne Paynel de Hambye, die Tochter eines Edelmannes aus der Normandie, die mir schon bald so lieb wie eine Schwester wurde und mit der ich in Zukunft jedes Geheimnis teilen sollte.

Unser Unterrichtsplan unterschied sich nur in wenigen Punkten von denen der Jungen. Wie diese hatten wir unsere vorgeschriebenen Stunden in Mathematik, Dichtkunst, Geschichte, Geografie, Latein, Griechisch, Spanisch, Italienisch und in französischer und klassischer Literatur zu absolvieren. Außerdem sollten wir mindestens zwei Musikinstrumente erlernen. Ich persönlich entschied mich für das Spinett und das Rebek, das ich leider, liebe Antoinette, schon lange nicht mehr gespielt habe. Aber bestimmt hast Du in meinem Arbeitszimmer die kleine Geige gesehen, die ihrer Form nach einer halben Birne ähnelt und nur zwei Saiten besitzt.

Außerdem gehörten zum Unterrichtsplan noch Reiten, Bogenschießen, Handarbeiten und Tanzen. Ich gebe zu, dass die letzteren Fächer nicht meine Stärke waren. Besonders mit dem Handarbeiten tat ich mich sehr schwer. Es kostete mich immer sehr viel Mühe, die Anforderungen von Madame de la Borzac, die für dieses Fach zuständig war, einigermaßen zufriedenstellend erfüllen zu können. Oft half mir Jeanne beim Sticken, so dass ich im Vergleich zu den anderen Mädchen nicht gar zu schlecht dastand.

Aber geben wir ehrlich zu, mit meinen Tanzkünsten konnte ich mich auch nicht gerade rühmen. Im Gegensatz zu der Prinzessin Marguerite, die wie ein Engel durch den Saal schwebte und der jeder neue Tanz sofort in Fleisch und Blut überging, gehörte ich mit Katharina von Guise eher zu denen, die üben, üben und noch einmal üben mussten, damit wir zumindest die Grundschritte beherrschten.

Unser Tag begann zudem wie bei den Jungen um sechs Uhr in der Frühe, und nach der anschließenden Messe fing der Unterricht an, der um zehn Uhr wegen einer Essenspause kurz unterbrochen wurde und der bis um drei Uhr am Nachmittag fortgesetzt wurde. Der Rest des Nachmittags stand für die unterschiedlichen Spiele zur Verfügung. Im Winter hieß das für uns Mädchen meistens Schlittschuhlaufen oder die Jungen mit Schnee einseifen. Leider waren die Jungen uns zahlenmäßig immer überlegen, denn außer Karl-Maximilian, Eduard und Hercule weilte noch der jetzige König Heinrich IV. unter uns, der sich jedoch meistens von uns absonderte. Außerdem befanden sich an unserem Hofe noch ein unehelicher Sohn Heinrichs II. gleichen Namens, der im Jahr 1551 geboren worden war, und die Söhne von Franz von Guise, Katharinas Brüder, der damals fast zehnjährige Heinrich, der fünfjährige Karl und der vierjährige Ludwig, mit denen sich Karl-Maximilian, Eduard und Hercule ständig herumprügelten.

Um acht Uhr am Abend hatten wir „Kleinen“ nach einer kräftigen Mahlzeit zu Bett zu gehen. Die „Größeren“, das heißt, die Zwölfjährigen und die noch Älteren durften sich am Abend Komödien und Ballettvorführungen anschauen oder an einer Tanzveranstaltung, Maskerade oder an einem Feuerwerk aktiv teilnehmen.

Der einzige wirklich traurige Anlass zu Beginn meines Aufenthaltes bei Katharina de’ Medici war der Abschied von Elisabeth, die am 7. Dezember, fünf Tage später als geplant, uns schweren Herzens verließ. Sie weinte so herzerweichend, dass selbst ich den ganzen Tag über untröstlich war. Aber dieser Schmerz ging schon bald wieder vorüber, denn für uns Kinder war das Leben hier jeden Tag voller neuer Überraschungen. Die Königinmutter dachte sich für uns nämlich oft ein neues interessantes Spiel aus, brachte uns die Schritte der neuesten Tänze bei oder spielte mit uns Verstecken. Als das Jahr 1559 zu Ende ging, glaubte ich noch, dass es nun für mich in Zukunft nur noch glückliche Momente geben würde. Wie sehr ich mich geirrt hatte, zeigte schon das kommende Jahr.

III

Das Neujahrsfest im Jahre 1560 ließ mir noch den Traum von einem sorgenlosen und unbeschwerten, zukünftigen Leben. Wurde ich doch von meiner neuen Familie reichlichst beschenkt. So erhielt ich von Katharina de' Medici einen vergoldeten Becher, auf dem mein Name eingraviert worden war, von Marguerite einen kleinen Fächer, von Eduard drei Phiolen mit den damals beliebtesten Parfüms Moschus, Ambra und Zibet, von Karl-Maximilian einen Spiegel, mit Gold verziert, von Hercule einen Kamm aus Horn und von dem König zwei kleine silberne Fußwärmer. Meine Geschenke fielen dagegen sehr bescheiden aus. Für die Königinmutter, Maria Stuart, Marguerite und Jeanne hatte mir meine Gouvernante lange Schmucknadeln, an denen sich Perlen, Rubine und Saphire befanden, besorgt, für den König hatte mir mein Vater schon bei meiner Abreise ein Buch über die Jagd und für Karl-Maximilian eine Abhandlung über das Schmiedehandwerk mitgegeben. Für Eduard hatte ich selbst einen großen Bastkorb für seinen neuen Hund geflochten. Mit zwei weichen Seidenkissen ausgefüllt, stellte er die ideale Schlafstätte für seinen Liebling dar. Und von dem Krämer, der mindestens einmal im Monat die königliche Familie aufsuchte, hatte ich mit Hilfe von Marguerite ein neues Paar Schlittschuhe für Hercule erworben.

Am 6. Januar, dem Dreikönigstag, gab es dann noch die Eierschlachten zwischen uns Mädchen und den Jungen. Außerdem befand sich die Bohne in meinem Kuchenstück, so dass ich zur Bohnenkönigin des Tages erklärt wurde. Und wie eine wirkliche Königin durfte ich Befehle erteilen, die meine Untertanen, also die anderen, ohne Murren zu befolgen hatten. Ich selbst hielt mich für eine sehr tolerante Königin, nur Katharina von Guise, die ich nicht ausstehen konnte, weil sie so hochnäsig und eingebildet von sich war und weil sie Eduard und mich ständig auseinanderbringen wollte, indem sie bösartige Gerüchte über mich erzählte, hatte an diesem Tag nicht zu lachen. Sie musste mich kämmen, mein Essen vorkosten, meine Schleppe, die ich als Bohnenkönigin erhielt, halten, den Boden vor mir sauber fegen ... O Antoinette, es gab so viele kleine Gemeinheiten, die mir einfielen.

Am Mariä Lichtmess Tag, am 2. Februar, der in Rom als einer der populärsten Feiertage besonders festlich begangen wird und der, da unsere Königinmutter Italienerin war, auch am königlichen Hofe mit Tausenden von Kerzen gefeiert wurde, endete die unbeschwerte Zeit. Am 3. Februar jedenfalls wurde unsere gemütliche Stick- und Plauderstunde mit der Königinmutter durch einen ihrer Kuriere, der einen völlig erschöpften Eindruck machte und dessen schmutzige Kleidung auf eine anstrengende, lange Reise hindeutete, unterbrochen. Nachdem er Katharina de' Medici gebührend begrüßt hatte, überreichte er ihr einen Brief, dessen Siegel sofort gebrochen wurde. Die anwesenden Hofdamen, Marguerite, Katharina, Jeanne und ich starrten entsetzt die lesende Königinmutter an. Auf positive Nachrichten konnten wir aufgrund der traurigen Gesichtszüge des Kuriers nicht hoffen.

„Haben Sie Ihre Majestät, meine Tochter Elisabeth, selbst zu Gesicht bekommen?" unterbrach Katharina de' Medici endlich das Schweigen.

„Nein, Majestät. Als ich Guadalajara verließ, durfte noch niemand Ihre Spanische Majestät Elisabeth besuchen. Nur ihren Ärzten und ihrem Gatten war es erlaubt, sie zu sehen. Aber es deutete bereits alles daraufhin, dass Ihre Majestät Elisabeth die Krankheit überwunden zu haben schien. Der Tod also nicht mehr zu befürchten war. Der König, ihr Gatte, war stets an ihrem Krankenbett zu finden und ließ sich selbst durch die Warnungen seiner Ärzte vor einer möglichen lebensbedrohenden Ansteckung nicht von ihr entfernen."

„Ich danke Ihnen für diese schnelle Benachrichtigung. Gönnen Sie sich jetzt einige ruhige Tage hier auf dem Schloss, bevor Sie sich wieder in Richtung Spanien begeben müssen. Ich werde die Zeit nutzen, meiner Tochter ausführlich zu schreiben."

Und mit „Vielen Dank, Majestät" und einer tiefen Verbeugung verließ der Kurier schließlich unser Zimmer. Katharina de' Medici folgte ihm kurze Zeit später. Zuvor hatte sie uns aber noch anvertraut, dass Elisabeth gleich nach ihrer Ankunft in Spanien während der Hochzeitszeremonien die Pocken bekommen hätte. Die Königinmutter wollte nun vor ihrem kleinen Altar in ihrem Schlafgemach Gott bitten, dass ihre älteste Tochter wieder vollkommen gesunde und dass diese Krankheit nicht deren Schönheit zerstöre, indem sie deren Gesicht in Zukunft durch grässliche Narben entstelle. Wir Mädchen schlossen uns dem Gebet der Königinmutter an und baten Gott ebenfalls um Hilfe für Elisabeth.

Als der Kurier fünf Tage später unser Schloss wieder Richtung Spanien verließ, gab Katharina de' Medici ihm für Elisabeth mehrere Briefe von uns und den Tipp, dass Pockennarben mit dem Weiß von frischen Eiern überdeckt werden könnten, mit.

Mittlerweile steckten wir selbst in Aufbruchstimmung, sollte es doch in zwei Wochen in Richtung Chenonceaux gehen. Liebe Antoinette, Du kannst Dir unmöglich ein Bild davon machen, wenn es heißt, der königliche Hof zieht um. Was für eine Hektik, was für ein Stress zu diesen Zeiten herrscht, es ist unbeschreiblich. Schließlich zieht nicht nur die königliche Familie um, auch das Personal am Hofe hat zu folgen, das heißt, die Küchen- und Kellermeister, die Türhüter, die Träger, die Meisterköche, die Suppen- und Saucenmeister, die Vorschneider, die Bratenmeister, die Laufburschen, die Pagen, die Lakaien, die Ärzte, die Apotheker, die Barbiere, die Chirurgen, die Oberstallmeister, die Edelsteinschleifer, die Goldschmiede, die Bortenweber, die Kleriker und und und. Allein 450 höhere und niedere Adlige standen nur der Königinmutter zu Diensten, so umsorgten nämlich allein über 100 Hofdamen die Königinmutter. Außerdem waren für sie und ihre Hofdamen noch ungefähr 150 Kammerzofen und ungefähr 100 Pagen zuständig. Ganz zu schweigen von der großen Zahl an Hofdamen, Kammerzofen und Pagen, die der Königin Maria Stuart dienten. Liebe Antoinette, ein nicht enden wollender Zug von prunkvollen Kutschen, Karossen und einfachen Maultierwagen, beladen mit Menschen, zerlegten Etagenbetten, Matratzen, riesigen Schrankkoffern und Truhen, kostbaren Wandteppichen und Damastvorhängen aus Flandern und der Türkei, hochwertigen Möbelstücken, Gold- und Silbergeschirr, unersetzbaren Bildern, prächtigen Kleidern, Hausrat, Lebensmitteln, Werkzeugen, lebendem Vieh machte sich am 22. Februar auf in Richtung Chenonceaux.

Es war an diesem Tag bitterkalt, und die Loire war vereist, so dass die Schiffer einen ungewollten Ruhetag einlegen mussten. Trotz unserer pelzgefütterten Mäntel und Kapuzen froren wir in unseren Kutschen und hofften alle, bald das Ziel zu erreichen. Ein kalter Wind wehte zudem über das Land, das unter einer dicken Schneedecke in einen Winterschlaf gefallen war. Während unsere Kutschen über die vereisten Fahrwege holperten, schaute ich eifrig hinaus in die Landschaft. Schneegefüllte Wolken sorgten leider dafür, dass es draußen kaum richtig hell wurde. Menschen oder Tiere blieben in ihren Behausungen oder Verstecken und ließen sich nicht blicken. Schließlich sah ich eine kleine Schar von Reitern, die mit ihren Pferden, die sie mit Rutenschlägen emsig bearbeiteten, durch den tiefen Schnee preschten. Da sich die Königinmutter nicht in meiner Kutsche befand, sondern nur Jeanne und zwei Hofdamen neben mir saßen, hatte ich keine Ahnung, warum unser Zug zum Stehen kam. Es dauerte jedoch nicht lange, und es ging ohne weitere Unterbrechung in schnellerer, holprigerer Fahrt weiter. Am frühen Abend – die Dunkelheit verhinderte jede Sicht – wurde erst wieder gehalten. Pagen, mit Fackeln ausgerüstet, öffneten die Türen unserer Kutschen und halfen uns die Stufen hinunter. Während ich in unserer Kutsche als Erste den Innenhof betrat und das Schloss bestaunte, hörte ich eine der Hofdamen flüstern, was das zu bedeuten hätte. Warum wir hier und nicht in Chenonceaux gelandet wären! Bevor ich mich jedoch erkundigen konnte, um welche Residenz es sich hier handeln würde, wurde ich von Eduard, der in einer der vorderen Kutschen gesessen hatte, ins Schlossinnere gezogen.

„Eduard, wie heißt dieses Schloss, und warum sind wir hier gelandet?“ fragte ich ihn sogleich. „Amboise, Madeleine! Das ist das Schloss zu Amboise! Du hast gar keine Ahnung, in was für einer gefährlichen Lage wir uns befinden. Du kannst mir aber glauben, ich werde Dich mit all meinen Kräften beschützen!“

„Wer will uns denn was antun und warum, Eduard? Wir haben doch nichts Böses getan!“ erwiderte ich meinem großen Beschützer, der mich in ein leeres Zimmer des Schlosses zog. Die Quartiermeister mit ihren Dienern, die dem eigentlichen Zug stets vorausfahren, um in den noch leerstehenden Schlössern für Gemütlichkeit zu sorgen, indem sie die Wandteppiche und Damastvorhänge aufhängen, die unterschiedlichen Möbelstücke in die entsprechenden Zimmer stellen, im Speisesaal die aufgebockten Tische herrichten, die Etagenbetten für die müden Eintreffenden aufbauen, die Kamine mit Holzscheiten füllen und die Mahlzeiten für die hungrigen Ankömmlinge vorbereiten, damit die Herrschaften sich nach der anstrengenden Fahrt erholen und wie zu Hause fühlen können, waren leider noch nicht da. Sie waren schon fast vor Chenonceaux, als sie den Befehl erhielten, sich nach Amboise zu begeben. So war es fürchterlich dunkel und kalt im Schloss, und ich begrüßte Eduards Idee, aus den Kutschen sämtliche Pelzdecken zu holen und uns darin einzukuscheln. Jeanne, Marguerite, die wie üblich bei solchem Wetter an Frostbeulen litt, Karl-Maximilian, Hercule, Heinrich der Bastard (so nannten wir in intimem Kreise den unehelichen Sohn Heinrichs II.) und die Guisen Heinrich, Karl und Ludwig, einschließlich ihrer hochnäsigen Schwester Katharina, verschwanden schließlich zusammen mit uns beiden in Eduards Kammer unter sechs von diesen warmen kuschelig-weichen Decken, die wir das große Glück hatten, noch aufzutreiben. Nur Heinrich „Stinkefuß“, so nannten wir unseren heutigen König Heinrich IV. – Gott vergib' uns! –, da er wirklich stets nach Schweißfüßen und nach Knoblauch stank, durfte nicht unter unsere Felle.

Da wir Kinder wie üblich im Ungewissen gelassen wurden, fanden wir unsere Lage nicht sonderlich bedrohlich, eher abenteuerlich-romantisch, hatte mich doch Eduard fest an seine Seite gezogen und zärtlich getröstet, und Karl-Maximilian, der immer irgendwelche spannenden Geschichten parat hatte, erzählte uns von seltsamen Tieren wie Einhörnern und feuerspeienden Drachen, die es einst auf unserer Erde gegeben haben soll.

Die Erwachsenden versuchten derweil, für die großen Kamine Holz aufzutreiben, mussten sich aber, nachdem sie nur einige Äste fanden, in Geduld üben, bis spät in der Nacht die Quartiermeister und ihre Diener kamen und ihre reichlichen Holzvorräte sogleich benutzten, um sämtliche Kamine mit dieser Kostbarkeit zu füllen und die Feuer zu entfachen, die uns vor dem Erfrieren schützen sollten. Wir Kinder blieben auch, nachdem unser Kamin glühte und Funken spie, unter den gemütlichen Decken, lauschten Karl-Maximilians Erzählungen und starrten in die lodernden Flammen, die unser Zimmer sowohl erwärmten als auch erhellten. Irgendwann schlief ich an Eduards Schulter gelehnt ein.

Den Quartiermeistern und ihren Dienern wurde hingegen keine Nachtruhe gegönnt. Sie hatten sämtliche zerlegten Betten aufzubauen, die Stühle und Tische an die entsprechenden Plätze zu transportieren, die Wände mit den Teppichen und Bildern zu behängen, während die Träger die großen Schrankkoffer und Truhen in die unterschiedlichen Zimmer schleppen mussten und die Köche für das leibliche Wohl der adligen Gesellschaft zu sorgen hatten. Am Morgen, als wir Kinder erwachten, war die Arbeit getan, und sämtliche Wagen waren entladen und vom Innenhof entfernt worden.

Was nun eigentlich los war, erfuhren wir Kinder nur häppchenweise. Karl-Maximilian konnte seinem königlichen Bruder, Franz II., nur ein „wenn ich diese hugenottischen Verräter schnappe, werde ich sie einzeln hängen lassen“ entlocken. Da die Erwachsenden zudem sehr mit sich selbst beschäftigt waren, hatten wir Jüngeren viel Zeit, um das Schloss mit seinem mächtigen, kreisrunden Turm und seinen zwei gewendelten Türmen Minimes und Heurtault auszukundschaften. Eduard, der seit der gemeinsam verbrachten Nacht stets an meiner Seite zu finden war, klärte Jeanne und mich über alles auf. So erfuhren wir von ihm, dass auf der spiralförmigen Rampe um den mächtigen Turm herum fünf Reiter nebeneinander hinaufreiten könnten, und dass die hässliche Bronzebüste, die sich im Empfangssaal des Schlosses befand, niemand anders als Seine Majestät, den französischen König Karl VIII., darstellen würde, der sich laut unseres Informanten in diesem Schloss im Jahre 1498 an einer zu niedrigen Tür den Kopf eingerannt hätte und wenige Stunden später im jungen Alter von nur 28 Jahren an den Folgen dieses Unfalls gestorben wäre. Ich kann mich noch gut daran erinnern, liebe Antoinette, wie ich der Königinmutter Jahre später gestand, wie froh ich gewesen wäre, dass niemand in ihrer Familie diesem König mit seinem mageren Gesicht, der langen, vorspringenden Nase, den dicken, wulstigen Lippen, dem leicht geöffneten Munde, den spindeldürren Beinen, dem dicken Bauch und den krummen, verwachsenen Schultern äußerlich gleichen würde. Lachend erklärte sie mir daraufhin, dass dieser König „leider“ keine lebensfähigen Kinder gezeugt hätte und dass somit nicht zu befürchten gewesen wäre, dass ihre Kinder jemals diesem „Ungeheuer“ geähnelt hätten.

Liebe Antoinette, ich kann Dir gar nicht sagen, wie oft wir hier in diesem Schloss verweilten. Die Königinmutter liebte Amboise über alles, weil ihre Eltern hier im Jahre 1518 ihre Hochzeit gefeiert hatten. Ein Jahr später waren Letztere jedoch bereits gestorben und ließen ihr Töchterchen Katharina, nur wenige Monate alt, verwaist zurück.

Wie Ihre Majestät, Katharina de’ Medici, gewann ich im Laufe der Jahre dieses Schloss mit seinen hellen Zimmerfluchten, seinen drei Innenhöfen, seinen geometrisch angelegten Gärten mit den Arabesken aus Buchsbaumhecken und den schönen Statuen nackter Männer und Frauen aus der antiken Welt besonders lieb. Oft saß ich später mit der Königinmutter allein im großen Garten und bewunderte mit ihr zusammen den Blick auf die Loire, auf der zuweilen kleine Schiffe fuhren oder in der die Kinder der Bauern in der Mittagshitze Abkühlung suchten.

Aber entschuldige, liebe Antoinette, manchmal schweife ich doch zu sehr von dem, was ich Dir eigentlich erzählen wollte, ab.

Wir Kinder beruhigten uns jedenfalls schon bald, vergaßen die angebliche Gefahr und trieben unsere fröhlichen, ausgelassenen Spielchen wie eh und je.

Jeden Tag fiel uns etwas Neues ein. So beschlossen Jeanne und ich eines Morgens, die Dienstmägde in der Küche zu beobachten, wie sie das Essen vorbereiten und in einem großen Trog Ruß- und Fettreste von Kochtöpfen und anderem Küchengeschirr abkratzen mussten. Um uns neugierigen Faulpelze zu bestrafen, kippten sie hinterher das fast schwarze, schmutzige Wasser des Troges direkt vor unseren Füßen aus, so dass Jeanne und ich nur mit Mühe der ekelhaften Brühe entgehen konnten.

Am 17. März wurden wir Kinder jedoch bereits im frühen Morgengrauen aus den Betten gezerrt und in einem Zimmer rechts vom Haupttor des Schlosses untergebracht. Die Wachleute waren nämlich durch die Schreie der Schiffer auf der Loire vor einer ungefähr 200 Mann starken Kompanie berittener Hugenotten, wie die Protestanten bei uns genannt werden, gewarnt worden, die sich unserem Schloss in scharfem Galopp näherten. Schon einige Tage zuvor bekamen wir Kinder mit, dass unsere Leute Reiter mit weißen Schärpen als Gefangene in die Verliese unseres Schlosses sperrten. Aber Gewehrschüsse hatten wir bisher nur in der Ferne zu hören bekommen. Nun wurde es allerdings sehr hektisch um uns herum. Hatte sich der Feind doch durch Verrat, wie man uns berichtete, bereits in die Stadt Amboise hineinzuschmuggeln gewusst. Außerdem war es der heranstürmenden hugenottischen Kompanie nicht nur gelungen, bis zum Gutleuttor zu Füßen des Schlosses vorzudringen, sondern sie konnte das Tor einnehmen und von dort aus alle weiteren Operationen gegen uns planen. Bei uns hingegen herrschte auf dem Schloss die totale Verwirrung. Unsere Männer hatten nur ihre Schwerter und Dolche zur Hand, mit denen sie sich nur schlecht gegen die Eindringlinge hätten wehren können. Nur mit großer Mühe fand man schließlich Pistolen und einzelne Büchsen. In diesem allgemeinen Chaos übernahm Franz von Guise die Führung im Schloss und befahl jedem Mann, mit Ausnahme des Königs, der Geistlichen und uns Kindern, zu den Waffen zu greifen. Nachdem er die Fürsten, Edelleute, Lakaien und Diener in zwei Kompanien eingeteilt hatte, forderte er die erste Kompanie auf, sich auf den Feind am Gutleuttor zu stürzen, während er mit der zweiten Kompanie, durch ein Nebentor ausfallend, die Angreifer von der Flanke her überraschen wollte. Dank der Schnelligkeit seiner Pferde konnte der Feind jedoch unter Zurücklassung von einigen Toten und zwei oder drei Verwundeten entfliehen.

Die Geständnisse der vor einigen Tagen verhafteten Hugenotten waren für unsere Leute obendrein nicht gerade ermutigend. Wie uns Karl-Maximilian aus erster Quelle – von seinem königlichen Bruder – mitteilte, wäre ein hugenottisches Heer, aus 2.000 Reitern und 4.000 Mann Fußvolk bestehend, in Berry versammelt, und außerdem wäre noch ein weiteres feindliches Heer von 8.000 bis 10.000 Mann aus der Gascogne zu erwarten. Zusätzlich sollte es in unserem Schloss von Verrätern nur so wimmeln, so dass man eigentlich niemandem mehr trauen könnte.

Um dieser großen Gefahr, in der wir uns befanden, zu entgehen, forderte der junge König Franz II. Verstärkungen aus den benachbarten Provinzen und aus Paris an. Aber es war zu bezweifeln, dass diese rechtzeitig bei uns eintreffen würden. Der Herzog Franz von Guise übernahm deshalb erneut die Initiative und bereitete das Schloss auf eine Belagerung vor. Er ließ alles, was in der näheren Umgebung an Waffen und Munition aufzutreiben war, zum Schloss schaffen. Trotzdem gab es nicht wenige unter unseren Leuten, die einen Kampf gegen diese hugenottische Übermacht für aussichtslos hielten und lieber mit den Rebellen verhandeln wollten. Aber Franz von Guise lehnte dies kategorisch ab. Den ganzen Tag über konnte ich ihn beobachten, wie er den Leuten Mut zusprach, die Tore begutachtete und die Wachen zu größerer Vorsicht ermahnte. Gleichzeitig ordnete er die Hinrichtung der gefangenen Hugenotten an. Damit konnte er Verhandlungen mit dem Feind, wie sie einige Adlige vorschlugen, für immer verhindern.

Von unserem Zimmer aus, in dem wir Kinder zusammengepfercht waren, konnten wir diese Exekutionen nur zu gut mitverfolgen. Man hing nämlich einige Gefangene als Warnzeichen an den Zinnen der Terrasse und an den schmiedeeisernen Balustraden, die unsere Fenster flankierten, über einem Gässchen auf, das zum Schloss führte. Andere Hugenotten wurden dagegen am Ufer der Loire gewaltsam ertränkt, und ihre Schreie waren bis zu uns hinauf laut und deutlich zu vernehmen, wenn man die Gefangenen nicht zuvor – was auch häufig vorkam – in Säcke einnähte und dann ins Wasser warf.

Und das Morden ging weiter. Am 22. März enthaupteten sie einige Protestanten direkt vor unserem Fenster. Die zuckenden Leiber, das viele Blut und die zahlreichen Köpfe um den Richtplatz herum erinnerten mich nur zu sehr an die enthaupteten Hühner, deren Tod mein älterer Bruder vor einem Jahr auf dem Gewissen hatte. Mit „Hört auf, hört mit dem Morden auf!" versuchte ich, diese dem menschlichen Geschlecht so unwürdigen Handlungen zum Stillstand zu bringen, bevor ich von Heinrich und Karl von Guise vom Fenster weggezerrt wurde.

Einige Tage später, als keine Gefahr mehr von einem Angriff der Hugenotten bestand, verließ Katharina de' Medici mit uns Kindern Amboise, um uns den weiteren Anblick dieses Grauens zu ersparen. Ihr ältester Sohn, Franz II., und seine Gattin Maria Stuart wollten wenige Wochen später nachkommen.

Unterwegs wurden wir jedoch wie die Königinmutter erst recht Zeugen der brutalen Auseinandersetzung zwischen den Katholiken und den Hugenotten. Schon am Ausgang des Schlosses verabschiedeten sich die auf einem Holzgerüst aufgesteckten Glieder des hugenottischen Haupträdelsführers, des Edelmannes La Renaudie, der nach seinem Tode gevierteilt worden war, auf makabere Art und Weise von uns. Es sollte jedoch nicht die einzige Leiche sein, die uns auf unserem Weg zum Schloss Chenonceau begegnete. Im Gegenteil, unsere Reise war mit toten Leibern gepflastert, deren Wunden darauf hinwiesen, dass viele von den hugenottischen Reitern, nachdem sie von ihren Pferden abgeschossen worden waren, von den Bauern, die sich dem königlichen Heer aus Beutegier angeschlossen hatten, als Verletzte oder Bewegungsunfähige zu Tode geprügelt worden waren. Der Anblick war so entsetzlich und ekelerregend, dass wir Kinder uns ständig übergeben mussten. Nur die Königinmutter sah sich alles, ohne eine Miene zu verziehen, schweigend an.

Erst viele Jahre später gestand Ihre Majestät, Katharina de' Medici, mir persönlich, dass sie eigentlich nicht unseretwegen Amboise verlassen hätte, sondern um der Macht der Guisen zu entgehen. Von vertrauenswürdiger Seite hätte sie erfahren, dass dieser hugenottische Angriff gar nicht, wie es Franz von Guise und sein Bruder Karl stets behauptet hätten, gegen den König und seine Familie gerichtet gewesen sei, sondern einzig und allein gegen die machtgierigen Guisen, die nach Meinung der führenden Hugenotten nur noch auf den günstigen Zeitpunkt gewartet hätten, um die Königsmacht in Frankreich selbst zu übernehmen. Befand sich die Justiz und das Militär doch schon bereits in ihren Händen! Die wahren Feinde Katharina de' Medicis und ihrer Kinder – so lautete die Parole der Hugenotten – wären nicht die Protestanten, sondern die Guisen. Sie, die Hugenotten, wären im Gegensatz zu den Guisen auch weiterhin treue und aufrichtige Untertanen des Königs, und sie wollten sich nur für die Ungerechtigkeiten, die ihnen durch die Guisen zugefügt worden wären, rächen.

Ihre Majestät, die Königinmutter, die ihre eigenen Kuriere und Spione durch das Land geschickt hatte, um der Wahrheit auf die Spur zu kommen, musste sich im Laufe dieses Jahres 1560 eingestehen, dass die Hugenotten die Wahrheit sprachen und dass die „*Wölfe in Schaffellen*" niemand anders als die Guisen waren, die sich in ihrer unmittelbaren Nähe eingenistet hatten und die den jungen König über Maria Stuart beherrschten, sowie sie ihren Gatten, Heinrich II., einst über Diane de Poitiers, die als militant katholisch galt, kontrolliert hatten.

Die Guisen wollten auch den jungen König Franz II. bezüglich der Hugenotten zu einer unerbittlichen

Fortsetzung der rigorosen Linie seines Vorgängers, seines Vaters, zwingen. Die Protestanten sollten mit dem Feuertod bestraft und ihre Häuser, die als Versammlungsorte bekannt geworden waren, zerstört werden. Wer über geheime protestantische Versammlungen Bescheid wusste und sie nicht bekanntgab, hatte ebenfalls mit dem Tode zu rechnen. All diese Erlasse hatten jedoch nur die Wirkung, dass die gegenseitigen Provokationen und blutigen Zusammenstöße zwischen Katholiken und Protestanten zunahmen. Denn die meisten Protestanten blieben trotz der harten Strafen im Lande, trafen sich weiterhin in Stuben mit versteckten Ausgängen und ließen Bibellesungen als Karten- und Würfelspiele getarnt ablaufen. Katharina de' Medici war über ihre Spione hierüber bereits eingehend informiert worden.

Während wir uns nun mit der Königinmutter auf dem Weg nach Chenonceaux befanden, blieb im Schloss Amboise – außer dem jungen König und seiner Gattin – Franz von Guise, der sich mittlerweile zum Generalstatthalter des Königreiches hatte ausrufen lassen, mit seinem ebenfalls ehrsüchtigen Bruder Karl, dem Kardinal von Lothringen, wegen angeblicher Aufräumarbeiten zurück. Da Franz von Guise zu diesem Zeitpunkt bereits über die militärische Macht im Lande verfügte, schien die Herrschaft der Guisen jetzt tatsächlich unumschränkt zu sein. Katharina de' Medici standen als Frau und als Königinmutter nicht viele Möglichkeiten zur Verfügung, um sich gegen diese Machenschaften zu wehren. Jedoch sorgte sie mit dem Kanzlerwechsel, den sie noch in Amboise bewirkt hatte, dass nun ein Mann ihres Vertrauens und des konfessionellen Ausgleiches, Michel de L'Hôpital, im Staatsapparat saß. Mit ihm zusammen konnte sie noch einen Tag vor ihrer Abreise den Antrag des Kardinals von Lothringen, in Frankreich doch genauso wie in Spanien die Inquisition einzuführen, zum Scheitern bringen.

Im Schloss von Chenonceau, das über einem Felsen direkt im Fluss Cher errichtet worden war, bekamen wir Kinder von diesem Machtkampf Katharina de' Medicis gegen die Guisen jedoch nichts mit. Für uns zog wieder der Alltag mit seinem geregelten Ablauf: Unterricht, Freizeit und Zubettgehen ein. Für Jeanne und mich gab es allerdings eine Menge neuer Dinge zu entdecken. Schließlich waren wir in diesem herrlichen Schloss das allererste Mal. Wir beide unterzogen deshalb die gesamte Residenz einer gründlichen Inspektion. Eduard bot sich auch in diesem Fall gern als unser Führer an.

Eduards Vater, Seine verstorbene Majestät Heinrich II., hatte dieses Schloss eigentlich seiner 19 Jahre älteren Geliebten Diane de Poitiers vermacht. Katharina de' Medici hatte diese reizende Residenz nach dem Tode ihres Gatten aber von ihrer einstigen Rivalin sofort zurückgefordert. Provozierend waren allerdings die unzähligen verschlungenen Buchstaben „*H & D*“ – für Heinrich und Diane stehend –, die noch heute in diesem Schloss überall zu finden sind. Außerdem hatte Heinrichs langzeitige Geliebte hier jedwede Extravaganz an Marmor, Emailgeschirr und Gobelins zusammentragen lassen. In ihrem ehemaligen Schlafzimmer stand immer noch ihr großes Himmelbett aus blauem Damast, indem Jeanne und ich probehalber für einige Minuten liegen durften. Auch Katharina de' Medicis Arbeitszimmer, ihre Bibliothek und ihr Schlafgemach sowie der Saal des ehrwürdigen Königs Franz I., dessen Symbol, „*der Salamander*“, ebenso wie das Symbol seiner ersten Gattin Claude, „*das Hermelin*“, auf dem großen Kamin bewundert werden konnten, sowie die kleine Kapelle, die an das Schlafzimmer der Königinmutter anschloss, wurden einer eingehenden Betrachtung unterzogen. Und was gab es da nicht alles zu entdecken: kostbare Wandteppiche, vergoldete Ledertapeten, kunterbunte Stofftapeten, kunstvoll verzierte Holzdecken, glänzende Parkettböden, große, mit Unmengen an weichen Kissen gefüllte Himmelbetten, gemütliche Ledersessel, sehr schöne Reisetruhen und unzählige Bilder, die die Physiognomie meiner neuen Familienmitglieder sehr realistisch wiedergaben. Von einem Fenster der Ostfassade aus hatten wir zudem einen sehr schönen Ausblick auf den Fluss Cher und auf eine Insel inmitten dieses Flusses. Außerdem konnten wir die Bauarbeiter, die gerade mit der Errichtung einer dreistöckigen Galerie über der 60 m langen Brücke beschäftigt waren, beobachten sowie die Gärtner, die in den zwei vorhandenen Gärten die Wege harkten, das Unkraut zupften und mit ihren Lehrlingen die unterschiedlichen Pflanzen bewässerten. Der ältere, von Diane de Poitiers angelegte Garten mit seinen Alleen, seinen versteckten Lauben und dem Labyrinth wurde von uns – ehrlich gestanden – häufiger aufgesucht als der von Katharina de' Medici, deren erst vor kurzem ausgesäten Pflänzchen auch diesen Garten in wenigen Jahren in ein wahres Paradies verwandeln sollten.

Sowieso wurde hier überall im und um das Schloss herum fleißig gearbeitet, denn die Königinmutter wollte anlässlich des glücklichen Ausganges der Verschwörung von Amboise für ihren Sohn Franz II. und dessen Gattin, deren Ankunft sie hier Mitte April erwartete, ein großes Fest veranstalten. Und während sie überlegte, wie sie und mit was sie ihren ältesten Sohn überraschen konnte, spielten wir Kinder draußen „*bilboquet*". Aber es gelang mir nur sehr selten, den Ball mit dem konkav geformten Holzstück aufzufangen. In den anderen Ballspielen, Boccia und Boule, und im Murmelspiel schnitt ich viel besser ab. Wenn es regnete, verbrachten wir unsere freie Zeit mit Brettspielen wie Dame, Trictrac oder Schach oder mit Karten- oder Würfelspielen. Besonders beliebt waren auch die Geschicklichkeitsspiele, bei denen man mit sicherer Hand Stöckchen oder Karten aus einem Haufen entfernen musste, ohne die anderen Stöckchen oder Karten zu berühren. Eduard, der die gleichen feingliedrigen, zarten Hände wie seine Mutter besaß, war in dieser Disziplin unschlagbar, während Katharina von Guise mit ihren Wurstfingern stets die große Verliererin war. Oder wir Kinder kleideten die vielen Zwerge am königlichen Hofe ein, die wir – ich muss es zu meiner Beschämung zugeben – wie lebende Puppen behandelten. Die Schneider nähten für sie extra Kleider und Unterröcke aus weißem Barchent, aus Kamelott, aus grobem Wollstoff, dazu Hemden, Hauben und Söckchen.

Abwechslung boten auch die vielen Kurzwarenhändler, die unter ihren Waren Spielkarten, goldene, blaue oder weiße Papierbogen und verschiedene Parfüms wie Moschus, Ambra oder Jasminblüten führten, oder die Kaufleute, die den königlichen Haushalt mit Stoffen, Posamenten, Schmuck und Silberwaren belieferten.

Kurz vor der Ankunft des königlichen Paares trafen dann noch endlose Wagenkolonnen ein, die Unmengen an kulinarischen Köstlichkeiten wie Austern und Fisch aus dem Atlantik, exotische Früchte, Geflügel, geviertelte Hirsche und Fässer mit köstlichen Weinen herbeischafften.

Und dann endlich standen die prächtigen Kutschen von Franz II. und seiner attraktiven Gattin an einem frühen Nachmittag in der Mitte des Monats April vor unserem Schloss. Mit Trompetengeschmetter, Salutschüssen aus 30 Kanonen und einem von Marguerite selbst verfassten Gedicht, das sie voller Stolz laut vortrug, wurden die beiden herzlich willkommen geheißen. Während die Vorbereitungen für das Festbankett nahezu beendet waren und in einer Stunde mit dem großen Essen begonnen werden konnte, zog sich der König, dem es nicht sonderlich gut zu gehen schien, noch für eine Weile zurück. Die Königin Maria Stuart hingegen wünschte, im Garten der Diane de Poitiers spazieren zu gehen, um sich – wie sie laut und deutlich jedem zu verstehen gab –, an den Moschusrosen, den Blüten der Obst- und der Maulbeerbäume, der Melonen, der Artischocken, der Auberginen und der Erdbeeren, an den Seelilien im Teich und an den sorgfältig gehegten Weinbergen zu erfreuen. Dabei standen zu dieser Jahreszeit nur wenige der genannten Pflanzen in Blüte! Auf einer kleinen Bank ließ sie sich schließlich nieder, um die sie umgebenden Levkojen, Kornblumen und Tausendschön zu bewundern und die letzten warmen Strahlen der nun bald untergehenden Sonne zu genießen. Natürlich währte diese Pause nicht lange, denn das hätte ihrer weißen Haut wahrlich sehr geschadet. Katharina de' Medicis Garten, der mittlerweile mit Kieselwegen, Springbrunnen, Statuen, Kanälen, Triumphbögen, Obelisken, geometrischen

Rabatten mit den Samen der indigoblauen Iris, des weißen Alyssums, der karmesinroten Nelke und der sattgelben Ringelblume versehen worden war, beachtete sie hingegen nicht im Geringsten.

Vom großen Fest am frühen Abend blieb mir trotz der vielen Jahre, die mittlerweile vergangen sind, noch vieles in Erinnerung. Mit Trompetenstößen kündigte man den Beginn des Bankettes an. Die vorzüglichen Speisen wurden bei Fackellicht aufgetragen, wobei ein endlos langer Zug von prächtig gekleideten Pagen, die riesige silberne und goldene Platten in ihren Händen hielten, sich in Richtung unserer festlich mit weißen Decken geschmückten Tische aufmachte. Die Essensauswahl war überwältigend. Ungeheure Mengen vergoldeter, versilberter, mit Juwelen verzierter Vögel wie Schwäne, Pfauen, Rebhühner, Fasane, Drosseln und Schnepfen daneben noch Hirsche, Wildschweine, mit Trüffeln dekoriert, Lämmer, Ziegen, Forellen, Hechte und Meerestiere von der Languste bis zur Auster wurden uns serviert. Und zum Nachtisch gab es noch eine unglaubliche Vielfalt an Kuchen, Anisgebäck, gezuckerte Mandeln, eingemachte Nüsse, geröstete Piniennüsse, kunstvoll verzierte Zuckerfiguren und zu dieser Jahreszeit eigentlich noch nicht verfügbare Erdbeeren und Melonenstückchen. Dazu durften selbst wir Jüngeren zwischen den verschiedensten Weinen wählen. Ich entschied mich für den schweren, süßen Anjou-Wein, den ich aus einem venezianischen Kristallkelch vorsichtig nippend genoss. Das Kaminfeuer in dem großen Saal, die bunten Wandvorhänge, der Sandelholzduft, das Geigen- und Spinettspiel und die Pagen mit ihren Fackeln trugen dazu bei, dass ich diesen Abend nie vergessen sollte. Nach dieser opulenten Mahlzeit, als die Tische und Stühle für das anschließende Tanzen entfernt wurden, hatten wir Jüngeren uns ins Bett zu begeben. Um Mitternacht betrachteten wir jedoch von unseren Zimmern aus noch das großartige, spektakuläre Feuerwerk, das sich so zauberhaft im Wasser des Cher spiegelte. Ja, Antoinette, es gibt manche Augenblicke im Leben, die möchte man immer wieder zurückrufen, weil sie unser Leben so lebenswert machten.

Im Mai zogen wir ins Schloss von Montceaux um, von Juli bis Mitte Oktober befand sich der königliche Hof schließlich in Fontainebleau und in Germain-en-Laye. Letzteres Schloss stellte die Geburtsstätte sämtlicher Kinder der Königinmutter dar. Katharina de' Medici war in dieser Zeit wieder häufig von uns entfernt. So hatte sie im Mai mit ihrem neuen Kanzler das Edikt von Romorantin durchsetzen können, das die Hugenotten vor der gegenwärtigen Verfolgung durch zu ehrgeizige und intolerante Katholiken schützen sollte. Leider dankten die Protestanten ihr diese Mühe nicht. Zu sehr fühlten sie sich von den Guisen bedroht. Sie hielten die Königinmutter für politisch zu schwach, um sie vor ihren Feinden schützen zu können. Und so nahmen die Gräueltaten zwischen den Hugenotten und Katholiken weiterhin zu. Voller Stolz konnten die Guisen bald von protestantischen Aufständen im Languedoc, in der Provence und in der Dauphiné berichten, und es fiel ihnen nicht schwer, im Laufe des Sommers die Hugenottenführer aus dem Hause Bourbon, die Brüder Antoine, Herzog von Vendôme und Vater von Heinrich Stinkefuß, und Louis de Condé, ihre größten Widersacher, wegen der Verschwörung von Amboise erneut anzuklagen. Im Dezember gelang es ihnen zudem, Condé zu verhaften, einzukerkern und zum Tode zu verurteilen. Der Kanzler L'Hôpital weigerte sich jedoch, das Dekret zu unterschreiben.

Wir befanden uns zu dieser Zeit gerade auf Wunsch des Königs in Orléans, da der Wald in dieser Umgebung, der Forêt des Loges, wegen seiner Eichen, Hainbuchen und Kiefern, die mit den Heidemooren wechselten, als ausgezeichnetes Revier für die Jagd auf Wild und Vögel galt. Liebe Antoinette, Du musst nämlich wissen, dass Franz II. wie sein Bruder Karl-Maximilian stets exzessiv in seiner Jagdleidenschaft war. Seit Oktober, seitdem wir hier lebten, begaben die beiden sich jeden Morgen mit ihren langbeinigen Hetzhunden und ihren kleinen Bassets und Bluthunden, die die Fährten aufspüren sollten, auf die Jagd. Jeden Morgen konnten wir die gleiche Prozedur mitverfolgen. Die aufgeregten Hunde zerrten an ihren Leinen, die Pferde mit ihren Reitern tänzelten nervös hin und her, bis schließlich der Jägermeister in sein Jagdhorn stieß und damit die Jagd für eröffnet erklärte. Die Hunde, die von ihren Leinen gelassen wurden, verschwanden wie die Pferde mit ihren Reitern schließlich aus unserem Blickfeld in den dichten Wald. In der sich anbahnenden Dämmerung hörten wir dann erst wieder das ferne Hundegebell und wussten, dass nun auch die Jäger zurückkehrten, um stolz ihr erlegtes Wild vor uns auszubreiten.

In der dritten Novemberwoche, in der wir ursprünglich zum Schloss von Chambord aufbrechen wollten, kam der junge König, der stets einen schmächtigen und kränklichen Eindruck auf mich gemacht hatte, da er häufig unter Husten, Erkältungen und Fieber litt, mit heftigen Ohrenschmerzen von der Jagd heim. Am Abend traten noch hohes Fieber und Schüttelfrost hinzu. Die Königinmutter, eine Expertin auf dem Gebiete „Pflanzliche Heilmittel“, versuchte alles, um ihm zu helfen. Die ganze Nacht über verbrachte sie an seinem Bett und wechselte die Pflaster und Breiumschläge, die sie aus dem wohlriechenden Veilchen, dem Ysop und dem Engelwurz selbst hergestellt hatte und die dem jungen König bisher bei jedem Ohrenleiden so ausgezeichnet geholfen hatten. Ihr Sohn jedoch klagte am nächsten Morgen, an dem sie eigentlich nach Chambord aufbrechen wollten, weiter über unerträgliche Schmerzen im Ohr und konnte sich sogar im Laufe des Tages nicht mehr rühren. Katharina de' Medici saß immer noch an seinem Krankenbett, den Rosenkranz betend, und überließ dem Oberleibarzt, Jehan Chappelin, die Aufgabe, ihren ältesten Sohn wieder zu heilen. Aber auch seine Methoden, Aderlässe und Einläufe, brachten keine Veränderung. Im Gegenteil, das Fieber stieg noch mehr an. Hinter dem infizierten Ohr machte sich bald eine dicke, walnussgroße Schwellung bemerkbar, die die Ärzte aufschnitten. Eine große Menge an schwarzer, eitriger Flüssigkeit floss ab, ohne dass die höllischen Schmerzen nachließen.

Katharina de' Medici und ihre Schwiegertochter Maria Stuart kümmerten sich sehr um Franz II. Die Königinmutter verließ sein Krankenbett nicht ein einziges Mal, nahm ihre Mahlzeiten sogar dort ein und schlief auch nachts in seinem Zimmer. Liebe Antoinette, Katharina de' Medici, glaube mir, liebte ihre Kinder über alles. Zwar war Eduard ihr ausgesprochener Liebling, aber auch ihre anderen Kinder liebte sie mehr als ihr eigenes Leben. Sie hätte alles getan, um von ihnen Unheil und Gefahren abzuwehren. Ich sah sie zuweilen, wenn die Tür zum Krankenzimmer kurz geöffnet wurde, wie sie Gott inbrünstig um Genesung ihres ältesten Sohnes bat. Am 4. Dezember fiel Franz II. jedoch in Bewusstlosigkeit, aus der er nie mehr erwachen sollte. Am Abend des 5.

Dezember verkündeten die Ärzte schließlich seinen Tod. Wir alle, seine Familie und die Vertrautesten seiner Höflinge, standen an seinem letzten Tag um sein Krankenbett und beteten um seine herzliche Aufnahme bei Gott und den Engeln.

Noch 11 Tage nach seinem Tode wurde für ihn zu den Mahlzeiten täglich mitgedeckt. Erst dann wurden seine Zimmer mit schwarzem Tuch und schwarzem Atlas bespannt, die Fenster mit schwarzem Taft verhängt und sein Sarg im großen Saal auf ein Gestell erhoben. Das Leichentuch aus schwarzem Samt, das beides – den Sarg wie das Gestell – umhüllte, reichte bis auf den Boden und war in seiner Mitte mit einem Kreuz aus weißem Atlas geschmückt. Um den Sarg selbst wurde eine Schranke aus schwarzem Holz errichtet, und vor ihm befanden sich im Scheine unzähliger Wachskerzen auf einem Kissen die Krönungsinsignien. Rundherum wurden außerdem noch kostbare Reliquienschreine mit den Gebeinen von Heiligen aufgebaut. Zwei weitere Wochen lang fanden hier von der Morgendämmerung bis zum Mittag ununterbrochen Gottesdienste statt, auf denen Katharina de' Medici nicht einmal fehlte.

IV

Nur ihr tiefer Glaube an Gott gab der Königinmutter zu Beginn des neuen Jahres die Kraft, den Tod ihres ältesten Sohnes zu überwinden und die Rechte ihres zweiten Sohnes Karl-Maximilian, des neuen Königs von Frankreich, mit all der ihr zur Verfügung stehenden Energie zu verteidigen. Diesmal war sie fest entschlossen, die Staatsgewalt im Namen ihres noch minderjährigen Sohnes selbst auszuüben und den Ambitionen besonders der Guisen Hindernisse in den Weg zu legen. Und um ihre Feinde jeder Einflussnahme auf ihren Sohn zu berauben, verkündete sie im Februar 1561 – einen Tag nach der Krönung von Karl IX. –, dass sie den jungen König, ihren Sohn, um ihm die größte Hilfe sein zu können, bei sich behalten wolle und ihn bei der Führung des Staates unterstützen werde, wie es einer liebenden Mutter zukomme.

Und um die bisherige, schon viel zu weitgehende Machtposition der Guisen zu beschränken, ernannte sie außerdem deren großen Widersacher, Antoine von Bourbon, den Herzog von Vendôme, am 27. März 1561 zum Generalleutnant Frankreichs und entließ auch dessen jüngeren Bruder, Louis de Condé, aus seiner Kerkerhaft.

Heinrich Stinkefuß war natürlich mächtig stolz auf seinen nun ebenfalls am königlichen Hofe lebenden Vater, der sich mit seinem Sohn noch kurz vor seiner Ernennung zum Generalleutnant von Frankreich wieder zum katholischen Glauben bekannt hatte. Zum großen Schrecken seiner Gattin, Jeanne d'Albret, der Königin von Navarra, die sich seit einem Jahr als überzeugte Protestantin gab und mit unnachsichtiger Strenge ihren neuen Glauben verteidigte. Aber den bei uns Kindern allseits beliebten Herzog von Vendôme, der sich von seiner Frau schon vor zwei Jahren wegen ständiger Ehestreitigkeiten für immer getrennt hatte, belasteten die Einwände von Heinrich Stinkefuß' Mutter nicht. Ausgelassen und fröhlich tollte er mit uns in den Gärten von Fontainebleau herum.

Auch die Königinmutter schien wieder Freude am Leben zu empfinden, wozu besonders ein Brief ihrer ältesten Tochter Elisabeth aus Spanien beitrug. In ihm beschrieb diese in aller Ausführlichkeit ihre große Liebe zu ihrem königlichen Gatten, wie rücksichtsvoll und höflich er ihr stets begegnen und mit wie viel Aufmerksamkeit er ihren Worten lauschen würde:

> „Mama, er, der König, mein Gemahl, ist zudem ein ausgesprochen schöner Mann. Zwar ist er, wenn ich meine hohen Schuhe trage, etwas kleiner als ich, aber er ist wohlgestaltet, hat eine hohe und schöne Stirn, eine wohlgeformte Nase,

meergrüne Augen, blonde Haare und eine makellose, schneeweiße Haut. Im Mai sind wir nun nach Madrid übergesiedelt, und Philipp benutzt seitdem jede freie Stunde, um bei mir zu sein. Ich darf sogar über 50 meiner Landsleute – meine Hofdamen noch nicht einmal mitgerechnet – bei mir behalten. Obwohl ich mich über meine neuen Untertanen wahrhaftig nicht beschweren kann, sie lieben mich über alles und nennen mich hier „*Isabel de la Paz*", weil durch mich der Frieden zwischen unseren Ländern garantiert wurde, bin ich trotzdem froh, dass ich auf meine französischen Landsleute nicht verzichten muss. Ist das nicht eine hinreißende Geste vom König, Mama? Und was für ein Luxus an unserem Hofe herrscht! Ich darf alle Kleider nur ein einziges Mal tragen. Danach schenke ich sie meinen Hofdamen. Leider sind alle Kleider in Schwarz, aber wenn Du sie sehen könntest, würdest Du ihnen ihre äußerste Pracht nicht absprechen. Der König beschenkt mich zudem reichlich mit neuen Stoffen, Schmuckstücken, selbstgepflückten Blumensträußen ... Ich muss sogar nicht einmal meine Wünsche äußern, er liest sie mir regelrecht von meinen Augen ab. O Mama, bin ich glücklich! Deine Dich stets liebende Tochter Elisabeth."

Diesem Brief hatte Elisabeth zudem noch Geschenke beigefügt. So wurden unter uns, die dem Inhalt des Briefes bisher andächtig gelauscht hatten, duftende Lederhandschuhe, kostbare Fächer, mit Spitzen und Stickereien verzierte Tüchlein und Handspiegel, die auf der Rückseite mit prächtigen Goldschmiedearbeiten verziert waren, verteilt. Für ihren Bruder, Karl IX., hatte sie zudem ein Wams mit dem in Spanien typischen hohen und steifen Kragen und den lose herabhängenden Zierärmeln, gestrickte Seidenstrümpfe und eine zweiteilige Hose beigelegt, deren Oberhose aus Streifen feinster Seide bestand und deren Unterhose – aus leichtem Futterstoff – mit Rosshaar, Werg und Kleie stark ausgestopft war.

Eduards abschließende, zweideutige Bemerkung „dass Elisabeth wohl bald fällig wäre, wenn der König sich so um sie bemühen würde", wurde seitens der Königinmutter mit einem bösen Blick bestraft.

Aber tatsächlich bekamen Marguerite und ich einen Monat später zufällig mit, wie Katharina de' Medici einer ihrer Vertrauten verriet, dass eine Hofdame Elisabeths, die für die Königinmutter am spanischen Hofe spionierte, ihr mitgeteilt hätte, dass der spanische König mit ihrer Tochter intim geworden wäre und dass Seine Majestät, der König, von einer Körperbeschaffenheit sei, die seiner Gemahlin große Schmerzen verursachen würde.

Anscheinend war das anfängliche Vergnügen in der intimen Beziehung nur aufseiten Philipps II.

Außerdem hatte die besagte Hofdame der Königinmutter in ihrem letzten Brief noch berichtet, dass man in Spanien selbst zur heißesten Jahreszeit in den gehobenen Kreisen – auch im Hause – Kopfbedeckung und Mantel tragen müsste. Außer Hauses wären zudem noch Handschuhe strengstens vorgeschrieben. Ferner wären 50 cm hohe Absätze aus Kork oder Holz in Mode gekommen, die jedoch unter den langen, engen Kleidern nicht zu sehen wären. Mit diesen Schuhen könnte man sich aber nur mit Hilfe zweier Dienerinnen vorwärtsbewegen. Deshalb wäre es am besten, sich mit diesen „Stelzen" nur noch in Sänften herumtransportieren zu lassen und jegliches eigene Gehen zu vermeiden. „Und Unsere Majestät, Elisabeth, hat mir nun auch noch so einen Strick eines geistlichen Ordens geschenkt, der mit den Knochen von Heiligen behangen und dann um die Hüfte geschlungen wird. Ich muss Ihnen, Majestät, gestehen, dass mir dieses höchst zuwider ist. Wie froh ich mich schätze, bald wieder an Ihrer Majestät französischem Hofe weilen zu dürfen, kann ich Ihnen mit Worten nicht erklären. Wussten Sie, dass die Damen hier beim Tanz ein Taschentuch halten, das der Kavalier mit seinen Händen fasst? Auf diese Weise kann er seine Partnerin beim Tanzen führen, ohne sie zu berühren. Ist das nicht absolut pervers, Majestät?"

Ja, liebe Antoinette, Langeweile gab es am königlichen Hofe nie!

So durfte ich im August die ehemalige französische Königin Maria Stuart zusammen mit der Königinmutter, Eduard und Marguerite nach Calais begleiten, von wo aus sich Maria Stuart in ihr eigenes schottisches Königreich aufmachte. Der Abschied schien der jungen Königin sehr schwer zu fallen, hatte sie doch immerhin 13 wunderschöne Jahre in unserem Königreich verbringen dürfen. Als Katharina de' Medici ihr noch als Abschiedsgeschenk eine kostbare Perlenkette überreichte, konnte jene ihre Tränen nicht mehr zügeln. Ununterbrochen weinend, nahm sie uns alle nacheinander in den Arm, drückte uns herzlich und wünschte uns alles Gute für die Zukunft. Dann bestieg sie ihr Schiff und winkte uns mit ihrem großen weißen Spitzentuch zu. Wir blieben, ebenfalls unsere Tücher dem Wind überlassend, an unserem Platz, bis ihr Schiff hinter dem Horizont verschwand.

Auf dem Rückweg nach St. Germain, wo sich der königliche Hof befand, wurden Marguerite und ich noch Zeugen einer staatlich angeordneten Hinrichtung.

Marguerite zog mich durch die gaffende Menschenmenge direkt in die erste Reihe, so dass wir alles haargenau beobachten konnten. Ein Dieb, der dem Prinzen von La-Roche-sur-Yon sechs silberne Schüsseln gestohlen hatte, stand bereits auf der Leiter, als er den Henker bat, ihm noch ein paar Minuten für eine kurze Rede zu gewähren. „Liebe Schwestern und Brüder! Ich werde unschuldig hingerichtet, denn nie habe ich Bettler und arme Leute bestohlen, sondern immer nur Fürsten und große Herren, die doch wahrlich noch größere Diebe als wir sind und die uns doch jeden Tag ausplündern. Es ist doch nur recht und billig, ihnen wieder abzunehmen, was sie uns gestohlen haben.“ Aber bevor er seine Ansprache beenden konnte, wurde er durch einen Priester unterbrochen, der ebenfalls auf die Leiter gestiegen war und lauthals dem anwesenden Publikum Folgendes verkündete: „Dieser arme, uneinsichtige Sünder ist auf euer Gebet angewiesen. Wir wollen für ihn ein Pater Noster und ein Ave Maria beten und ein Salve Regina singen.“

Seinen Worten gehorchend, begannen Marguerite und ich mit dem gewöhnlichen Volk zusammen zu beten, während der Dieb wie ein Kalb blökte und den Priester verulkte. Schließlich verpasste er dem Geistlichen noch einen Fußtritt, so dass dieser in einem hohen Bogen von der Leiter fiel und sich anscheinend sein linkes Bein brach. Das Jammern des Priesters quittierte der Dieb jedoch nur mit einem grässlichen Lachen, bevor er ohne Hilfe des Henkers selbst von der Leiter sprang und röchelnd in seiner Schlinge hin und her baumelnd erstickte. Marguerite fand dies eine gelungene Vorstellung und hätte zu gern noch mehrere Hinrichtungen dieser Art verfolgt. Ich jedoch wandte meinen Blick vom Sterbenden ab, drängte mich durch die dichte Menschenmasse auf den freien Platz und suchte fluchtartig die königliche Kutsche auf. Marguerite kam schon bald nach und schilderte ihrer Mutter während der Heimreise voller Begeisterung das Vorgefallene mindestens viermal, bis Katharina de' Medici sie endlich zu schweigen bat.

Der Königinmutter stand nämlich eine schwierige Zeit bevor. Wie konnte sie die Katholiken und Protestanten miteinander versöhnen? Wie konnte sie ihrem Königreich wieder den Frieden schenken? Wie konnte sie die friedliche Koexistenz der beiden rivalisierenden christlichen Gemeinschaften herstellen? Es blieb ihr – so wurde ihr während der Fahrt bewusst – nur die eine Möglichkeit, sie musste es schaffen, im Laufe der nächsten Jahre die Religion von der Politik zu trennen. Die Staatsräson musste in Zukunft über die Fragen der Konfession gestellt werden, damit die machthungrigen Adligen die religiösen Gegensätze nicht mehr für ihre weltlichen Ziele missbrauchen konnten.

„Wir müssen uns auf die allen Glaubensparteien gemeinsamen Grundlagen im Christentum besinnen, dann werden wir auch einen Kompromiss finden!" mit diesem Satz ließ sie Marguerite und mich schließlich an ihren Gedanken teilhaben.

Und im September lud sie die bedeutendsten Geistlichen beider Religionsrichtungen zu einer nationalen Synode in Poissy ein, hoffend, dass die christliche Nächstenliebe beider Glaubensparteien zu Frieden und Einigkeit führen müsste. Aber in den stattfindenden Diskussionen wurde nur allen die unversöhnliche Gegensätzlichkeit der Lehrauffassungen bewusst. So erzielte diese Synode nur, dass die konfessionelle Kluft sich noch mehr vertiefte.

Aber, meine liebe Tochter, Katharina de' Medici, unsere großartige Königin, ließ sich – Gott sei Dank – durch solch eine Niederlage nicht entmutigen. Nein, sie hoffte weiter, dass sie irgendwann die verfeindeten Seiten wieder miteinander versöhnen könnte.

In der Zwischenzeit zeigte sie sich in aller Öffentlichkeit kompromissbereit, indem sie allen ihren Landeskindern – ob katholisch oder hugenottisch – den Zutritt zu ihr gewährte, was ihr seitens des Papstes, ihres königlichen Schwiegersohnes, Philipp II. von Spanien, und des Lehrpersonals der Universität Sorbonne deftige Kritik einbrachte. In diesen Kreisen wurde sie schließlich schon selbst bald als Ketzerin verdächtigt. Uns Kindern bescherte die Einsicht der Königinmutter nur ein weiteres Unterrichtsfach: der protestantische Glaube: seine Entstehungsgeschichte, seine Riten und seine Unterschiede zum Katholizismus.

V

Ihrer Politik des Friedens konsequent folgend, erließ die Königinmutter zusammen mit ihrem Kanzler am 17. Januar 1562 das Edikt von Amboise, durch das die Protestanten zum ersten Mal die Erlaubnis erhielten, ihren Glauben außerhalb der Stadtmauern und innerhalb derselben in ihren Privathäusern zu praktizieren. Mit diesem Gesetz erkannte Katharina de' Medici die zwei christlichen Religionen in ihrem Staate an. Natürlich stieß dies auf wenig Gegenliebe bei den Guisen, die nichts unterließen, um die Hugenotten weiterhin zu provozieren.

Schon anderthalb Monate später kam es zu einem einseitig von den Katholiken hervorgerufenen Zwischenfall, als Herzog Franz von Guise am 1. März, einem Sonntag, auf seinem Zug nach Paris mit seinem bewaffneten Gefolge das Städtchen Vassy durchquerte. Hier fand nämlich zur gleichen Zeit in einer Scheune ein protestantischer Gottesdienst statt, den der Herzog mit seinen Soldaten zu stören beabsichtigte. Als sich die unbewaffneten Hugenotten mit ihren Frauen und Kindern den Soldaten entgegenstellten, ließ der Herzog anderthalb Stunden lang mit Pistolen und Hakenbüchsen in die Menge, die zu fliehen versuchte, feuern. Außerhalb der Scheune wurde noch zusätzlich mit Messern, Säbeln und Degen Jagd auf die

Hugenotten gemacht. Bei diesem Massaker verloren ungefähr 60 Protestanten ihr Leben und über 200 wurden zum Teil schwer verletzt. Die Katholiken hingegen bemühten sich, diesen Vorfall, der der Anlass für den ersten Bürger- bzw. Religionskrieg werden sollte, als einen reinen Unglücksfall darzustellen.

Katharina de' Medici blieb bedauerlicherweise keine Zeit, zwischen den Fronten zu vermitteln, denn der Herzog von Guise übernahm wieder die Führung im Königreich und brachte Karl IX. und seine Familie, nachdem Ende März – wie zu erwarten – der Krieg zwischen den Katholiken und den Hugenotten ausgebrochen war, nach Paris. Natürlich ließ Franz von Guise die Protestanten wie im Jahre 1560 sofort zu Rebellen erklären und Louis de Condé, ihren Anführer, als Hochverräter verfolgen. Heinrich Stinkefuß' Vater kämpfte diesmal aufseiten der Guisen und deren Verbündeten gegen seinen eigenen Bruder. Unvermeidlich hatte dieser Bürgerkrieg im französischen Königreich, wie die Königinmutter stets befürchtete, die auswärtigen Mächte in den Konflikt hineingezogen. So stand im Herbst 1562 bereits Spanien fest hinter den Guisen und England hinter den Hugenotten.

Wir Kinder wurden in diesem Krieg zum ersten Mal voneinander getrennt, denn Marguerite, Heinrich Stinkefuß, Katharina de Guise, ihre Brüder Karl und

Ludwig, Jeanne, Hercule und ich wurden aus Sicherheitsgründen nach Amboise gebracht, da die dicken Mauern des Schlosses besseren Schutz vor Angriffen boten. Die Trennung von Eduard fiel mir unendlich schwer. Ich hatte ihn von allen – außer natürlich Jeanne – am meisten ins Herz geschlossen. Er war jederzeit freundlich, zuvorkommend und hilfsbereit. Kein Wunder, dass sich Katharina de' Medici zu ihm besonders hingezogen fühlte, war er doch zu ihr, wie auch zu seinen Freunden, ja, selbst zu seinen Tieren stets zärtlich. Er konnte wirklich alle Herzen gewinnen. Der einzige Trost war, dass auch meine Rivalin um ihn, Katharina von Guise, von ihm getrennt war.

Trotzdem hoffte ich, dass diese Zeit schnell vorübergehen würde, denn mit Heinrich Stinkefuß, Katharina von Guise, deren Brüdern, Marguerite und Hercule ließ sich nicht so gut spielen.

Im Herbst erfuhren wir Kinder, dass Antoine von Bourbon bei der Belagerung von Rouen durch einen Arkebusenschuss an der Schulter verletzt worden wäre. Einen Monat später starb er an dieser Wunde, die brandig geworden war. Heinrich Stinkefuß zog sich daraufhin von uns noch mehr zurück.

Mitte Dezember fand dann eine große Schlacht zwischen den Katholiken und Protestanten bei Dreaux statt, in der die Guisen siegten, jedoch ihren alten

Feldherrn, den Connétable Montmorency, verloren, der von den Hugenotten gefangen genommen werden konnte. Kurz darauf geriet im Gegenzug jedoch der protestantische Anführer, der Prinz von Condé, in die Hände der Katholiken. Bei dieser Patt-Situation blieb es allerdings nicht.

Am 18. Februar 1563 wurde der Herzog von Guise, als er die hugenottische Hochburg Orléans zu belagern versuchte, von dem Protestanten Jean Poltrot de Meray, den er selbst als Spionen gedungen hatte, aus allernächster Entfernung angeschossen. Er war zwar nur an der Schulter getroffen worden, aber die Wunde, die sich durch die Pfuscherei seiner Ärzte schwer zu entzünden begann, wurde brandig und brachte ihn letztendlich am 24. Februar um. Sein Mörder konnte schon am 20. Februar gefasst werden. Am 18. März wurde dieser durch den Spruch des Parlamentsgerichts verurteilt, mit glühenden Zangen gezwickt und von vier Pferden auf dem Grèveplatz in vier Stücke gerissen. Laut Karl IX., der bei dessen Hinrichtung anwesend war und uns alles haargenau geschildert hatte, litt der Verurteilte sehr, bevor er starb.

Natürlich ist eine Mordtat in den seltensten Fällen zu begrüßen, aber diese hier erleichterte es der Königinmutter doch erheblich, wieder die Führung im Königreiche zu übernehmen und erneut für den Frieden zu kämpfen. Denn die Katholiken hatten in Franz von

Guise ihren größten Halt, ihre größte Hoffnung und ihre größte Stütze verloren.

Und zwei Monate später, am 19. Mai, gelang es Katharina de' Medici tatsächlich, mit dem Hugenottenführer Condé einen Vertrag zu unterzeichnen, der den ersten Religionskrieg für beendet erklärte und den Protestanten wieder eine beschränkte Religionsfreiheit zugestand, worüber diese jedoch sehr enttäuscht waren. An katholischen Feiertagen durften sie nämlich nicht offen arbeiten und an Fasttagen nicht Fleisch verkaufen. Außerdem waren protestantische Begräbnisse auf katholischen Kirchhöfen nur zur Nachtzeit erlaubt.

Zusätzlich ergab sich für die Königinmutter noch das Problem mit Le Havre, das die englische Königin Elisabeth I. sich in der französischen Krisenzeit für berechtigt gefühlt hatte zu besetzen. Katharina de' Medici ließ keinen Zweifel bei ihrer Gegnerin aufkommen, dass sie zu allem bereit wäre, um diese Stadt wieder aus den feindlichen Händen zu befreien. Als vernünftige Frauen kamen jedoch beide Herrscherinnen schließlich überein, dass es schierer Unsinn wäre, einen Krieg fortzusetzen, der nicht nur beider Staatsschätze erschöpfen, sondern sie überdies zu einer leichten Beute ihrer Feinde machen könnte.

Wir Kinder waren überglücklich, nach über einem Jahr der Trennung wieder vereint sein zu dürfen. Karl IX.,

Eduard, Heinrich von Guise und Heinrich der Bastard waren allerdings im Gegensatz zu uns Mädchen kaum größer geworden. Außerdem machten sie auf uns Frauen, die wir uns in der Zwischenzeit so sehr viel erwachsener vorkamen, den Eindruck von verspielten Kindern.

Die Königinmutter, die sich ebenfalls sehr freute, uns wieder alle bei sich zu haben, beschloss, den Geburtstag des jungen Königs am 27. Juni in diesem Jahr ganz groß zu feiern. Natürlich musste für dieses außergewöhnliche Fest das Schloss von Chenonceau herhalten.

Ja, liebe Antoinette, der Einzug ins Schloss von Chenonceau am 27. Juni blieb zeitlebens unvergesslich für mich. Unsere Kutschen fuhren über die lange Allee, die auf beiden Seiten von Kanälen begrenzt war, direkt auf das Schloss zu, als aus dem Wasser plötzlich singende Sirenen entstiegen, denen wunderschöne Nymphen, die aus den Gebüschen hervorkrochen, antworteten. Mit ihren Gewändern aus Silberstoff, ihren rosaroten und blauen Schleiern, den vielen funkelnden Edelsteinen am Hals und am Gürtel und den kostbaren Reifen an ihren Armen sahen Letztere zum Verlieben aus. Mit Körben voll Rosenblättern liefen sie um unsere Kutschen herum, die in einem langen Zug auf der Allee hielten, bewarfen uns und die anderen Gäste mit den blutroten, zartroten, gelben und weißen Rosenblättern und drückten den Herren – einschließlich Eduard – einen sanften Kuss auf die Wange. Meine Eifersucht hielt jedoch nicht lange an, denn schon bald tauchten Satyrn, deren Haare aus Gold und Seide bestanden, auf, die die Nymphen rauben wollten. Zu ihrer Rettung kamen aus dem Unterholz schließlich noch prächtig mit silbernen und hellroten Stoffen und blauem Velours ausstaffierte Ritter hervor, die mit ihren Schwertern die schönen Frauen verteidigten. Nachdem unzählige Schwertschläge mit den ebenfalls zu den Waffen greifenden Satyrn ausgetauscht worden waren, kamen sämtliche Sirenen, Nymphen, Satyrn und Ritter zusammen, um dem jungen König zu huldigen. Kurz darauf ertönten auch schon Kanonenschüsse vom Schloss und von den Galerien, und zu Ehren des königlichen Geburtstagskindes wurde noch ein herrliches Feuerwerk abgebrannt.

Am Abend gab die Königinmutter zu Ehren ihres Sohnes noch ein großes Fest, auf dem der junge König nach dem vorzüglichen Essen mit seiner schönen Schwester Marguerite den Tanz eröffnete. Nachdem auch die anderen Herren und Damen aufgefordert wurden, am Tanzvergnügen teilzunehmen, bat mich Eduard, seine Partnerin zu sein. O Antoinette, wie glücklich ich mich an diesem Abend fühlte. Irgendwann betraten die ehemaligen Nymphen, Sirenen, Satyrn und Ritter, nun als Bewohner des

Poitou verkleidet, das Tanzparkett. Und wieder machten sie einen hinreißenden Eindruck auf ihre Zuschauer. Die Damen trugen nämlich Kleider aus Silberstoff, Blau und Inkarnat, und ihre Häupter waren ganz mit Edelsteinen bedeckt. Die Gewänder der Männer waren aus Samt und Seide und in Blau, Weiß und in Inkarnat mit silbernen Tressen. In Begleitung von Dudelsackmusik tanzten sie vor unseren Augen den Reigen von Poitou, dem wir uns bald alle anschlossen.

Am frühen Morgen des nächsten Tages hatte Karl IX. mit seinen Jagdkumpanen einen Eber, der sich in den Gärten des Schlosses verirrt hatte, zu töten. Nach dem Mittagessen unternahmen wir schließlich alle zusammen eine zauberhafte Bootsfahrt auf dem Cher. Aber damit war das Fest noch nicht zu Ende. Am Abend erschienen der König, seine Geschwister, Heinrich Stinkefuß, Heinrich der Bastard, die Guisen, Jeanne und ich als Schäfer verkleidet zum Konzert. Unsere Gewänder aus edelsteinbesetztem Goldstoff und weißem Satin verfehlte seine Wirkung bei den erwachsenen Gästen nicht.

Am dritten Tag unserer Ankunft begab sich Karl IX. zur Treibjagd, die er neben seiner körperlichen Arbeit in der Schmiede am meisten liebte. Die drei Heinriche schlossen sich ihm an, nur Eduard, der die Jagd für eine Metzgerei und Tierquälerei hielt, blieb bei uns

Mädchen. In den Gärten wandelnd, erklärte er mir, indem ich mich bei ihm einhaken durfte, wie er sich seine zukünftige Menagerie vorstellen würde, welche Tiere dort alle untergebracht werden sollten und wie er sie alle zuvorkommend behandeln und mit den auserlesensten Speisen verwöhnen wollte.

Am Abend dieses Tages wurde nach dem Souper auf dem Fluss noch ein großes Feuerwerk abgebrannt, das das erste am Tage unserer Ankunft völlig in den Schatten stellte.

Am nächsten Morgen, dem letzten Festtag, begleitete die Königinmutter den König und seine Brüder zum Frühstück in den Park. Vor einem neu errichteten Haus, in dem sich zur Freude Eduards viele Vögel aus fremden Ländern befanden, hielten sie inne, ließen sich auf Blumen bekränzten Stühlen nieder und wurden von uns Mädchen, die in den Trachten der Picardie erschienen, bedient. Mit unseren dunkelroten Röcken aus Samt und Satin und den Hauben aus gewebtem Leinen, den kostbaren Edelsteinen im Haar, den Schürzen und Ärmeln aus Silberstoff, den Mänteln aus Purpur müssen wir auf den König einen umwerfenden Eindruck gemacht haben. Jeder Einzelnen von uns gratulierte er zu ihrem fabelhaften Aussehen. Eduard gestand mir, dass ich bei weitem als die Schönste abgeschnitten hätte und er sehr eifersüchtig geworden wäre, weil ich so lange auf dem Schoße seines königlichen Bruders gesessen hätte. Das Frühstück aus Süßigkeiten und allen möglichen Früchten bestehend, trug ebenfalls zum Gelingen dieses Morgens bei. Beim Nachtisch lieferten sich vor unseren Augen 54 mit Girlanden geschmückte Barken im Fluss Cher eine Seeschlacht.

Danach zog bei uns wieder der Alltag ein, den ich ebenfalls genoss, denn „wegen meiner großen Wissbegierde, meiner beeindruckenden Auffassungsgabe und meinem hervorragenden Gedächtnis“ – wie meine drei Lehrer von mir nicht müde wurden zu behaupten –, gehörte ich neben Eduard und Marguerite zu den sehr guten Schülern am königlichen Hofe. Besonders mein Italienisch machte damals außerordentliche Fortschritte, was mich bei der Königin und ihren italienischen Ratgebern und Vertrauten besonders beliebt werden ließ.

Außerdem ordnete die Königinmutter an, dass unsere Tanzstunden vermehrt werden müssten, da unsere Vorstellung am Geburtstag des Königs mehr als enttäuschend gewesen sei. Besonders die komplizierten neuen Sprungtänze wie die Volte sollten intensiv eingeübt werden.

Leider geriet ich in diesem Sommer mit Marguerite, die zu dieser Zeit als Braut des spanischen Thronfolgers Don Carlos galt, wegen ihres arroganten Getues oft in Streit. „Madeleine, Du glaubst doch wohl selbst nicht, dass mein Bruder Dich heiratet. Du bist von viel zu geringem Stand. Unsereins heiratet nur Kandidaten aus dem Hochadel. Um es deutlich zu sagen, wir werden nur die Gattinnen oder Gatten von Königen oder Königskindern."

Eduard, der zufällig unserem Gespräch gelauscht hatte, verpasste ihr dafür einen kräftigen Schlag ins Gesicht. „Marguerite, ich heirate, **wen ich will**! Auf keinen Fall nehme ich eine hässliche, alte Frau zur Gattin. Auch wenn sie Königin ist!" fauchte er seiner Schwester zu.

Na ja und dann kam, was kommen musste: ein Brief aus Spanien, den die Spionin Katharina de' Medicis geschrieben hatte, die leider immer noch in jenem ihr so verhassten Lande verweilen musste. Ihre vielen Zeilen ließen kein einziges gutes Haar an Marguerites Zukünftigen:

> „Majestät, Sie wissen, dass ich die Ehrlichkeit, wie schmerzlich sie auch ist, Ihnen gegenüber stets bewahren möchte. Deshalb muss ich Ihnen gestehen, dass die Gerüchte um den Thronfolger leider haarsträubend sind. Natürlich könnte man die Leute, die diese garstigen Geschichten über ihn verbreiten, der Böswilligkeit bezichtigen, wenn ich diese, meine Informanten, nicht selbst persönlich sehr gut kennen würde. Keiner von ihnen neigte bisher je zur Übertreibung, im Gegenteil, ich halte sie für sehr vernünftige

Menschen. Vielleicht erinnern Sie sich noch, wie ich Ihnen im letzten Jahr von dem Unfall des Prinzen berichtet habe. Don Carlos hatte, wie ich Ihnen bereits zu dieser Zeit geschrieben hatte, ein Auge auf die Tochter eines Palasttorwartes geworfen. Zum Stelldichein im Park benutzte der Prinz zur verabredeten Stunde eine dunkle und steile Hintertreppe, stolperte und fiel die fünf Stufen hinunter, wobei er unglücklicherweise mit dem Kopf auf dem Fußboden aufschlug. Die daumennagelgroße Wunde an der linken Seite des Hinterkopfes schien eigentlich harmlos zu sein, und so hatten wir alle der Verletzung keine Bedeutung beigemessen. Aber leider verschlimmerte sich der Gesundheitszustand von Don Carlos nach wenigen Tagen. Wir hatten sogar mit seinem Tod zu rechnen! Sie kennen meine persönliche, sehr schlechte Erfahrung, die ich hier mit den Ärzten am Hofe gemacht habe. Meiner Meinung nach haben die Oberleibärzte Daza Chacónt und Don Luis Quijada den jungen Prinzen so reichlich purgiert und so ausgiebig zur Ader gelassen, dass sie den Patienten fast getötet hätten. Nur einer Idee des Herzogs von Alba hatte der Prinz zu verdanken, dass er am Leben blieb. Dieser hatte nämlich die Gebeine eines vor 100 Jahren verstorbenen, im Geruch der Heiligkeit stehenden Mönches namens Fray Diego besorgt und neben Don Carlos ins Bett legen lassen. Und der Prinz gesundete wirklich. Vielleicht aber auch nur, weil die Ärzte ihn endlich in Ruhe ließen. Aber Majestät, seit dieser Zeit ist es mit ihm, was seine Zornesausbrüche betrifft, noch schlimmer geworden. Natürlich haben Sie, Majestät, recht, dass Könige und Königssöhne nicht die schönsten Menschen sein müssen. Ich erwähne deshalb den deformierten Rücken, die ungleich langen Beine und die häufigen epileptischen Anfälle des spanischen Thronfolgers in den Briefen an Sie, Majestät, kaum noch. Auch seine erheblichen Lernschwierigkeiten – er spricht immer noch sehr langsam, schleppend und unverständlich, obwohl er doch nun schon 18 Jahre alt ist –, hielt ich bisher nicht für so schwerwiegend, um Sie, Majestät, damit zu belästigen. Aber seit der Operation ist dieser Prinz noch verrückter – verzeihen Sie, Majestät, diese Wortwahl – geworden. Als Baby soll er drei von seinen Ammen getötet haben, indem er deren Brüste zerbiss oder vielmehr aufaß. So erzählten mir es jedenfalls die Leute am Hofe, die ihn seit seiner Geburt kennen. Als junger Knabe briet er Hasen lebendig an einem Pfahl und biss einer Eidechse den Kopf ab. Die Dienerschaft versetzt er zudem ständig in Angst und Schrecken, weil er sie töten oder mindestens entmannen lassen will. Seine Pferde reitet er zuschanden, und die Minister seines Vaters attackiert er ohne den geringsten

Grund mit dem Messer. Zwischen Seiner Majestät, dem König, und dem Prinzen kommt es mittlerweile zu immer häufigeren Reibereien. Nur die überaus große Geduld Philipps II. verhinderte bisher schlimmere Auseinandersetzungen. Der einzige Mensch, der mit ihm auszukommen scheint, ist Eure Tochter, Majestät, die hier am Hofe von jedem geliebt und verehrt wird. Nur in ihrer Gegenwart benimmt er sich zuvorkommend und höflich. ... Ihre Ihnen stets mit ganzem Herzen zu Diensten stehende Guillemette Micheau."

Dieser Brief, den Eduard seiner Mutter aus ihrem Arbeitszimmer gestohlen und uns allen genüsslich vorgelesen hatte, ließ Marguerite in ihrer Liebe zu Don Carlos zu zweifeln beginnen. Schließlich verkündete sie, dass sie die Gattin des portugiesischen Königs Sebastian werden wollte, der damals schon den Ruf eines „verrückten" Monarchen trug.

Eduard, der seiner Schwester doch nur die Augen öffnen wollte, wurde von ihr bei der Mutter verpetzt, die, wenn es sein musste, auch selbst zur Rute griff, um ihre Kinder zu züchtigen. Auch Eduard konnte ihrer Wut nicht entgehen. So erhielt er zur Strafe 10 Schläge auf sein Hinterteil. Ich kümmerte mich hinterher sehr liebevoll um ihn, indem ich für ihn Erdbeeren aus den Beeten des Diane-de-Poitiers-Gartens stahl und ihm seine Lieblingsgeschichten aus seiner Privatbibliothek vorlas. Wir beide schworen, dass wir Marguerite diese Hinterhältigkeit nie verzeihen würden.

Im Oktober gab es jedoch ein Ereignis, dass uns Kinder wieder vollkommen zusammenschweißen sollte. Die Königinmutter war in Nantes bei einem Ausritt mit Karl IX. schwer vom Pferd gestürzt. Einige Tage lang schwebte sie sogar in großer Lebensgefahr. Aber ihre Feinde, die Guisen, hofften umsonst. Nach einer nicht ungefährlichen Schädeloperation, die vorgenommen werden musste, erholte sich die Königin relativ schnell.

Eduard, Jeanne und ich saßen abwechselnd an ihrem Krankenbett und gaben auf jeden ihrer Atemzüge acht. Unsere Gebete an Gott, uns unserer guten Mutter nicht zu berauben, wurden schließlich erhört. Mit ihr zusammen durften wir in das Jahr 1564 schreiten, das für mich voller Überraschungen sein sollte.

VI

Zunächst begann das neue Jahr 1564 für uns Kinder jedoch mit der Einübung zweier Ballettstücke, die wir dann im Januar und im Februar zu den verschiedensten Gelegenheiten vor einem ausgewählten Publikum aufführen mussten. Der Kammerherr der Königinmutter, Herr von Beaujoyeux, der von Katharina de' Medici zugleich als der „beste Geigenspieler der Christenheit" bezeichnet wurde, hatte die wunderschöne Musik zu unseren Ballettstücken komponiert. Ich glaube, wir waren sehr erfolgreich, denn der Herr de Cipière und der Marquis d'Albeur, deren Hochzeiten aus Anerkennung für ihre hervorragenden Dienste von der Königinmutter in Fontainebleau ausgerichtet wurden, wünschten sich neben den Theateraufführungen „Sofonisba", „Zani" und „Pantalon" unsere Ballettvorstellungen.

Außerdem fanden im Februar zur Karnevalszeit noch andere prunkvolle Feste statt, auf denen wir vor den hohen Gästen ein von Ronsard verfasstes Schäferspiel aufführen mussten.

Am Montag, den 13. März, jedoch war es mit diesen Vorstellungen erst einmal zu Ende, denn mit der Königinmutter und dem jungen König durften Eduard, Marguerite, Hercule und ich uns auf ein neues großes

Abenteuer freuen. Zusammen sollten wir nämlich an diesem Tag unsere mindestens anderthalb Jahre währende, große Reise durch ganz Frankreich antreten. Mit den Vorbereitungen für diese Tour hatte sich die Königinmutter mit ihren Haushofmeistern schon seit Anfang Januar beschäftigt. Schließlich bestand der Zug aus einem Heer von mehreren tausend Personen, die zudem noch aus Sicherheitsgründen von Hunderten von Soldaten eskortiert werden mussten.

Wie Du Dir, liebe Antoinette, vielleicht vorstellen kannst, war ich ganz schön aufgeregt, als es dann am 13. März wirklich losging. Meine Freundin Jeanne musste ich leider zurücklassen, aber ich versprach ihr, ihr ausgiebig zu schreiben. Es war sehr kalt an diesem Tag, und mit unseren pelzgefütterten Mänteln und den hochgezogenen Kragen flüchteten wir, so schnell wie wir konnten, in die Kutschen. Es dauerte auch nicht sehr lange, bis der unendliche Zug an Kutschen und Pferden sich schließlich in Bewegung setzte. Ganz vorne ritten die Trompeter, gefolgt von den Fahnenträgern und den Adligen zu Pferde, unter denen sich auch Karl IX. und Eduard befanden. In den anschließenden Kutschen, die von berittenen Pagen umgeben waren, saßen wir Frauen. Den Schlussteil bildeten die hochbeladenen Fuhrwerke und der bewaffnete Schutz.

Ich teilte mir meine auf den schlechten Wegen hin und her schwankende Kutsche mit Marguerite und zwei Hofdamen, die leider nicht besonders gesprächig waren. Die Königinmutter, die in der vordersten Kutsche saß, wäre allerdings auch keine gute Unterhalterin gewesen, denn sie arbeitete die ganze Fahrt über, diktierte Briefe, diskutierte intensiv mit den für die Innen- und Außenpolitik verantwortlichen königlichen Ratgebern und ließ sich durch ihre Kuriere über alles in ihrem Königreiche informieren.

5.000 km standen uns bevor, geliebte Antoinette! Ich gebe ehrlich zu, zuweilen hatten wir nur noch einen Wunsch, wieder daheim, wo immer dies auch sein sollte, zu sein.

Außer mit der Kutsche reisten wir noch mit der Karosse oder Sänfte. Die Wahl unseres Transportmittels erfolgte je nach dem Straßenzustand, dem Müdigkeitsgrad und den Repräsentationsverpflichtungen.

Beim Einzug in eine Stadt saßen wir z. B. wie die Königinmutter in einer Karosse oder ritten einen Zelter, der mit seinem geflochtenen Schwanz, mit seiner sorgfältig gekämmten Mähne, seiner Schabracke aus Gold- und Silberbrokat ebenso auffiel wie die auf ihn sitzenden, prächtig gekleideten Damen und Herren.

Und wie viele prunkvolle Einzüge, wir, liebe Antoinette, auf dieser Reise über uns ergehen lassen mussten! Im Prinzip liefen sie überall gleich ab. Schon weit vor der Stadt wurden wir von dem Bürgermeister, seinem Rat und der hohen Geistlichkeit aufs Herzlichste willkommen geheißen. Bereits hier trugen die städtischen Herren ihre zum Teil viel zu langen, und ich gestehe Dir, ermüdenden Grußansprachen vor. Der Bürgermeister übergab schließlich als Zeichen der Ergebenheit dem König die Schlüssel zu allen Stadttoren. Erst dann erfolgte der eigentliche Einzug durch das Haupttor der Stadt, begleitet von den Zünften und den Ordens- und Weltgeistlichen, die die Reliquienschreine mit den Gebeinen ihrer Ortsheiligen trugen und die religiöse Lieder und geistliche Hymnen sangen. Das Glockengeläut und die mächtigen Trompetenklänge kündigten schließlich den Eintritt in die Stadt an. Die jubelnde Volksmenge, die uns jedes Mal stürmisch begrüßte, ließ uns hoffen, dass die Franzosen wirklich voll hinter ihrem König und seiner Mutter, der Regentin, standen. Nach den obligatorischen Gottesdiensten folgten prächtig arrangierte Kostümfeste, großartige Gelage, entzückende Maskenbälle und imponierende Feuerwerke. Auch mit Speise und Trank wurden wir reichlichst verwöhnt. So wurden Eiersuppe mit Safran, gebratenes Huhn mit Zwetschgen, gesottener Aal mit Pfeffer, in Schmalz gebackene kleine Vögel in Rettich, Schweinekeule mit Gurke, gebratene Gans mit roten

Rüben, Hühnerfleisch in Mandelmilch ... serviert. Kein Wunder, dass ich auf dieser Reise nahezu 20 Pfund zugenommen hatte.

Aber natürlich gab es während der langen Tour auch unangenehme Erlebnisse. Eingestürzte Brücken und unpassierbare Furten kosteten uns – auf der Suche nach einem Umweg – zuweilen mehrere Tage. In Lyon zwang die dort plötzlich ausgebrochene Pest zum schnellen Aufbruch, heftige Schneefälle in Carcassonne hielten uns wochenlang an diesen Ort gefesselt, und eine außergewöhnliche und drückende Hitze im Südwesten machte die Reise nur noch nachts erträglich. Aber immerhin gelang es der Königinmutter, alle Hauptstädte und Provinzen ihres Königreiches zu besuchen.

Der Höhepunkt unserer Reise sollte die Begegnung Katharina de' Medicis mit ihrer ältesten Tochter Elisabeth, der spanischen Königin, gegen Ende des Jahres werden. Mit welcher Freude Katharina de' Medici diesem Ereignis entgegensah! Und wie groß ihre Bestürzung war, als ihr einer ihrer Kuriere im Mai 1564 mitteilen musste, dass ihre Tochter Elisabeth sich nach einer Fehlgeburt mehrere Tage lang in Ohnmacht befunden hätte. Die spanische Königin hatte nämlich im vierten Monat ihrer Schwangerschaft ein Zwillingspärchen verloren, da sie wegen eines leichten Fieberanfalles von ihren Ärzten zu gründlich zur Ader gelassen worden wäre. Aber noch war Katharinas älteste Tochter körperlich robust genug, noch gelang es ihr, wieder zu gesunden. Gegen Ende des Jahres brachte Herr von Brantôme, der von der Königinmutter im Oktober 1564 zu Elisabeth geschickt worden war, jedenfalls nur angenehme Nachrichten über die spanische Königin mit. Anders klang dagegen sein Bericht über den Thronfolger Don Carlos: „Majestät, ein Schuster hatte dem Prinzen ein Paar zu enge Stiefel gefertigt. Darüber geriet Don Carlos so in Wut, dass er befahl, die Stiefel in winzige Streifen zu schneiden und wie ein Hähnchen zu frikassieren. Und dann zwang er den Schuster, dies zu essen. Und einmal läutete der Prinz, der im Bett lag, die Glocke nach dem diensttuenden Kammerherrn, Don Alonso de Córdoba. Dieser erschien jedoch nicht sofort, worauf der Prinz wütend aus dem Bett sprang, sich auf den Eintretenden stürzte und ihn gegen das Fenster drängte, mit der vollen Absicht ihn hinunterzustürzen. Zum Glück liefen auf dessen Schreie hin einige Edelleute herbei und hielten den Prinzen zurück. Wussten Sie Majestät, dass bei dem Thronfolger eine Schulter höher als die andere und dass das rechte Bein kürzer als das linke ist? Außerdem ziert seinen Rücken ein Buckel, der in Magenhöhe liegt. Die arme Frau, die diesen Prinzen heiraten muss. Er ist ja so abstoßend hässlich im Gesicht ...!“

Mit „es reicht, Herr von Brantôme, vielen Dank für Ihre ausführlichen Informationen“ wurde der redselige Diener von der Königinmutter entlassen. Wir Kinder, die zufällig bei dieser Berichterstattung anwesend waren, schauten nur schmunzelnd zu Marguerite hinüber.

Im Dezember 1564 erlebten wir in einer südfranzösischen Stadt noch eine Hinrichtung und eine Autopsie mit. Bei der Hinrichtung handelte es sich um einen jungen Handwerksgesellen, der wegen wiederholter Vergewaltigung auf einem Karren an vier Kreuzgassen mit feurigen Zangen gerissen und schließlich geköpft wurde. Als man ihn hinterher in ein Grab neben der Richtstätte gelegt hatte, schlug der Henker noch einen Pfahl durch seinen Leib. Die gaffenden Menschen beklatschten sämtliche blutigen Szenen ohne Unterlass. Ich dagegen bat um seine Seele. Denn ich empfand trotz seines wirklich grausamen Verbrechens großes Mitleid mit ihm. Seine Schreie, als die glühenden Zangen riesige Hautstücke von ihm zwackten, kann ich jedenfalls nicht mehr vergessen.

Am Nachmittag durften wir noch bei einer Anatomiestunde im Kolleg teilnehmen. Ein junges Mädchen, um die 14 Jahre alt, das vor zwei Tagen ertränkt worden war, weil sie ihr Kind, das sie für tot gehalten hatte, ins heimliche Gemach geworfen hatte, wurde für uns aufgeschnitten. Studenten hinter uns tuschelten, dass der Pfarrer, der dieses Mädchen geschwängert hätte, wie üblich dabei straffrei weggekommen wäre. Während Eduard sich übergeben musste, erklärte der Professor, der sich von einem seiner Chirurgen die freigelegte Gebärmutter reichen ließ, der Königinmutter, dass dieses Organ deshalb so groß wäre, weil das Mädchen erst vor acht Tagen ihr Kind geboren hätte.

Gott sei Dank, blieben uns, was die Autopsien betraf, weitere erspart.

Das Jahr 1564 näherte sich schließlich seinem Ende zu, und mit großer Freude sahen wir der durch unglückliche Zufälle verzögerten Begegnung mit Elisabeth im nächsten Jahr entgegen.

VII

Da die spanische Königin im März glaubte, schwanger zu sein, was jedoch nicht der Fall war, verzögerte sich das Treffen zwischen Mutter und Tochter noch bis in den Juni hinein, denn Elisabeth hatte sich erst gegen Ende März, als ihre Ärzte ihr bestätigten, dass sie kein Kind erwarten würde, von Valladolid Richtung Burgos und dann weiter Richtung Bayonne, einer Stadt an der Südwestgrenze Frankreichs, begeben. Am 3. Juni konnte Katharina de' Medici ihre Tochter schließlich in Hendaye an der Mündung des Bidassoas in die Arme schließen. Wir Kinder, höchst prächtig gekleidet, schlossen uns nur schüchtern an. Denn Elisabeth, größer und schlanker geworden, glich äußerlich nur noch sehr wenig der Frau, die uns vor mehr als fünf Jahren verlassen hatte.

Sie war sehr blass und trotz der hohen Temperatur, die wie üblich zu dieser Jahreszeit hier herrschte, völlig in ihren schwarzen Gewändern verschwunden. Auch die Hände blieben unter weißen ledernen Handschuhen verborgen. Selbst im intimsten Kreise war, als sie sich nach mehreren Bitten ihrer Mutter von ihrem schweren Mantel befreit hatte, kaum etwas von ihrer Haut zu sehen. Dagegen schien ihre Taille durch ein Korsett aus Eisen- und Fischbeinstäbchen äußerst eng geschnürt und die Wölbung ihres Busens mittels eines mit

Bleiplatten gepanzerten Mieders völlig verschwunden zu sein. Ihr mit künstlichen Einlagen hochtoupiertes Haar gab ihr zudem ein strenges und steifes Aussehen. O Antoinette, was für einen Kontrast sie zu den leichtbekleideten Hofdamen ihrer Mutter bot!

Auch Elisabeths Begleiter machten auf uns Kinder keinen besonders sympathischen Eindruck. Der ältere Herr, der sich stets an Elisabeths Seite – dezent zwei Schritte hinter ihr – befand, sah im Gegenteil zum Fürchten aus. Mit „Mama, darf ich Dir den Herzog von Alba vorstellen“ wurde er von der spanischen Königin bei uns eingeführt.

Außerdem fanden wir die Kleidung der Spanier grotesk und albern. Die Männer trugen nämlich ebenfalls Korsetts und kurze Hosen, die zwei großen Kugeln glichen. Ihre Beine waren hingegen mit knapp anliegenden Seidenstrümpfen bedeckt worden, und ihr schwarzer Mantel, flott um die Schulter geworfen, wirkte regelrecht großtuerisch.

Nein, liebe Antoinette, meine erste Begegnung mit den Spaniern war wirklich enttäuschend. Auch die Königinmutter hatte sich vom Wiedersehen mit ihrer Ältesten etwas anderes erhofft, sprach Elisabeth doch nur von den Wünschen und Befehlen ihres Gatten, die doch auch ihre Mutter endlich befolgen sollte.

So blieb das erste Treffen Katharinas mit ihrer Tochter förmlich und steif, denn Herzlichkeit, Heiterkeit und Ausgelassenheit schienen den Spaniern unbekannte Gefühlserregungen gewesen zu sein. Nur zu sehr musste ich an einen Brief von Madame Micheau denken, die erst Ende Mai der Königinmutter Folgendes geschrieben hatte:

> „Majestät, wie lange muss ich noch in diesem grässlichen, völlig humorlosen Lande verweilen? Haben Sie schon jemals einen Spanier lachen gesehen? Wer sich in diesem Königreich erlaubt, einen Witz zu machen, der muss doch wahrhaftig mit Prügelstrafe rechnen. Als die Königin, Eure Tochter, ihrem Gatten gestern von den Palästen in Madrid und Valladolid erzählte, ihre Vorzüge rühmte und sagte, sie wünschte von Herzen, die beiden Orte lägen so dicht beieinander, dass sie mit dem linken Fuß den einen und mit dem rechten den anderen berühren könnte, spreizte sie zugleich die Beine, woraufhin der Hofnarr bemerkte: »Und ich möchte genau in der Mitte sein!« Für diese Bemerkung bekam er doch wahrhaftig in der Küche tüchtig die Rute. Diese Spanier sind so humorlos und frigide.“

Letzteres konnte Katharina de’ Medici nicht bestätigen. Ihre Schwadron schöner Frauen, die sie seit zwei Jahren immer an ihrer Seite hatte, weil ihrer Meinung nach Männer mehr über ihre Fleischeslust als über ihre

Vernunft beherrscht werden könnten, hatte jedenfalls zurzeit eine Menge zu tun und stöhnte noch Tage später über die absonderlichen sexuellen Wünsche der spanischen Gesandten und Höflinge und Geistlichen.

Bei den nächsten zwei Treffen zwischen der Königinmutter und ihrer Tochter, die ebenfalls nicht besonders erfreulich verliefen, sprach Elisabeth höchstens zwei oder drei Sätze und überließ dem Herzog von Alba das Gespräch mit ihrer Mutter.

„Königliche Majestät, mein Herr, der König von Spanien, ist sehr enttäuscht über Ihre Vorgehensweise gegenüber den Ketzern. Was haben Sie vor, um ihren Schwiegersohn diesbezüglich endlich zufriedenzustellen?“ begann dieser reichlich provokant die Königinmutter zu fragen.

„Sehr geehrter Herzog von Alba, da ich nicht vorhabe, mich in die Politik meines Schwiegersohnes einzumischen und er in seinem Reiche tun und lassen darf, was er vor Gott verantworten kann, hoffe ich, dass er auch mir selbiges in meinem Königreiche zugesteht. So bin ich jedenfalls in Glaubensdifferenzen gegen Gewaltanwendung. Ich werde niemanden, nur weil er lutherische Bücher verkauft, kauft oder liest, zum Tode auf dem Scheiterhaufen verurteilen.“

„Finden Sie nicht, Majestät, dass Sie Gott dies schulden?“

„Nein, wo steht in der Heiligen Schrift geschrieben, dass man Ketzer verbrennen soll? Wenn ein Ketzer seinen Irrtum abschwört, halte ich es für höchst ungerecht, ihn wegen seiner vergangenen Verbrechen zu bestrafen. Im Gegenteil, in diesem Fall ist es meine Aufgabe, ihn wie ein verirrtes Schaf, das in den Stall zurückgekehrt ist, wieder freudig aufzunehmen. Und wenn ein Protestant bei seinen ketzerischen Ansichten bleibt, muss ich ihn erst recht am Leben lassen, damit ich Zeit habe, ihn doch noch zu bekehren."

„Sie legen alles so aus, Majestät, wie es Ihnen gefällt. Aber der Protestantismus ist ein gefährliches Krebsgeschwür, das man so schnell wie möglich vernichten muss, bevor es sich noch weiter ausbreitet."

„Mein lieber Herzog, glauben Sie tatsächlich, dass Sie wissen, was Gott von uns verlangt? Für mich ist, einen Menschen am Marterpfahl zu verbrennen, Mord. Reiner Mord, der durch nichts zu rechtfertigen ist! Mein Mann hatte Ihre rigorosen Methoden gegenüber den Hugenotten angewandt. Ohne großen Erfolg! Für jeden Protestanten, der von uns ermordet, eingekerkert oder auf die Galeere geschickt worden war, sind 10 neue hinzugekommen."

„Sehen Sie denn nicht die große Gefahr für Ihr Reich, Majestät? Diese Ketzer sind Rebellen, die Sie und ihre Söhne stürzen werden!"

„Ich glaube, nun gehen Sie zu weit. Haben Sie jemals die Schriften von Calvin gelesen? Ich bezweifle dies! Aber um seine Feinde kennenzulernen, richtig kennenzulernen, muss man sie studieren, muss man ihre Schriften lesen und muss man sie beobachten. Calvin hat Folgendes wortwörtlich gesagt: »Ihr werdet Trost bei Gott finden, wenn Ihr Euch mit Tränen und Gebeten demütigt, nicht aber, wenn Ihr unwillig werdet und die Zähne gegen die Tyrannen zeigt, wie einige es tun.« Glauben Sie wirklich, dass ich oder meine Söhne vor diesen Menschen Angst haben müssen? Geben Sie doch selbst zu, einiges bei den Ketzern ist höchst lobenswert. So halten sie die notorischen Faulenzer zur Arbeit an, stellen Betrug und Wucher, woran wir Katholiken uns doch so sehr gewöhnt haben, unter Strafe und sagen der nervenden Bettelei endlich den Kampf an. Haben Sie einmal eine ketzerische Stadt besucht? Sind Ihnen nie die sauberen Straßen und Häuser aufgefallen? Diese Ammenmärchen, die Protestanten würden in ihren Kellern Kinder schlachten und zu Hostien verbacken, Jungfrauen rauben, um sich mit ihnen der Reihe nach zu kopulieren, oder sie würden es mit ihren Tieren treiben, glauben Sie doch etwa nicht wirklich? Das haben wir Katholiken auch über die Juden und Moslems erzählt. Ich bin dieser Geschichten jedenfalls müde geworden. Was aber, damit Sie mich nicht falsch verstehen, nicht heißt, dass ich jemals ein Anhänger dieser Religion werden könnte. Deren Dogmen wie z. B. die

Prädestinationslehre Calvins lehne ich entschieden ab. Solche kleingeistigen Glaubenssätze passen nicht im Geringsten zu meinen Vorstellungen von religiöser Toleranz und Nächstenliebe.“

„Majestät, es ist wirklich schade, dass Sie leider die Gefahr nicht begreifen, in die Sie ihre Unklugheit, die Sie als Toleranz bezeichnen, führen wird.“

„Unklugheit? Halten Sie mich für eine dumme Frau, wollten Sie das sagen? Haben Sie eigentlich irgendetwas verstanden, was ich Ihnen gesagt habe?“

„Nein, nein, Mama, das hatte der Herzog bestimmt nicht gemeint“, versuchte Elisabeth, ihre erzürnte Mutter zu beschwichtigen, die sich empört von ihrem Stuhl erhoben hatte.

„Ich habe den Herzog sehr gut verstanden und würde ihm dringendst raten, ab und zu seine Nase in Bücher zu stecken, anstatt ständig Menschen abzuschlachten. Wissen bessert die Menschen!“ fügte die Königinmutter zornig hinzu und verließ mit ihren Hofdamen und uns Kindern den Raum.

Der Herzog von Alba, ebenfalls höchst beleidigt, verließ gleichfalls kurz darauf das Zimmer und ließ eine völlig aufgelöste spanische Königin mit ihren Hofdamen zurück. Erst nach einer Weile konnte diese sich wieder fassen und versuchte nun, die Mutter und den Herzog zu versöhnen, wozu beide allerdings nur schwer bereit waren. Die Königinmutter willigte schließlich nur wegen ihrer Tochter, der Herzog von Alba nur wegen seines Herrn, des spanischen Königs Philipp II., ein, der wohl über diesen peinlichen Zwischenfall alles andere als erfreut gewesen wäre.

Ich bezweifle jedoch, dass der Herzog von Alba der Königinmutter vergeben hätte, wenn er etwas über ihre Heiratspläne zu diesem Zeitpunkt gewusst hätte.

Wollte Katharina de' Medici doch in diesem Jahr den jungen König mit der 17 Jahre älteren ketzerischen Königin Elisabeth I. von England verheiraten, die allerdings wegen des großen Altersunterschiedes Bedenken geäußert und von diesem Projekt – erst zwei Tage nach dem unangenehmen Gespräch mit dem Herzog, also am 7. Juni 1565, – Abstand genommen hatte.

Aber die Königinmutter war eigentlich nie lange nachtragend. Sie verzieh dem Herzog schließlich doch von ganzem Herzen und ließ sich ihre Freude, ihre Tochter bei sich zu haben, nicht nehmen. Und so arrangierte sie für die Königin von Spanien wenige Tage später ein prächtiges Fest auf der Insel Aiguemau im Fluss Adour. Auf dieser Insel gab es nämlich eine große ovale Wiese, die von hohen Bäumen umgeben war, in deren Schatten sie ringsherum geräumige Nischen errichten und in jeder dieser Nischen eine Tafel für 12 Personen aufstellen ließ. Am Ende dieses somit künstlichen Saales erhob sich die Tafel für die königlichen Personen. Diese mit weißen Decken geschmückten Tische wurden von Schäfern und Schäferinnen bedient, die nach den verschiedenen Trachten aller französischen Provinzen gekleidet waren.

O Antoinette, allein die zauberhafte Fahrt zur Insel ist mit Worten kaum zu beschreiben. In kostbar verzierten Gondeln und Kähnen fuhren wir, von schwimmenden Tritonen und Meergöttern umgeben, die Hörner bliesen und schöne Weisen sangen, zur Insel. Bei der Landung näherten sich uns die oben beschriebenen Schäfer und Schäferinnen mit anderen fröhlichen Liedern. Jede Gruppe von ihnen führte zudem vor unseren Augen einen typischen Tanz ihrer Provinz vor, die aus Poitou tanzten mit der Schalmei, die Provenzalen ihre Volte mit den Pauken, die aus der Bourgogne und der Champagne mit der kleinen Oboe, der Geige und dem Tamburin, die Bretonen den Passepied und den fröhlichen Branle. Ja, wir bekamen von jeder Provinz die charakteristische Musik zu hören und die eigentümlichen Tänze zu sehen! Danach wurde das großartige Essen serviert, und anschließend trugen einige Satyrn einen großen hellleuchtenden Fels herbei, aus dem Nymphen in verschlungenen Bewegungen hervorkrochen, die wegen ihrer Schönheit besonders von den spanischen Gästen begeistert empfangen wurden. Diese Frauen, die aus einer anderen Welt zu kommen schienen, trugen – zu unserem Erstaunen – überaus prächtige Gewänder, die mit rot-goldenen Sonnen und silbernen Sternen bestickt und die nur bis zum Knie geschürt waren, so dass sie die wohlgeformten Waden dieser Grazien enthüllten. Die Schuhe, die nach antikem Brauch aus karmesinrotem Satin gefertigt worden waren, waren noch zusätzlich mit Perlen und Stickereien besetzt, und die langen bis zur Hüfte reichenden, gelockten Haare wurden mit Hilfe von Bändern zusammengehalten, die mit kostbaren Steinen versehen waren. Außerdem schmückten ihre Stirnen noch schmale silberne Kettchen, deren winzige Diamanten im Sonnenlicht funkelten.

Gebannt von so viel Schönheit, beobachteten wir gespannt, wie diese Nymphen von ihrem hohen Fels herabstiegen und ein hinreißendes Ballett zu tanzen begannen, das jedoch durch einen plötzlich eintretenden entsetzlichen Sturm mit Regen und Gewitter im wahrsten Sinne des Wortes ins Wasser fiel. Jeder versuchte, sich so schnell wie möglich zu den Kähnen und Gondeln zu begeben, um nur allzu bald wieder ein Dach über dem Kopf zu finden. Wie begossene Pudel sahen wir allesamt aus, und Elisabeth, deren strenge Frisur sich in Wohlgefallen aufgelöst hatte, bekam vom vielen Lachen regelrecht Bauchschmerzen. Die Nymphen – nebenbei bemerkt – sollen neun Monate später von kleinen Spaniern entbunden worden sein. Nicht eine von ihnen konnte diesem Schicksal entgehen.

Der Abschied der Königinmutter und ihrer Tochter fiel beiden sehr schwer. Aus mir damals unerklärlichen Gründen hatte nämlich die eine wie die andere das Gefühl, dass sie sich auf dieser Welt nicht mehr sehen würden. Katharina de' Medici ließ sich von diesem traurigen Gedanken, ihre Tochter würde bald sterben, durch niemanden abbringen. Nur schleppend machten wir uns wieder auf den Weg Richtung Paris. Im November 1565 erfuhr die Königin von ihren Kurieren, dass in den spanischen Niederlanden 20 unzufriedene Adlige eine Liga zur Bekämpfung der Inquisition gegründet hätten, die sie als eine „schändliche und allen menschlichen und göttlichen Gesetzen widersprechende Einrichtung" bezeichneten.

Die Königinmutter drängte nun auf ein rascheres Vorwärtskommen, denn sie befürchtete, dass schon bald spanische Truppen an der französischen Grenze zu den Niederlanden auftauchen würden. Vor Philipp II. musste man sich immer in Acht nehmen! Jedoch erst im Mai 1566, 26 Monate nach unserer Abreise, trafen wir endlich wieder im Schloss von Fontainebleau ein.

Vieles hatte sich in der Zwischenzeit geändert. Eduard hatte bei seiner Firmung im Jahre 1565 den Namen Heinrich, Hercule im Jahre 1566 den Namen Franz erhalten. Seit dem Februar 1566 trugen sie zudem den Titel Herzog von Anjou bzw. Herzog von Alençon.

Ja, wir waren mittlerweile schon lange nicht mehr die kleinen Kinder von „ehemals“. Marguerite mit ihren 13 Jahren beschäftigte sich bereits intensiv mit ihrem Körper und seiner Wirkung. Sie verwandte nun, statt mit uns zu spielen, ihre Zeit damit, stundenlang zu baden, sich zu salben und zu parfümieren. Ein riesiger Badezuber, ein großes Zinnbecken, fünf Fässer zum Wasserholen und vier Krüge zum Gießen standen allzeit in ihrem Schlafzimmer bereit. Außerdem wollte sie von hässlichen Königen nichts mehr hören! Sie hatte sich Hals über Kopf in den mittlerweile 16-jährigen Heinrich von Guise verliebt, der wirklich umwerfend gut aussah. Karl IX., ebenfalls 16 Jahre alt, und Heinrich, ehemalig Eduard, 15 Jahre alt, schienen sich gleichfalls für das andere Geschlecht zu interessieren, wobei sie reifere Frauen als uns bevorzugten. Ihr Rendevouz mit zwei Hofdamen Katharina de’ Medicis, die ihre königlichen Schützlinge in das Liebesleben und seine Raffinessen einführten, wurde jedoch durch eine unbekannt gebliebene Person der Königinmutter hinterbracht, die ihre zwei beschuldigten Hofdamen daraufhin sofort entließ.

Für Jeanne und mich standen nur noch die Guise-Brüder Karl und Ludwig als Verehrer zur Verfügung, auf die wir beide jedoch wohlwollend verzichteten. Dafür freuten wir uns mit der Königinmutter, dass sie am 12. August zum dritten Mal Großmutter geworden war. Elisabeth hatte einer Tochter, die den Namen Isabel Clara Eugenia erhielt, das Leben geschenkt. Die Geburt war sehr schwer, und die Königin von Spanien hatte sogar mehrere Tage mit dem Tode zu ringen. Vielleicht würde Elisabeth wirklich nicht besonders alt werden! Aber diesen schlimmen Gedanken verscheuchten Jeanne und ich schon bald wieder aus unserem Gedächtnis und hofften, dass die nächsten Jahre uns ebenfalls den Mann unserer Träume bringen würden.

VIII

Das Jahr 1567 war jedoch alles andere als ein Glücksjahr für mich. Ja, es deutete alles daraufhin, dass nun meine sieben „fetten“ Jahre hier in der königlichen Familie für immer vorüber waren und ich nun die sieben „mageren“, das heißt, die weniger erfreulichen Jahre zu erwarten hatte. Aber es ging mir – Gott sei Dank – nicht allein so.

Denn Ende Februar traten bei uns die Gerüchte auf, dass Maria Stuart, Katharina de' Medicis ehemalige Schwiegertochter, mit ihrem derzeitigen Geliebten, James Hepburn, dem Herzog von Orkney und Grafen von Bothwell, ihren zweiten Gatten, Henry Darnley Stuart, ermordet hätte. Und ihr Verhalten nach dem tragischen Tod ihres zweiten Gemahls sprach auch nicht gerade für die schottische Königin. Statt zumindest die traurige Witwe zu spielen, folgte Maria Stuart schon eine Woche nach dessen Ermordung der Einladung eines gewissen Lord Seton. Am 15. Mai heiratete sie schließlich diesen James Hepburn und zwar – zum Entsetzen ihrer gesamten Guisenverwandtschaft – nach protestantischem Ritus.

Im August traf das Schicksal wieder einmal Katharina de' Medici. Die Revolte und der Bildersturm in den Niederlanden hatten für die Verursacher Folgen. Der

Herzog von Alba hatte nämlich als bevollmächtigter Stellvertreter seines Königs mit seiner kampferprobten Truppe, bestehend aus 17.000 Mann, die niederländische Grenze erreicht. Sein Zug von Namur bis Brüssel entwickelte sich zu einer wahren Triumph-Prozession. Coligny, der zweite bedeutende Hugenottenführer nach dem Prinzen von Condé, hatte daraufhin sofort 60.000 Kronen an die Protestanten in den Niederlanden geschickt, damit jene sich Waffen und Munition besorgen konnten. Natürlich zum großen Entsetzen der Königinmutter, die auf keinen Fall in einen Krieg gegen Spanien hineingezogen werden wollte. Zum Schutz Frankreichs warb sie sogleich ungefähr 6.000 Schweizer für den königlichen Dienst an.

Die Hugenotten aber brannten geradezu darauf, gegen die Spanier in den Krieg ziehen zu dürfen. Sie versuchten überdies, den jungen König Karl IX. unter ihren Einfluss zu bekommen, um ihn ebenfalls für diesen Kampf zu gewinnen.

Wir befanden uns gerade im Schloss von Monceaux, als die Königinmutter durch ihre Kuriere in diese Pläne eingeweiht wurde. Sofort verließen wir mit den eilig angeforderten Schweizern fluchtartig diese nicht besonders verteidigungsstarke Residenz und machten uns über Meaux in Richtung Paris auf den Weg. Zu unserem großen Schrecken wurden wir unterwegs bereits von den Truppen Condés erwartet, der mit seinen Führern den jungen König allein zu sprechen wünschte. Nachdem die Königinmutter und Karl IX. ihm und seinen Leuten eine Abfuhr erteilt hatten, befürchteten wir unser Ende. Condé griff uns jedoch überraschenderweise mit seinen Leuten nicht an. Trotzdem war diese Situation sehr unbehaglich für uns.

Im Oktober erhielten wir im Louvre die einzige positive Nachricht in diesem unglückseligen Jahr. Elisabeth, die Königin von Spanien, war am 10. Oktober von einer zweiten Tochter entbunden worden, die auf den Namen Catalina Micaela getauft wurde. Gegen Ende dieses Monats brach dann – wie zu erwarten war – der zweite Bürger- bzw. Religionskrieg zwischen unseren Katholiken und Protestanten aus. Im November lieferten sich beide Seiten bei St. Denis eine blutige Schlacht, bei der die Hugenotten eine schwere Niederlage einstecken mussten. Da sie mit ihren 2.000 Reitern und 4.000 Fußsoldaten gegenüber unseren 3.000 Reitern und 15.000 Fußsoldaten keine Chance hatten, als Sieger in dieser militärischen Auseinandersetzung hervorzugehen, versuchten sie, im Ausland Verbündete zu gewinnen. Der Kurfürst Friedrich III. von der Pfalz bot ihnen schließlich ungefähr 10.000 Krieger an.

Heinrich-Eduard stieg in dieser kritischen Zeit zum Generalleutnant per forma auf und zog sich dadurch den Neid seines älteren königlichen Bruders zu. Mit der Harmonie im Hause der Königinmutter war es damit endgültig vorbei, denn auch Franz-Hercule begann seine Brüder über alles zu hassen, während Marguerite und Heinrich-Eduard kaum noch ein Wort miteinander sprachen.

Gegen Ende des Jahres wurde ich schließlich zum allerersten Male wieder mit meiner eigenen Vergangenheit konfrontiert. Ein Kurier der Königinmutter fragte mich in unserer Frauenrunde, als Katharina de' Medici, Marguerite, Jeanne, einige Hofdamen und ich an einer komplizierten Seidenstickerei saßen, aus welcher Provinz ich denn stammen würde. Auf die Antwort „aus der schönen Auvergne" erwiderte er Folgendes: „Mademoiselle, dann haben Sie ganz bestimmt auch schon von dem Ungeheuer der Auvergne gehört?"

Und als ich dies verneinte, klärte er uns alle auf: „Dieses Ungeheuer, das ein Wesen halb Mensch, halb Tier sein soll und einem großen Wolf gleicht, frisst das Fleisch von jungen schönen Mädchen. Es schlürft ihr Blut und ihre Gehirne aus und zerstreut die Gebeine und die Schädel seiner Opfer in den Wäldern der Auvergne. Die Häute sind zuweilen hoch oben in den Bäumen zu finden. Die Mütter und Väter leben seit Jahren in großer Angst um ihre hübschen Töchter. Deshalb sieht man leider heutzutage in der Gegend kaum noch schöne Hirtinnen oder Mägde bei der Arbeit.“

Während die anderen Frauen dies als ein gruseliges Märchen abtaten, rief es bei mir wieder längst verdrängte Erinnerungen wach. Ich musste sofort an meinen älteren Bruder denken, dem ich dann – nach reiflicher Überlegung – schließlich so grausame Verbrechen nun doch nicht zumuten konnte. Seit acht Jahren hatte ich von ihm und dem Vater nichts mehr gehört. Zwar schrieb ich meinem Vater als gehorsame Tochter regelmäßig jeden Monat und zu den festlichen Angelegenheiten, aber ich hatte bisher nicht eine einzige Antwort von ihm erhalten. Anders sah es da bei meinem jüngeren Bruder aus, mit dem ich in regem Briefkontakt stand und dem ich all meine Geheimnisse, Träume und Befürchtungen mitteilen konnte, wie er es auch mir gegenüber tat. In seinem Kloster war er mittlerweile zum Abt aufgestiegen. Obwohl er noch sehr jung war, schien er sehr beliebt und respektiert zu sein, da er sein religiöses Leben äußerst ernst nahm. Ein geistlicher Bruder namens Johannes – ein Jahr jünger als Ysambert – war ihm im Laufe der Jahre besonders ans Herz gewachsen. Schon lange galten sie als unzertrennliches Paar, da sie überall zusammen auftraten. Ich freute mich für ihn, denn auch ich selbst genoss es, nach unserer Trennung im Jahre 1559 eine gute Freundin in Jeanne gefunden zu haben. Wahre Freunde zu finden, liebe Antoinette, was selten geschieht, ist bestimmt ein besonderes Geschenk Gottes.

Nachdem dieses Jahr 1567 uns allen so wenig Freude bereitet hatte, konnte das Jahr 1568 doch eigentlich nur besser werden!

IX

Aber leider wurde es nur noch schlimmer. Und außer mir schien auch der spanische König sein Glück verloren zu haben. Am 22. Januar 1568 erhielt die Königinmutter jedenfalls die Nachricht, dass der spanische Thronfolger, nachdem er seine Flucht in die spanischen Niederlande geplant hatte, verraten und gefangen genommen werden konnte. Angeblich soll er mit den protestantischen Flamen unter einer Decke gesteckt haben. Natürlich klagte Philipp II. seinen Sohn nicht in aller Öffentlichkeit des Hochverrates an, denn dieser Vorfall war ihm schon so auch peinlich genug. Aber er ließ ihn sogleich gefangen setzen.

Auch Maria Stuart war in diesem Jahr von ihrem Schicksal wenig begünstigt worden, denn ihre Untertanen forderten ihre Absetzung und verfolgten sie unerbittlich wegen der Ermordung ihres zweiten Gatten. Im Juli konnte die schottische Königin zu ihrer Verwandten Elisabeth I. nach England fliehen, der sie vor wenigen Jahren noch das Recht der englischen Thronbesteigung vehement abgesprochen hatte. Konflikte zwischen den beiden Frauen waren somit zu erwarten.

Katharina de' Medici, die mit großem Interesse Maria Stuarts Flucht verfolgt hatte, sprach ihrem

Schwiegersohn, dem spanischen König, nur in einem kurzen Brief ihr Mitleid hinsichtlich seines missratenen Sohnes aus und widmete sich dann wieder ihrem Wunsch, Frieden zwischen den beiden religiösen Lagern zu schließen. Aber sie erhielt von keiner Seite Unterstützung. Im Gegenteil, der päpstliche Nuntius, der spanische Abgesandte, die Universität Sorbonne und mittlerweile selbst Karl IX. wollten die völlige Vernichtung der Hugenotten.

Am 23. März kam es dann dank des unermüdlichen Einsatzes der Königinmutter schließlich doch noch zum Friedensvertrag von Longjumeau, der allerdings von keiner Seite ernst genommen wurde. Daher fanden die mit Plünderungen verbundenen bewaffneten Auseinandersetzungen und Gewalttätigkeiten weiterhin ohne Unterlass statt.

Katharina de' Medici konnte schließlich zwischen den verfeindeten Lagern nicht mehr vermitteln, da sie sich eine schwere Rippenfellentzündung zugezogen hatte. Wochenlang verbrachte ich neben ihrem Bett, hielt ihre heißen Hände, gab ihr zu trinken und hoffte, dass der Tod auch diesmal an ihr nicht interessiert sein würde. Als sie im Mai allmählich gesundete, erkrankte der König schwer.

Die Lage in unserem Königreich hatte sich nicht geändert. Und im August erklärten die Hugenotten den Katholiken und deren neuem Guisenführer Karl, dem

Kardinal von Lothringen, den Krieg. Voller Wut erließ daraufhin der König ein neues Edikt, das nur noch den katholischen Gottesdienst erlaubte und das alle protestantischen Geistlichen aus Frankreich bei Androhung der Todesstrafe verbannte.

Als ob die Königinmutter in diesem Jahr nicht schon genug gelitten hätte, erhielt sie am 18. Oktober noch die Nachricht, dass ihre älteste Tochter Elisabeth am 3. Oktober an den Folgen einer Frühgeburt gestorben wäre. Deren spanischer Stiefsohn, Don Carlos, hatte bereits am 24. Juli – angeblich hatte er sich überfressen – das Zeitliche gesegnet.

Eigentlich hätte ich die Königinmutter, von der ich doch wusste, wie sehr sie an ihren Kindern hing, trösten müssen, aber ich fühlte mich in dieser Zeit selbst körperlich und psychisch nicht besonders wohl.

Heinrich-Eduard, der im mittlerweile dritten Bürger- bzw. Religionskrieg zum Oberbefehlshaber der königlichen Truppe aufgestiegen war, hatte mich im Sommer mit der Bemerkung überrascht: „Madeleine, wie kommt es, dass Du mir nie von Deinem famosen Bruder Herluin erzählt hast?“ Und bevor ich seine Frage beantworten konnte, begann er unaufhörlich von meinem älteren Bruder zu schwärmen.

„Wirklich so einen schönen Menschen habe ich noch nie gesehen. Kein Wunder, dass ihm alle Frauenherzen zufliegen. Weißt Du, so habe ich mir immer den griechischen Liebesgott vorgestellt. Und ich bin noch nicht einmal eifersüchtig auf so viel Schönheit. Sie ist wahrhaftig nicht von dieser Erde."

Wie konnte ich es bei dieser Begeisterung über meinen Bruder wagen, schlimme Kindheitserlebnisse zu berichten. Vielleicht hatte sich Herluin im Laufe der letzten Jahre wirklich geändert.

„Madeleine, und was für ein tollkühner Krieger er ist! Er wirft sich todesmutig in jeden Feindeshaufen und lässt eine große Spur von Verwüstung und Vernichtung hinter sich. Natürlich hatte er sich bei den Gefechten auch ein paar Mal schwere Verwundungen zugezogen. Aber keine Angst, Madeleine, er ist wieder quicklebendig. Ich bewundere ihn! Madeleine, glaubst Du, ich könnte ihn überreden, hier bei mir am Hofe zu leben?"

Völlig sprachlos zuckte ich nur mit den Schultern und erwiderte ihm ein kurzes „das weiß ich nicht".

Einen Monat später erschien Herluin schließlich höchstpersönlich in Fontainebleau. O Antoinette, Worte können meinen Bruder wirklich nicht beschreiben. Er sah umwerfend gut aus, und die Männer und die Frauen in meiner Umgebung einschließlich der Königinmutter lagen ihm zu Füßen. Seiner ungewöhnlichen Schönheit konnte sich keiner entziehen. Jede Frau, die ihn gesehen hatte, bedauerte mich von ganzem Herzen, dass ich seine Schwester wäre, da ich somit nie die Möglichkeit hätte, seine Geliebte zu werden.

Seine Begrüßung mir gegenüber war sehr kühl und distanziert, wenn auch ausgesprochen höflich. Anscheinend hatte er befürchtet, ich hätte einige Kindheitserlebnisse über ihn ausgeplaudert, was jedoch nicht der Fall war. Herluin machte anfänglich auch auf mich einen sehr guten Eindruck, da er wirklich wusste, wie sich ein wahrer Kavalier in einer vornehmen Gesellschaft zu benehmen hatte. Ja, Antoinette, ich war sogar ein wenig stolz auf ihn.

Die Männer am Hofe priesen ihn als großen und furchtlosen Jäger, hatte er doch schon am ersten Tage zwei Freunden des Königs das Leben gerettet, indem er diese vor einem verwundeten, vor Wut schäumenden Eber gerettet hatte. Todesmutig wie immer hatte er diese Bestie mit seiner Lanze fast vollkommen aufgespießt. Das vom Eber verspritzte Blut haftete noch auf seinem kostbaren Wams, als er und die anderen Jagdgenossen mit der kläffenden Hundemeute zum Schloss zurückkehrten.

„O Mama, ich muss Dir erzählen, wie Herluin meinen Freunden das Leben gerettet hat“, sprudelte es aus des Königs Mund heraus, als er seine Mutter sah. „Mein Freund Guy wäre wohl kaum noch am Leben, wenn

Madeleines Bruder nicht eingegriffen hätte. Der Eber, der von uns während der Jagd schon zweimal verletzt worden war und uns trotzdem stets wieder entwischen konnte, hatte sich heimtückischerweise aus dem Gebüsch auf Guys Pferd gestürzt, das sich vor Angst aufbäumte und den Reiter abwarf. Jean sah als Erster die Gefahr, in der sich unser Freund befand und rief uns zu Hilfe, bevor er selbst von seinem Pferde abgeworfen wurde. Der Eber stieß derweil schon seine Hauer in die Weichen von Guy, während Jean auf einen Baum flüchten konnte. Das Biest war wirklich unberechenbar geworden. Aber Herluin zeigte nicht die geringste Furcht. Mutig bewegte er, den Eber immer im Auge behaltend, sein Pferd auf ihn zu, und bevor dieser seinen nächsten Angriff beginnen konnte, spießte Herluin ihn auf. Natürlich gab der wütende Eber noch nicht auf. Herluin stieg daraufhin von seinem Pferd herab und bearbeitete ihn mit seinem Dolch. Du hättest es sehen müssen, Mama!“

Mit diesen Worten griff Karl IX. selbst zu seinem Dolch am Gürtel und zerfleischte vor den Augen seiner Mutter den Kadaver eines auf der Jagd bereits erlegten Rehes. Das Blut spritzte überallhin, und die Gedärme quollen über den Rasen. Der Anblick war ekelerregend, und viele Zuschauer und Zuschauerinnen wandten sich von dieser brutalen Zerstückelung angewidert ab.

Aber mein Bruder beeindruckte natürlich nicht nur die Herren, auch die Damen kamen nicht zu kurz. Er entpuppte sich als ein ausgezeichneter Tänzer, ein geduldiger Zuhörer und ein faszinierender Unterhalter. Und als Liebhaber war er geradezu heißbegehrt. Marguerite vergaß sogar ihre große Liebe zu Heinrich von Guise, und Heinrich-Eduards neue Flamme, Renée de Châteauneuf, hätte ihren königlichen Liebhaber auf einen Wink Herluins hin sofort im Stich gelassen. Aber anscheinend wusste mein Bruder genau, wie weit er gehen durfte. Und so begnügte er sich mit den Damen Katharina de' Medicis, die als Kurtisanen mit jedem Mann schlafen durften, der ihnen gefiel, denn ihr Ruf war schon längst ruiniert.

Aber egal, welchen Standes die Frauen waren, sie alle blickten begierig auf meinen Bruder Herluin und zogen plötzlich überaus gewagte Kleidungsstücke an, die ihren vollen Busen aus dem Leibchen in die Höhe trieben und zum Teil selbst die Brustwarzen unbedeckt ließen. Die Brustknospen selbst von Damen, die bisher wegen ihrer Besonnenheit und Nüchternheit von ihren männlichen Verehrern vergeblich bestürmt wurden, zierten nun diamantbesetzte Ringe und Käppchen.

Ja, der gesamte königliche Hof befand sich durch meinen Bruder geradezu in einem Lustrausch, der jeden und jede anzustecken schien.

Und überall konnte man die raffiniertesten und begehrtesten Kurtisanen der Königinmutter wie z. B. Mademoiselle de Limeuil, die eigentlich für den Prinzen von Condé zuständig war, oder Françoise de Rohan, die die sexuellen Gelüste des Herzogs von Nemours genau kannte, stöhnen, seufzen, pusten und schnaufen hören. So bekam ich zufällig mit, wie Mademoiselle de Limeuil von meinem Bruder in den höchsten Tönen schwärmte: „O Françoise, sein Hemd blähte sich unter seinem fleischlichen Mast wie ein Segel auf, als ich an seiner Hose nestelte. O das Hähnchen richtete sich so stolz auf und erwies mir so viel Liebes, als es so wild wie ein Hengst zwischen meine Beine fuhr."

Diejenigen, die leer ausgingen – mein Bruder konnte schließlich nicht alle Frauen am königlichen Hofe befriedigen –, suchten sich andere Männer aus, um ihre angestaute Lust loszuwerden.

Ja, jede Frau – und ich möchte es nicht verschweigen, auch einige Männer – schienen hinter meinem Bruder her zu sein, ebenso meine Freundin Jeanne, die, was ihr Äußeres betraf, nicht gerade eine besondere Schönheit war und die überhaupt nicht dem Frauenideal meines Bruders entsprach, da sie viel zu dünn war und dunkle, glatte Haare besaß. Aber mein dummer Versuch, Jeanne vor meinem Bruder zu verstecken, machte ihn erst recht auf sie aufmerksam.

Vermutlich reizte es ihn, mit mir um diese Freundin zu kämpfen, die ich seiner Gegenwart so vergeblich zu entziehen versuchte. Vielleicht war es sogar meine Schuld, dass er sich für Jeanne zu interessieren begann. Dabei hätte er jede, selbst Katharina von Guise, haben können, die in seiner Gegenwart fast regelmäßig in Ohnmacht fiel! Nein, er begann, das Spielchen mit mir um Jeanne zu genießen. Er warf meiner Freundin fortan verstohlen zärtliche Blicke zu, steckte das von ihr absichtlich fallengelassene Taschentuch ostentativ vor meinen Augen in seinen Ärmel, warf ihr Handküsschen zu ... Ja, er sorgte dafür, dass ich meine beste Freundin innerhalb von einer Woche nicht mehr wiedererkennen sollte.

Seinetwegen hatte sie begonnen, ihre Haare mittels eines Aufgusses von Lupinenblüten und Salpeter blond zu färben. Außerdem ließ sie sich wie die Kurtisanen kunstvolle und raffinierte kleine Locken legen. Die restlichen Körperhaare musste ihr ihre Kammerzofe auf eine sehr schmerzhafte Weise entfernen. Täglich nahm sie nun außerdem ein Vollbad und versuchte, ihre Haut mittels Glaskugeln zu glätten. Ich verstand die Welt nicht mehr. Irgendwann fing sie an, mich absichtlich zu belügen, leugnete, dass sie sich heimlich mit meinem Bruder in den Gärten getroffen hätte, und bat schließlich die Königinmutter um ein anderes Zimmer, da sie mit mir unmöglich noch weiterhin zusammenleben könnte.

Ich sah bald ein, dass Herluin dieses Spielchen um Jeanne gewonnen hatte, und hoffte nun, ihn durch meine Zerknirschtheit und offen zur Schau getragene Unterlegenheit voll zu befriedigen. Vielleicht war es ja nur meine Niederlage, die er wollte, vielleicht würde er Jeanne jetzt wieder in Ruhe lassen, da sie wirklich nicht im Geringsten seinem Geschmack, was Frauen betraf, entsprach. Und tatsächlich sah es so aus, als ob die Beziehung zwischen den beiden abzukühlen begann. Und als Herluin sich schließlich im September vom königlichen Hofe verabschiedete, würdigte er Jeanne sogar nicht einmal eines einzigen Blickes.

Leider hatte ich mich diesbezüglich sehr geirrt. Die beiden tauschten nun fast täglich Briefe miteinander aus, von denen ich durch Zufall von Marguerite erfuhr, die, nachdem sie ihre einstige große Liebe, Heinrich von Guise, für immer verloren hatte, niemandem sein Liebesglück gönnte. Jeanne war ihrer Meinung nach einfach zu glücklich, wo sie doch selbst so unglücklich war. Und wenn es ihr schlecht ging, mussten sich auch alle anderen schlecht fühlen.

Heinrich-Eduard hatte Marguerite nämlich mit Heinrich von Guise beim Küssen erwischt und es dank seiner Mutter durchsetzen können, dass Letzterer nicht nur fristlos vom Hofdienst entlassen, sondern nun noch innerhalb dieses Monats die 18-jährige, bereits verwitwete Katharina von Kleve zu Nevers heiraten musste.

Marguerite erzählte mir jedenfalls von den vielen Briefen, die mein Bruder und meine Freundin miteinander austauschen würden, und dass ich doch etwas zur Ehre meiner besten Freundin unternehmen müsste, da Herluin doch unmöglich in dieses „überaus hässliche Wesen“ verliebt sein könnte.

Im Prinzip pflichtete ich Marguerite voll bei, aber die Art und Weise, wie sie sich über die körperlichen Fehler meiner immer noch liebsten Freundin ausließ, ärgerten mich so sehr, dass ich ihr zornig erwiderte: „Ich wünsche mir von Herzen, dass sie heiraten!“

Und prompt wurde mir mein Wunsch erfüllt, denn nur wenige Tage später gestand Jeanne mir, dass sie zu Beginn des neuen Jahres „ihren über alles geliebten Herluin, meinen Bruder“ ehelichen würde.

O Antoinette, konnte es für mich eine schlimmere Nachricht geben als dieses Bekenntnis meiner besten Freundin?

Ja, ich ahnte es nicht nur, nein, ich wusste es! Die Zukunft würde mir nichts Gutes bringen. Mit Grauen und Entsetzen erwartete ich somit das Jahr 1569.

X

Anfang Februar 1569 machten Jeanne und ich uns schließlich auf den Weg in meine alte Heimat, da am 12. Februar die Hochzeit zwischen meinem älteren Bruder und meiner Freundin auf unserer alten Burg stattfinden sollte. Die Jahreszeit war natürlich zum Reisen alles andere als günstig, und mit Bangen sah ich den zu erwartenden Unbequemlichkeiten entgegen. Da es bisher nicht geschneit hatte, konnte man zumindest hoffen, das Ziel in fünf Tagen zu erreichen.

Leider hatte ich mich jedoch zu früh gefreut. Zwei Tage nach unserer Abreise fing es so kräftig zu schneien an, dass Jeanne und ich unsere Weiterfahrt für zwei Tage unterbrechen mussten. Schließlich wurden wir noch eine Tagesreise von Zuhause entfernt durch einen Achsenbruch aufgehalten, der uns außer einem zusätzlichen Wartetag noch den Anblick einer Hinrichtung bescherte, die mit einem Trommelwirbel lautstark angekündigt wurde. Normalerweise versuche ich diesen grausamen Exekutionen zu entgehen, aber in diesem Fall blieb ich stehen und ließ mich von der nachdrängenden Menschenmasse direkt nach vorne ans Gerüst schieben. Während der Richter die Liste der Verbrechen des jungen Mannes, der ungefähr 20 Jahre alt war und eigentlich sehr sympathisch aussah, unüberhörbar vorlas, schweifte mein Blick auf zwei

Kessel voller Kohlenglut, in denen vier lange Zangen glimmten. Erst jetzt wurde mir allmählich bewusst, was für Marterungen nicht nur dem jungen Mann, sondern auch mir als Zuschauerin bevorstanden. Um der zu erwartenden Metzelei entfliehen zu können, versuchte ich, mich mit aller Kraft durch die Menge nach hinten zu drängeln. Aber die gaffende, spuckende und sensationslüsterne Masse hinter und neben mir ließ mich nicht hindurch. Schon trat der Henker in Aktion, indem er dem Opfer die Kleider auszog und es, den Kopf in ein Halseisen zwängend, an den Marterpfahl band. Kurz darauf griff er zu einer der glühenden Zangen, trat auf den jungen Mann zu und riss ihm einen Fleischfetzen aus dem Körper. Seine Schreie erfüllten den ganzen Ort. Mit flehenden Blicken schien er mich – ja, mich zu bitten –, ihn von seinen fürchterlichen Schmerzen zu befreien. Ich hielt mir die Ohren zu und heulte und brüllte aus Leibeskräften, der Henker möge doch endlich Erbarmen zeigen. Aber meine Hilferufe gingen im Gejohle der Masse unter. Entsetzlich große blutende Wunden klafften am Körper des jungen Mannes, während sein noch unverletztes, schmerzerfülltes Gesicht immer noch auf mich herabsah. Durch den ekelerregenden Geruch angebrannten Fleisches spielte zudem mein Magen verrückt und ich musste mich mehrmals übergeben, wobei es nicht ausblieb, dass ich die Leute direkt neben mir beschmutzte. In ihrem Eifer jedoch und ihrer Lust, das arme Opfer selbst mit bloßen Händen Glied für Glied zerreißen zu dürfen, bemerkten sie nichts. Die Marter dauerte eine ganze Stunde, in der ich Gott inständig bat, endlich einzugreifen. Schließlich wurde ich erhört, und der Henker stach dem jungen Mann mit einem weißglühenden Dolch mitten ins Herz und beendete somit seine Leiden.

Die ganze anschließende Nacht und auch den folgenden Tag über konnte ich das Vorgefallene nicht eine Minute lang vergessen, so dass ich bei der Ankunft unseres Reisezieles nicht besonders vorteilhaft ausgesehen haben mag. Trotzdem erkannten mich unsere alten Diener und Dienerinnen sofort wieder, begrüßten mich auf das Herzlichste und meinten, dass ich mit meiner schönen Mutter, ihrer ehemaligen Herrin, doch sehr große Ähnlichkeit hätte.

Auch meinen Vater, den ich kaum wiedererkannte, schien diese Ähnlichkeit mit meiner Mutter verwirrt zu haben, denn er sprach mich des Öfteren mit „Bonne“ an. Er selbst jedoch glich überhaupt nicht mehr dem Mann, den ich im Jahr 1559 zum letzten Mal gesehen hatte. Denn er hatte fürchterlich an Gewicht zugelegt und sah mit seinem Doppelkinn, seinem hervorstehenden Bauch, seiner Glatze und seinem tiefgefurchten Gesicht dem schönen Mann von einst überhaupt nicht mehr ähnlich. Sein zottiger, verfilzter Bart und seine dunklen, buschigen Brauen gaben ihm zudem ein wildes Aussehen. Seine fetten Finger hingegen funkelten wie in meiner frühen Kindheit mit Diamant- und Rubinringen, und seine Kleidung verblüffte mich wie einst durch ihren unerhörten Luxus. Die Sauberkeit, die meine Mutter an meinem Vater so sehr zu loben wusste, hatte er ebenfalls beibehalten. Er duftete nach Jasminblüten. Aber trotzdem gab es noch etwas, was ihn abgrundtief hässlich erscheinen ließ. Sein ganzer Körper war mit Warzen und schwärzlich-grünen Pusteln bedeckt, die auch sein Gesicht, seine Ohren und seine Nase nicht ausließen. Im Laufe des ersten Tages brachen einige von diesen dicken und rauen Pusteln mit einem pestilenzialischen Gestank auf. Als er mein Entsetzen wahrnahm, entfernte er sich sofort von mir. Ein alter Diener, den ich auf die Krankheit meines Vaters ansprach, klärte mich auf: „Ihr Vater hat die Syphilis, Mademoiselle. Die hatte er sich schon kurz nach dem Tode ihrer Mutter zugezogen. O, er hat schon unzählige Kuren hinter sich. Er hat sich sogar drei Wochen lang in einem glühend-überheizten Zimmer einsperren lassen. Einmal glaubte er sich sogar geheilt, als er das Guajakholz verwendete. Aber nun wird es immer schlimmer. Na ja, da kann nur noch der liebe Gott helfen.“

Da Jeanne und ich an diesem Tag Herluin nicht zu sehen bekamen, da er einen Freund meines Vaters besucht hatte, mit dem er zusammen im Laufe des nächsten Tages eintreffen wollte, nutzte ich die freie Zeit, Jeanne in unserer Burg herumzuführen.

Unser altes Schloss hatte wahrlich nicht die geringste Ähnlichkeit mit den prächtigen Residenzen der königlichen Familie. Im Gegenteil glich es mit seinen vier runden Türmen, dem riesigen Eingangstor mit Fallgitter und Zugbrücke, dem mächtigen Bergfried und dem Schlossgraben mehr einer mittelalterlichen Festung. Um den Burghof gruppierten sich der Palas mit der Doppelkapelle, die Badestube, die Stallungen und die Wirtschaftsgebäude, die als Einzige aus Holz gefertigt worden waren. Im Burggarten, der zwischen dem inneren und dem äußeren Zwinger lag, hatte mein Vater eine Menagerie anlegen lassen, in der er zwei Löwen, einen Gepard, zwei Wölfe, mehrere kleine Äffchen und viele Vögel untergebracht hatte. Im Schlossgraben hausten hingegen wie zu Mutters Zeiten die Wildschweine.

Besonders stolz war ich, Jeanne unseren Palas zeigen zu können, dessen Erdgeschoss sich mit kunstvoll verzierten Arkaden zum Burghof hin öffnete. In seinen fünf Räumen, die mit einer bunten Balkendecke ausgeschmückt waren, befanden sich die Küche und die Schlafgemächer der ständig zur Verfügung stehenden Dienerschaft. Zu Repräsentationszwecken dienten die zwei Räume des ersten Stockwerkes. Die Wände des östlich gelegenen großen Saales, der vom

Burghof über eine Treppe durch einen gesonderten Eingang zusätzlich erreichbar war, schmückten die Bilder unserer Vorfahren, die wie Du mir bestätigen kannst, geliebte Antoinette, sich stets durch ihre große Schönheit auszeichneten. Hier fanden die feierlichen Audienzen, die üppigen Festmähler und die Hochzeitszeremonien statt. Der kleinere, westlich gelegene Saal wurde für Privataudienzen und Ratssitzungen verwendet. Im zweiten Stockwerk befanden sich unsere Schlafräume und die Gästezimmer. Jeanne und ich wurden mit zwei von unseren Hofdamen in der ehemaligen Kemenate meiner Mutter untergebracht, bis Jeanne sich am Hochzeitstage ins Schlafgemach ihres Gatten begeben durfte.

Da die zu erwartenden Gäste nicht alle im Schloss untergebracht werden konnten, füllte sich der Burghof mittlerweile mit kostbaren Zelten, die wegen der großen Kälte trotz ihrer Feuerstellen auf mich wenig einladend wirkten.

Einen Tag später trafen sämtliche Gäste einschließlich meiner beiden Brüder ein. Dabei lief das Wiedersehen mit Ysambert, der mittlerweile fast zwei Köpfe größer war als ich, besonders herzlich ab. Er hatte sich äußerlich ebenfalls sehr stark verändert. Sein blondes, gelocktes Haar, sein fein geschnittenes Gesicht, seine vollen Lippen, seine dunklen, verträumten Augen und seine muskulöse Statur ließen bei ihm eher vermuten, dass es sich in seinem Falle um einen adligen Höfling als um einen Geistlichen handelte, wenn da nicht die Tonsur gewesen wäre. Begleitet wurde Ysambert von seinem Freund Johannes, der mit seinen karottenroten Haaren und den vielen kleinen Sommersprossen, seiner schlaksigen Figur und seinen viel zu großen Füßen einen wahren Kontrast zu meinem schönen Bruder bot. Aber im Laufe der einen Woche, die wir zusammen waren, begann ich Ysambert zu verstehen, denn wegen des überaus sanften Blickes, der Freundlichkeit und der Herzlichkeit von Johannes musste man ihn einfach ins Herz schließen. Ysambert und Johannes waren stets zusammen anzutreffen, und es schien, dass unsichtbare Fäden die beiden daran hinderten, sich auch nur für wenige Minuten voneinander zu trennen.

Zu den letzten Ankömmlingen, die erst spät am Abend eintrafen, gehörten Herluin und der beste Freund unseres Vaters, der Marquis Gilles de la Borsac, ein überaus hässlicher, fetter und sich überall einschmeichelnder Mann, den ich schon als Kind nicht ausstehen konnte.

Und er hatte sich tatsächlich im Gegensatz zu uns allen kaum verändert. Seine breiten, aufgeworfenen Lippen, sein eckiges Gesicht, seine niedrige Stirn, seine stark betonten Backenknochen, seine vortretenden Augen, seine hässliche, durch viele Unfälle deformierte Nase, sein strähniges, immer noch schwarzes Haar und seine kleine, feiste Statur ließen mich ihn sofort in der Menge der ankommenden Gäste erkennen.

Sogleich lief er auf mich zu, begrüßte mich galant und bewunderte meine Schönheit, die der meiner Mutter so gleichen würde. Mir wurde richtig schlecht, und zwar nicht durch sein äußeres Erscheinungsbild, an das ich ja schon als Kind gewöhnt war, sondern durch den Geruch, der aus seinem Munde strömte. Seine schwarzen, faulenden Zähne machten aus Letzterem eine wahre Modergrube.

Herluin dagegen sah so hinreißend wie eh und je aus und hielt wie üblich sämtliche Gäste in seinen Bann. Humpelnd und auf einen Stock sich stützend, trat er auf mich zu, begrüßte mich höflich und wandte sich dann seiner Verlobten zu. Von dem Marquis de la Borsac, der sich immer noch an meiner Seite befand, erfuhr ich, dass das rechte Bein meines älteren Bruders vor drei Wochen durch den Fußtritt seines Lieblingspferdes gebrochen worden sei.

„Ihr Bruder hat natürlich keinen Schmerzenslaut von sich gegeben, obwohl dabei doch der Knochen aus dem Stiefel trat. Aber Sie kennen ihn ja, Madeleine. Ich darf Sie doch so nennen?“ fügte er fragend hinzu.

Ich ließ ihn ohne Antwort zurück und begab mich zu Ysambert und Johannes, in deren Mitte ich sehnlichst hoffte, diesem unangenehmen Menschen entgehen zu können. Natürlich hatte der Marquis nicht erwähnt, dass Herluin sein Lieblingspferd für diesen Affront hinterher mit Dolchstichen so jämmerlich zugerichtet hatte, dass es einige Tage später an den fürchterlichen Wunden starb.

Die Hochzeit am 12. Februar verlief ohne Zwischenfälle ab. Jeanne in einem prächtigen grünen Seidenkleid mit Hermelinbesatz und Herluin in einem mit Goldfäden bestickten weißen Wams, Hosen aus silberfarbenem Stoff und einer großen Halskette stellten ein sehr schönes Brautpaar dar, obgleich die Augen der Gäste wohl stets nur auf meinen älteren Bruder gerichtet waren.

Die nach der Hochzeitszeremonie anschließende opulente Mahlzeit blieb für jedermann wegen ihrer großen Auswahl an Speisen noch Jahre lang ein beliebtes Gesprächsthema. Wildschweinbraten, Hühnchen mit den verschiedensten Soßen, Hirschbraten, Fische von Forelle bis Scholle, Austern, Hummer, Kaviar ... Es gab nichts, was es nicht gab! Alle Speisen wurden mit einem gehörigen Tusch serviert. Und nach dem Essen wurde getanzt bis spät nach Mitternacht. Natürlich muss ich nicht erwähnen, dass mein Vater seinen Freund, den Marquis de la Borsac, zu meinem Tischpartner bestimmt hatte. Auch beim Tanzen konnte ich ihm nur schwer entgehen. Wie froh ich war, wenn

Ysambert oder Johannes mich zum nächsten Tanz aufforderten, brauche ich wohl nicht zu erwähnen.

Jeanne schien das Leben als Ehefrau sehr zu bekommen, denn sie sah nach der Hochzeitsnacht unbeschreiblich glücklich aus. Ich konnte ihr nur wünschen, dass es immer so bleiben würde. Nach einer Woche der Festlichkeiten verließ ich mit Ysambert und Johannes zusammen unser altes Zuhause. Auch mein Vater, der immer noch von seiner Wanderlust ergriffen wurde, verließ kurz nach uns die Burg.

Zwei Tage lang reiste ich in Begleitung meines jüngeren Bruders und seines Freundes. Ich genoss die Zeit wirklich. Wir hatten uns noch so viel zu erzählen. Den Rest des Weges bis zum Schloss von Amboise, wo sich zu dieser Zeit die königliche Familie befand, legte ich mit meinen zwei Hofdamen und unseren bewaffneten Dienern zurück.

Und wieder zwang mich unterwegs ein Achsenbruch zu einem zweitägigen Zwischenstopp in einer kleinen Stadt. Und wieder war eine Hinrichtung angesagt. Warum passierte das immer nur mir, begann ich mich allmählich zu fragen. Warum musste ich immer Zeuge von Hinrichtungen, warum nicht zur Abwechslung von einer Hochzeit oder einem anderen schönen Ereignis werden?

Diesmal weigerte ich mich strikt, das Haus zu verlassen, aber wie es das Schicksal wollte, fand die Exekution direkt gegenüber von meiner Herberge statt. Denn als ich nur rein zufällig aus dem Fenster schaute, wurde ich Zeugin, wie der Henker dem Verbrecher, einem älteren, dürren Männchen, eine Schlinge um den Hals legte und ihn anschließend von der Leiter stieß. Aber der Halswirbel brach nicht, und der alte Mann musste einen langsamen, qualvollen Erstickungstod erleiden. Und wieder ergriff mich die alte Starre, die mich stets am Ort des Grauens festhielt. Es dauerte sehr lange, bis der Erhängte seine Augen verdrehte, und sich seine schwarze, geschwollene Zunge zwischen den Zähnen hervorschob.

Am nächsten Morgen, als ich in die Kutsche stieg, warf ich noch einmal einen Blick auf den Toten, dessen Gesicht sich mittlerweile dunkelblau verfärbt hatte.

Am königlichen Hofe war die Stimmung auch nicht besonders fröhlich, denn der immer noch währende Krieg beschäftigte die Königinmutter und den König sehr. Am 14. März fand schließlich wieder eine große Schlacht bei Jarnac im Poitou statt, auf der die Hugenotten besiegt werden konnten. Dabei stieß das Vorgehen eines Hauptmannes aus der Garde von Heinrich-Eduard auf protestantischer wie auf katholischer Seite auf wenig Sympathie, da er hinterlistig und einem Edelmann völlig unwürdig den protestantischen Führer Condé kaltblütig ermordet hatte, obwohl dieser sich nur gegen das ausdrückliche Versprechen, dass sein Leib und sein Leben verschont würden, von uns hatte gefangen nehmen lassen.

Durch diesen unglücklichen Vorfall konnte der Krieg selbstverständlich nicht beendet werden, denn die Hugenotten sannen nun auf Rache. Der neue Generalissimus der Protestanten wurde jetzt der 14-jährige Heinrich von Navarra, bekannter unter seinem Spitznamen „Heinrich Stinkefuß", der seit 1562 wieder der protestantischen Religion angehörte. Coligny wurde dessen Berater und Leutnant.

Katharina de' Medici begab sich mit mir kurz nach diesen Ereignissen nach Limoges, wo sie täglich durch das Feldlager lief, mit den Soldaten sprach und versuchte, diesen Mut zu machen.

Am 3. Oktober konnten die Protestanten dann in der Schlacht bei Moncontour erneut geschlagen werden. Aber sie gaben nicht auf, denn zu ihrer großen Freude stellten sie in der königlichen Armee bei den Unterführern und zwischen Karl IX. und Heinrich-Eduard schwere Zwistigkeiten fest, die für sie selbst nur von Vorteil sein konnten.

Aber was interessierten mich damals schon diese ständigen Auseinandersetzungen und Streitereien, wo ich doch selbst – in meinen Augen – viel schlimmer betroffen war. Denn bereits Ende März erhielt ich von meinem Vater den Befehl, seinen besten Freund, den Marquis de la Borsac, zu heiraten: „Ich weiß, dass Du eine gehorsame Tochter bist und Deinem Vater diesen Wunsch nicht abschlägst. Der Marquis de la Borsac war unserer Familie zeitlebens ein guter Freund und Helfer, der das große Unglück hatte, dass seine vier Frauen ihn ohne Erben ließen ...“

Ich versuchte, meinem Vater diese Heirat mit den Argumenten auszureden, dass der große Altersunterschied und die negativen Empfindungen, die ich für ihn, den Bräutigam, hege, die Eheschließung zwischen zwei so unterschiedlichen Partnern nicht ratsam erscheinen lassen würde. Doch der zweite Brief meines Vaters, der sehr bedrohlich klang, ließ mir keine andere Wahl, als zuzustimmen.

Als ich mich im August in die Champagne zu meinen eigenen Hochzeitsfeierlichkeiten begeben musste, kam ich mir vor, als ob ich zu meiner Hinrichtung schritt. Nichts und niemand konnte mich trösten. Auch nicht die kostbare Halskette aus Diamanten, Rubinen und Perlen und die italienischen Seiden- und Atlasstoffe mit ihren herrlichen Farben, die ich von der Königinmutter als Hochzeitsgeschenk überreicht bekam.

Unterwegs sah ich mehrere Erhängte als abschreckende Beispiele an Galgen baumeln und hätte mich zu gern zu ihnen gesellt. Wie sollte ich auch nur eine Nacht mit diesem Mann überstehen? Während der Fahrt erinnerte ich mich plötzlich daran, wie Jeanne und ich uns einmal die Frage stellten, wie weh es tun würde, die Jungfernschaft zu verlieren. Schließlich wagten wir, eine Hofdame der Königinmutter zu fragen, die uns erzählte, dass, wenn die Jungfräulichkeit einen Riss bekomme, es genauso schmerze, als wenn man einen Ausschlag aufkratze.

Jeanne und ich kratzten daraufhin bei uns sämtlichen Ausschlag auf und fanden, dass das wirklich nicht sonderlich wehtun würde.

Aber wenn so ein Mann wie der Marquis de la Borsac meinen Ausschlag aufkratzen würde, würde es bestimmt höllisch schmerzen. Da war ich mir mit meinen 15 Jahren schon sehr sicher.

Am 10. September fand schließlich meine Hochzeit mit dem 54-jährigen Marquis, Vaters bestem Freund, statt. Über 250 Gäste waren geladen worden, und es wurde nichts ausgelassen, um jeden von diesen ins Staunen zu versetzen. Komödien, Turniere, Ballettaufführungen, Feuerwerke und Maskenbälle lösten sich nacheinander fortwährend ab. Der Marquis hatte sich anlässlich dieses großen Festes nicht geizig gezeigt, obwohl er doch im Allgemeinen als ein sehr sparsamer Mann galt. Selbst seine vorderen schwarzen Zähne hatte er sich von einem Zahnreißer entfernen und durch elfenbeinerne Zähne mit Golddraht ersetzen lassen. Der Gestank aus seinem Munde wurde dadurch jedoch nicht weniger.

Zur Hochzeit trug er eine scharlachrote Kniebundhose, die an den Schenkeln modisch gerafft war, und ein langärmeliges, weißes Wams, aus dessen 100 kleinen Schlitzen das moosgrüne Satinfutter seines Hemdes hindurchschimmerte. Seidenstrümpfe von der gleichen Farbe umhüllten seine fetten Waden, während knallrote, geschlitzte Stoffschuhe seine riesigen Füße umschlossen.

Ich trug – meiner Stimmung entsprechend – ein schwarzes Seidenkleid, und als einzigen Schmuck die Perlenkette meiner Mutter.

Nach den Hochzeitszeremonien und dem Mahl geleiteten mich und meinen Gatten die nahen Verwandten in unser Schlafgemach. Herluin raunte mir dabei noch zu: „Ich wünsche Dir sehr, sehr viel Spaß, Schwesterchen!“

Diese erste Nacht wie all die anderen Nächte mit dem Marquis de la Borsac sollten für mich die Hölle auf Erden werden. Da ich mich weigerte, seinen in meinen Augen perversen Anweisungen zu gehorchen, folgten Schimpfworte, Faustschläge, Maulschellen, Fußtritte und Stockschläge – er bevorzugte Gertenbündeln –, die nicht enden wollten, und andere Misshandlungen. Mit meinen zerzausten Haaren, den vom vielen Weinen entzündeten Augen und der aufgeschlagenen Unterlippe glich ich bereits nach der Hochzeitsnacht wohl kaum einer glücklichen Braut. Die Gäste schienen das übersehen zu wollen und ließen sich durch meinen Anblick ihre Freude am Fest nicht verderben. Nur Ysambert und Johannes versuchten, mich zu trösten.

Die letzten drei Monate in diesem Jahr nutzte der Marquis, um mich und meinen Willen zu brechen, und es gelang ihm. Ich hatte keine Kraft mehr, Widerstand zu leisten. Zwei Jahre lang musste ich seine sexuellen Gelüste ertragen. Meine Schreie, so bat er sein Dienstpersonal, sollten bitte ignoriert werden. Wenn ich mich wehrte, dann donnerte es Faustschläge. Jeden Tag und jede Nacht überraschte er mich mit einer neuen sexuellen Perversion. Manchmal zerrte er mich zu der großen Hochzeitstruhe, ließ meinen Kopf dort stützen, warf mir meine Röcke über den Kopf und jagte mir seine Rute, die er vorher mit Spucke reichlich eingesalbt hatte, hinein. Hinterher bedankte er sich bei mir für den erwiesenen „Liebesdienst".

Noch heute, nach all den vielen Jahren, denke ich mit Grausen an diese Zeit zurück. Ich war vor ihm nirgendswo sicher. Und immer drohte er mit seinem Gertenbündel, falls ich im Bett nicht genau das tat, was er von mir wünschte. Dabei grunzte und stank er wie ein Schwein.

Irgendwann zu Beginn des Jahres 1571 blieben endlich die Regeln aus, und ich spürte, dass ich schwanger geworden war. Jeden Morgen musste ich mich übergeben, und auch sonst ging es mir nicht besonders gut. Da der Marquis sich schon immer ein Kind gewünscht hatte, ließ er mich endlich in Ruhe, da er befürchtete, durch den Geschlechtsverkehr „seinen Sohn und Erben“ zu verlieren. Nun mussten die Dienstmägde mich in seinem Bett ersetzen. Aber anscheinend waren diese es längst gewohnt gewesen, denn sie ließen ohne den kleinsten Widerstand alles über sich ergehen.

In diesen schwierigen Jahren meines Lebens waren Ysambert und Johannes die einzigen Menschen, denen ich meinen Kummer und meine Demütigungen anzuvertrauen wagte. Des Öfteren erschienen beide am Hofe meines Gatten, um mir Trost und zumindest etwas Abwechslung zu bieten. Ysamberts freundliche Bitte an meinen Mann, mich doch mit etwas mehr Respekt und Liebe zu behandeln, stieß nur auf Unverständnis. Mit der wirschen Bemerkung, sich doch gefälligst nur um die eigenen Probleme zu kümmern, beendete er meines Bruders „Einmischung“, wie er dessen Sorge um mich zu bezeichnen pflegte.

Bereits im vierten Monat meiner Schwangerschaft spürte ich, dass nicht alles nach Plan lief. Ich litt zwischenzeitlich immer unter großen Schmerzen. Im siebten Monat zwang mich schließlich ein anhaltender, unerträglich starker Schmerz ins Wochenbett. Die herbeieilenden Hebammen taten ihr Bestes, um die unerträglichen Krämpfe, unter denen ich litt, zu mildern. Es schien jedoch nichts zu helfen. Zwei Tage und zwei Nächte lang, an denen Ysambert und Johannes abwechselnd stets an der Seite meines Bettes weilten, lag ich in schweren Wehen und machte höllische Qualen durch. Immer wieder bat ich Gott, mich doch endlich sterben zu lassen, da ich in diesem Leben sowieso nichts Glückliches mehr zu erwarten hätte. Dann plötzlich durchzuckte ein stechender Schmerz meinen Leib, und ich fühlte eine warme Nässe zwischen meinen Beinen. Mein Bruder, der das hervorquellende Blut sah, rief sofort die Hebammen und den seit wenigen Tagen anwesenden Arzt herbei. In der Hand einer der Hebammen sah ich einen blutigen Fleischklumpen, der sofort beiseitegelegt wurde. Mein Kind, ein kleines Mädchen, war bereits in mir gestorben. Ich hätte so gern einen Blick auf meine Tochter geworfen, aber die Hebammen und der Arzt ließen dies nicht zu. Immerhin folgten sie meiner Bitte, mein Kind unter den Rosenbüschen im Burggarten zu beerdigen.

Die starke Blutung wollte jedoch trotz der Gebete von Ysambert und Johannes einfach nicht aufhören. Ständig wurden die schmutzigen, blutigen Tücher unter mir gewechselt, während ich selbst immer müder wurde. Ja, liebe Antoinette, ich wünschte mir von ganzem Herzen, der liebe Gott würde mich zu sich holen, denn was mich nach meiner Genesung erwartete, war nicht lebenswert. Aber leider erhörte Gott nicht meine Gebete, sondern die von Ysambert und Johannes.

Der Marquis de la Borsac war über die Totgeburt bitter enttäuscht und machte die Hebammen und den Arzt für alles verantwortlich. Das nächste Mal würde er sich nach „besseren Hebammen und Ärzten" umschauen. Als jedoch die ältere Hebamme erwiderte, dass es kein nächstes Mal geben würde, da ich nicht mehr in Lage sei, Kinder auszutragen, griff er zum Stuhl vor meinem Bett und trieb die Hebammen und den Arzt wutschnaubend aus dem Zimmer.

Ysambert und Johannes blieben noch zwei Wochen bei mir, in denen sie mich reichlich verwöhnten. Abwechselnd lasen sie mir lustige Geschichten vor, fütterten und streichelten mich. Dann jedoch hieß es Abschied nehmen. Nur schweren Herzens ließ ich sie gehen. Wie sollte ich ohne ihre Liebe weiterleben können?

Ich war mittlerweile fest entschlossen, die Nähe des Marquis nicht mehr zu erdulden. Sollte er mich doch totschlagen!

Aber soweit sollte es gar nicht kommen.

Bereits vier Tage, nachdem Ysambert und sein Freund mich verlassen hatten, weckte mich eine Dienerin mit ihrem Geschrei auf. „Euer Gnaden, der Herr, der Herr ..." Mit ihren Händen wild herumfuchtelnd, wies sie nach oben in unser Schlafgemach und setzte dann – völlig aus der Puste gekommen – hinzu: „Der Herr ist tot. Ich habe wirklich keine Schuld, Euer Gnaden. Ich musste nur Pferdchen spielen, und plötzlich gab es einen lauten Plumps. Ich dachte erst, der Herr spielt mit mir und lachte. Aber, Euer Gnaden, er ist mausetot. Euer Gnaden, ich habe keine Schuld!"

Zuerst einmal beruhigte ich die Dienerin, sprach sie von jeder Schuld frei und befahl ihr dann, mir aus dem Bett zu helfen. Ich legte mir kurz einen warmen Mantel über und stieg vorsichtig die Stufen zum zweiten Geschoss hinauf. Und tatsächlich lag dort der Marquis mit weit geöffneten Augen und offenem Mund vor unserem Bett. Seine Rute triefte noch von seinem letzten Lustvergnügen. Immerhin hatte er einen schönen Tod, beruhigte ich die immer noch wimmernde Dienerin. Sein Schlagfluss kam wirklich zur rechten Zeit. Den Rest des Tages verbrachte ich in der kleinen Kapelle, um Gott für seine große Güte zu danken.

Als ich mich nach zwei Monaten wieder kräftig und gesund fühlte, übertrug ich die Verwaltung meines Anwesens, das mir als Witwe nun zufiel, einem lieben, alten und zuverlässigen Freund meiner Mutter und begab mich im Dezember wieder an den Hof der Königinmutter, der sich zu dieser Zeit in Chambord befand.

XI

Die Königinmutter hatte mit ihrem Kanzler und seinen Räten mittlerweile den dritten Bürgerkrieg beenden können. Mit Vehemenz, Zielstrebigkeit und Geduld hatte sie die ganze Zeit über versucht, ihr politisches Programm der Toleranz und der Kompromissbereitschaft durchzusetzen. Der Staat sollte sich in Zukunft nicht mehr in die religiösen Streitigkeiten seiner Untertanen einmischen. Seine Tätigkeit hatte sich auf den öffentlichen Bereich zu beschränken, wobei er zusätzlich die ausländischen Mächte daran zu hindern hatte, dass diese sich nicht unter religiösen Vorwänden in die Innenpolitik des französischen Königreiches einmischten. Denn das war ihr klar, dass die anarchischen Verhältnisse in ihrem Königreich im Interesse Spaniens und Englands lagen und auch deren Unterstützung fanden.

Den Protestantismus mit Gewalt zu bekämpfen, hielt sie zudem für völlig aussichtslos, da sich bereits zu viele Provinzen wie das Poitou, Teile von der Gascogne und der Guyenne, die Bretagne, ganz Navarra und große Gebiete der Languedoc, der Dauphiné und der Provence, also beachtliche Teile Südfrankreichs, fest in hugenottischer Hand befanden.

Somit wurden den Protestanten am 8. August 1570 im Friedensedikt von Saint-Germain-en-Laye erneut die Gewissensfreiheit und das Recht der Ausübung ihres Kultes in allen Städten, in denen der protestantische Gottesdienst vor dem Krieg üblich gewesen war, und in zwei Städten eines jeden Gouvernements gewährt. Zusätzlich zu diesen Religionsrechten wurde noch eine allgemeine Amnestie verkündet, mit der man alle Strafangelegenheiten seit dem Tode Heinrichs II. im Jahre 1559 aufhob, indem man die Akten vernichtete und den Protestanten wieder ihre bürgerlichen Rechte zuerkannte, so dass sie wieder Erbschaften und Kaufrechte antreten sowie öffentliche Ämter einnehmen konnten. Außerdem erhielten die Hugenotten vier strategisch wichtige Sicherheitsplätze zugewiesen, die ihnen im Notfall ein Refugium bieten konnten.

Selbstverständlich war sich die Königinmutter vollkommen darüber bewusst, dass die Bürgerkriegsparteien ihre mit Mühen ausgearbeiteten Friedensverträge bisher nur als Atempausen zur Auffüllung ihrer Kassen und zur Neuformierung ihrer Kräfte verwendet hatten.

Während Katharina de' Medici deshalb immer noch krampfhaft überlegte, wie man den Frieden besser sichern könnte, befand ich mich gerade auf dem Weg zu ihr. Wegen des hohen Schneegestöbers brauchte ich 10 Tage, bevor ich endlich das mächtige, weiße

Schloss von Chambord mit seinen zahllosen Giebeln, Dachfenstern, seinen Kapitellen und Schornsteinen, den Spitzhelmen und Glockentürmchen in der Ferne erkennen konnte. Karl IX. liebte diese Residenz über alles, da sie über ein großartiges Jagdgebiet für die Hetz- und Falkenjagden verfügte. 10 Stunden lang im Sattel zu sitzen und fünf Pferde zuschanden zu reiten, das war genau das, was sich der König im Moment von Herzen wünschte.

Meine Kutsche fuhr an den riesigen Zwingern mit den über 100 Hunden und den Gehegen mit den über 300 abgerichteten Jagdfalken vorbei und hielt direkt vor dem Haupteingang. Der Garten, in dem normalerweise Hyazinthe, Jasmin und Flieder blühten, bot zu dieser Jahreszeit natürlich einen trostlosen Anblick. Die Hecken und Bäume waren kahl und die Blumenbeete mit Stroh und Sackleinen bedeckt. Dicke Schneemassen verhüllten zudem die vielen nackten Statuen. Die Königinmutter begrüßte mich wie stets sehr herzlich und schloss mich sofort in ihre warmen Arme.

Im Schloss selbst hatte sich nichts geändert. Noch immer fanden im zweiten Stockwerk in den kassettierten und gewölbten, reich ausgestatteten Sälen die Hofbälle stand, noch immer war das Badezimmer im Erdgeschoss von Marguerite und ihren Hofdamen belegt, und noch immer rasten Kinder die gigantische zentrale Treppe mit ihren zweifach ineinander verdrehten Auf- und Abgängen hinauf und hinunter und hofften wie wir damals, während sie hinaufstürmten, dass es ihnen doch noch einmal gelingen würde, die Leute sehen zu können, die hinuntergingen.

Auch der Tagesablauf war derselbe geblieben. Um sechs Uhr in der Frühe aufstehen, anschließend die Messe hören, um zehn Uhr die erste große Mahlzeit einnehmen, nachmittags nähen, sticken oder spielen und gegen Ende des Tages um acht bis zehn Uhr zu Abend essen. Wie sehr hatte ich mich nach dieser liebgewonnenen Routine gesehnt!

Und doch hatte sich in den fast zweieinhalb Jahren, in denen ich von der königlichen Familie entfernt war, einiges geändert. Karl IX. z. B. hatte am 26. November 1570 unter großem Pomp geheiratet. Die von seiner Mutter ausgewählte Braut war Elisabeth von Österreich, eine Tochter des deutschen Kaisers Maximilian II.

Ich hatte die junge Königin schon am ersten Tag meiner Ankunft kennengelernt. Sie war in meinem Alter, und, was die Habsburger anging, konnte man sie wirklich als schön bezeichnen. Jedenfalls waren ihr vorstehendes Kinn und ihre Unterlippe nicht allzu hässlich. Von ihrer Mutter, einer Schwester des spanischen Königs Philipp II., war sie sehr religiös erzogen worden. Leider sprach sie nur sehr wenig.

Vielleicht lag es daran, dass sie das Französische überhaupt nicht beherrschte. Aber selbst, wenn wir uns ihr zuliebe in Spanisch unterhielten – der einzigen Sprache, die sie verstand –, blieb sie zurückhaltend und häufig stumm. Ihren Gatten, den König, liebte sie sehr. Das konnte jeder sehen. Karl IX. war jedoch, obwohl er seine Gattin ebenfalls schätzte, nicht bereit, auf seine Geliebte, die schöne Hugenottin Marie Touchet, zu verzichten. So führten sie eine Ehe zu dritt.

Heinrich-Eduard, charmant und freundlich wie immer, war ebenfalls bis über beide Ohren verliebt. Seine Auserwählte war Marie de Clèves, eine neue Hofdame seiner Mutter, die seit zwei Jahren am königlichen Hofe lebte. Marie, die vier Jahre älter als ich war, war schlank, hübsch und konnte herzlich und ansteckend lachen. Obwohl sie protestantisch erzogen worden war und auch weiterhin diesem Glauben anhängen wollte, hatte sich Heinrich-Eduard fest vorgenommen, diese Frau, die seine Liebe erwiderte, zu heiraten. Und während er damit beschäftigt war, seine Liebesbriefe an seine Angebetete mit seinem eigenen Blut zu schreiben, plante seine Mutter derweil fleißig seine Ehe mit der englischen Königin Elisabeth I. Als Heinrich-Eduard davon erfuhr, gab er recht laut und deutlich – damit es auch der englische Gesandte am königlichen Hofe mitbekam – zu verstehen, dass er nicht daran denke, eine 18 Jahre ältere Jungfer mit einem schlimmen Bein – und sei es auch eine Königin

– zu heiraten. Elisabeth I., die zu dieser Zeit wirklich ein Beinleiden hatte, wurde natürlich alles brühwarm übermittelt, so dass sie – stolz wie sie nun einmal war – von einer ehelichen Verbindung mit diesem ungeschliffenen Mann nichts mehr hören wollte. Somit hatte Heinrich-Eduard letztendlich erreicht, was er mit seinem lauten Protest bezweckt hatte.

Franz-Hercule schien als einziger Sohn der Königinmutter ohne Geliebte zu sein. Vielleicht lag dies an seiner äußeren Erscheinung, die sich durch seine Pockenerkrankung im Oktober dieses Jahres völlig verändert hatte. Seine einst blütenzarte Haut war immer noch von tiefen Pockennarben entstellt, seine Augen blutunterlaufen, seine Stimme dünn und quäkend, und seine Nase hatte beinahe ihre doppelte Größe erreicht. Natürlich wurde er so zur Zielscheibe des Spottes. Auch der Einwand seiner Mutter, dass ein Bart in ein oder zwei Jahren die Pockennarben verdecken würde, bot ihm wenig Trost. Aber durch diese Erkrankung hatte sich nicht nur sein äußeres Erscheinungsbild verändert. War er früher zu jedermann charmant, freundlich und redselig, zog er sich nun stets in seine Gemächer zurück und galt als sehr reizbar und schweigsam. Niemand – außer Marguerite – schien zu wissen, was er gerade dachte.

Marguerite selbst dagegen hatte sich von allen am wenigsten geändert. Sie liebte es immer noch, sich stark zu schminken und sich prächtig und luxuriös zu kleiden. Ihre Gewänder waren geradezu mit Kostbarkeiten überschüttet. Am Tage meiner Ankunft trug sie z. B. ein Kleid aus schwarzem Atlas, das mit schwerer, reicher Stickerei völlig bedeckt war und das sie bestimmt ein Vermögen gekostet hatte. Wie die Königinmutter hatte sie wirklich einen Hang zur Prunksucht. Aber ich muss ihr in aller Ehrlichkeit zugestehen, sie wusste sich tatsächlich stets vorteilhaft zu kleiden. Die königliche Haushaltskasse belastete sie jedoch gewaltig, da sie ihre kostbaren Gewänder und Roben häufig wechseln und bei ihren vielen Ausfahrten stets nur prächtige, vergoldete und mit schönen Sinnsprüchen geschmückte Sänften, Kutschen, Karossen oder außerordentlich reich aufgeputzte Pferde benutzen wollte.

Modemäßig hatte sich in meiner Abwesenheit sehr viel getan. Hatten wir Kinder uns vor einigen Jahren noch über die spanische Kleidung lustig gemacht, war sie mittlerweile in ganz Europa modeführend. So wurden die Köpfe der Damen und Herren am gesamten Hofe mit gestärkten Krausen, die eher Mühlsteinen glichen, umrahmt. Die Frisur, gekraust und gepudert und mit falschen Haaren versetzt, wurde wegen dieser Krausen zudem in die Höhe getrieben. Dort oben konnten die Haare in einer kostbaren Netzhaube gesammelt werden, über welches schließlich noch ein Barett oder ein anderes Hütchen gestülpt wurde. Die Männer zwang die Krause zu kurzen Haaren, dem Spitz- und dem Schnurrbart. Ja, die Herren am Hofe sahen sich, da sie allesamt ausnahmslos die gleichen Frisuren und Bärte trugen, wirklich zum Verwechseln ähnlich.

Außerdem hatten sich für die Männer noch das spanische Wams mit seinem hohen und steifen Kragen und die Pumphose eingebürgert, deren Beinkleid von den Füßen aufwärts aufs Engste den Beinen anlag, so dass sich jeder Muskel abzeichnete. Über die Oberschenkel und den Unterleib wurde gleichsam noch eine zweite Hose gezogen, die aus zwei dicken, runden mit Pferdehaaren ausgestopften Beinkleidern bestand und die mit farbigen, handbreiten Bändern senkrecht durchzogen wurde. Zusätzlich wiesen diese Hosen Schamkapseln auf, die jedoch mit ihrer Größe eines Kinderkopfes auf uns Damen nicht verführerisch, sondern eher bedrohlich wirkten.

Der kurze, aus starrer Seide gefertigte Herrenmantel wurde zudem nur noch auf die linke Schulter gelegt und bedeckte so kaum noch den Rücken. Und unser Reifrock, normalerweise mit Filz- oder Rosshaar-Auflagen ausgestattet, war nun mit Reifen abgesteiften Leinens versehen worden. Ja, und noch ziemlich große Ohrgehänge waren bei den Herren besonders beliebt geworden. Sämtliche Söhne Katharina de' Medicis schmückten sich damit.

Marguerite hatte in ihrem Ankleideraum überdies direkt neben ihrem prächtigen Spiegel ein Papier anbringen lassen, auf dem zu lesen war, über was eine Frau nach Meinung der Spanier verfügen müsste, um als vollkommene Schönheit bezeichnet werden zu können:

„Drei Dinge müssen weiß sein: die Haut, die Zähne und die Hände.
Drei schwarz: die Augen, die Brauen und die Wimpern.
Drei rot: die Lippen, die Wangen und die Fingernägel.
Drei lang: der Körper, die Haare und die Hände.
Drei kurz: die Zähne, die Ohren und die Füße.
Drei breit: der Busen, die Stirn und der Raum zwischen den Augenbrauen.
Drei eng: der Mund, die Taille und das Fußgelenk.
Drei dick: der Arm, die Hüfte und die Wade.
Drei dünn: die Finger, die Haare und die Lippen.
Drei klein: die Brüste, die Nase und der Kopf."

An diese Grundregel versuchte sich Marguerite, nun krampfhaft zu halten.

Außerdem versteckte man neuerdings als modebewusste Frau sein Gesicht hinter Larven, um sich nicht den Teint zu verderben und „um im Augenblick der größten Hitze, wenn man z. B. auf seinen Liebsten trifft, nicht das vor Verlegenheit gerötete Gesicht oder die Verwirrung zeigen zu müssen." So erklärte es mir Marguerite jedenfalls, als ich sie am Tage meiner Ankunft in ihrem Ankleideraum besuchte.

„Was soll aus Dir werden, liebe Madeleine? Du bist ja völlig abgemagert. Drahtbürsten sind am königlichen Hofe leider bei den Herren nicht mehr besonders begehrt. Sie lieben Frauen mit Fleisch." Und bevor ich entgegnen konnte, dass ich von Männern und der angeblichen Liebe zwischen den Geschlechtern die Nase gestrichen voll hätte, fuhr sie fort: „Einige von meinen Gewändern habe ich schon zweimal getragen, die werde ich Dir schenken. Und ich werde Dir auch einige meiner Strümpfe aus farbiger Seide oder weißem Garn überlassen. Aber Madeleine, achte darauf, dass Du den Strumpf schön glatt ziehst. Er muss so stramm wie ein Trommelfell sitzen. Hier hast Du noch einige hübsche Strumpfbänder und einige Spangen, mit dem Du die Strümpfe am Oberschenkel befestigen kannst. Und Madeleine, Du musst etwas für Deinen Teint tun. Er ist viel zu dunkel. Nimm wie ich Gesichtsdampfbäder und trage dann diese in Rosenwasser gelöste weiße Schminke auf, die aus Bleiweiß und Weizenschrot besteht. Du wirst Dich hinterher gar nicht wiedererkennen."

Mit den prächtigen Gewändern, Strümpfen, Strumpfbändern, Spangen und der Schminke versehen, verließ ich mit meinen beiden Zofen ihr Zimmer. Großzügig war Marguerite schon immer gewesen.

Im Februar 1572 verließ der gesamte Hof schließlich Chambord und begab sich nach Blois. Die Hochzeitsvorbereitungen für Marguerite sollten dort getroffen werden. Ja, Marguerite hatte nun ebenfalls zu heiraten, und der Auserwählte war niemand anders als Heinrich Stinkefuß. Katharina de' Medici und Karl IX. wollten mit dieser Heirat beide konfessionellen Lager für immer miteinander versöhnen. Sowieso schien der König mittlerweile große Sympathien für die Hugenotten zu empfinden, was der Königinmutter sehr verdächtig vorkam. So erzählte sie mir, als wir zusammen in einer Kutsche sitzend uns nach Blois begaben, dass der Hugenottenführer Gaspard de Coligny mittlerweile sehr großen Einfluss auf ihren Ältesten ausüben würde.

„Wenn Karl glaubt, dass ich nicht weiß, was hinter meinem Rücken geschieht, dann irrt er sich gewaltig. Ich weiß alles. Ganz schön raffiniert diese Hugenotten. Benutzen sie doch meine Methode. Schnappen meinen Sohn bei seiner Fleischeslust und verkuppeln ihn mit dieser Hugenottin Marie Touchet. Die hatte Karl doch so lange bearbeitet, bis er bereit war, mit Coligny zu sprechen. Coligny, diesem größten Schurken unter den Hugenotten! Der würde Frankreich stückchenweise an unsere englischen Feinde verkaufen, nur um seine ehrgeizigen Pläne verwirklichen zu können. Die Niederlande will er aus der ‚spanischen Gefangenschaft' befreien! Natürlich mit unserem Geld und mit unseren Truppen. Madeleine, dieser Mann will Frankreich in einen Krieg gegen Spanien treiben. Er will unser Land dem Untergang weihen, nur um seinen protestantischen Glaubensbrüdern in den Niederlanden, wie er es stets betont, zu helfen. Und natürlich um diese ehrgeizigen Nassauer, Wilhelm von Oranien und Ludwig von Nassau, bei ihren machtgierigen Plänen zu unterstützen! Diese Egoisten par excellence! Weißt Du, wie mein Sohn den Admiral Coligny mittlerweile zu nennen pflegt?"

Und da ich keine Ahnung hatte und den Kopf schüttelte, ließ sie ihren Frust mit lauter Stimme heraus: „Vater! Madeleine, Vater nennt er diesen Mann. Ich dagegen spiele in seinem Leben überhaupt keine Rolle mehr!"

Die Königinmutter nutzte die gesamte Fahrt dazu, um bei mir ihren Kummer abzuladen. In Blois angekommen, fühlte sie sich deshalb auch schon sehr viel besser und nahm frisch und munter ihr nächstes Projekt, die Heirat ihrer jüngsten Tochter, in Angriff.

Da gab es nämlich noch einige Probleme, die dringend gelöst werden mussten. Denn Papst Pius V. hatte sich bisher vehement geweigert, den für diese Heirat nötigen Dispens zu erteilen, der leider wegen des engen Verwandtschaftsgrades zwischen Marguerite und Heinrich Stinkefuß benötigt wurde. Schon einen Tag nach unserer Ankunft erschien auch der päpstliche Nuntius Kardinal Michele Alexandrini, den die Königinmutter nun fast einen Monat lang zu überzeugen versuchte, der bevorstehenden, Frieden schaffenden Heirat keine unnötigen Steine in den Weg zu legen. Ihre Mühen waren jedoch umsonst. Der Papst blieb unerschütterlich bei seinem „Nein". Der Bräutigam hatte, so ließ er Katharina de' Medici über seinen Kardinal mitteilen, zuvor erst von seiner ketzerischen Einstellung zu lassen und musste wieder Mitglied der einzig wahren Religion werden.

Am 2. März, kurz nachdem der päpstliche Nuntius Blois verlassen hatte, traf die Mutter von Heinrich Stinkefuß, Jeanne d'Albret, die Königin von Navarra, mit ihrer 13-jährigen nicht besonders attraktiven und leicht hinkenden Tochter Katharina ein. Katharina de' Medici hatte auch mit ihr ein schwieriges und zermürbendes Gespräch zu führen, da Jeanne d'Albret bisher noch nicht ihre Zustimmung zur Heirat ihres Sohnes gegeben hatte, ohne die jedoch Heinrich Marguerite nicht ehelichen wollte.

Ich bedauerte die Königinmutter sehr, denn nur ungern hätte ich mit der Königin von Navarra zu tun gehabt. Schon ihre äußere Erscheinung machte mir Angst. Sie war sehr groß und hager, hatte scharfe, kantige

Gesichtszüge, blaue, kalte Augen, eine große Nase, die der von Heinrich Stinkefuß sehr ähnlich war und einen schmalen, verkniffenen Mund, der scharf wie ein Rasiermesser sein konnte. Zudem neigte sie zum Sarkasmus. Durch ihre unglückliche Ehe mit Antoine von Bourbon, der sie nach Strich und Faden betrogen hatte, war sie eine ernste und verbitterte Frau geworden, die nur noch vom Hass regiert zu werden schien. Seit 1560 verfolgte sie in ihrem Königreich Navarra als bedingungslose Anhängerin des Protestantismus Katholiken, die sie politisch stürzen wollten. Nicht aus Intoleranz gegenüber Andersdenkenden, sondern nur aus rein politischen Gründen ging sie mittlerweile mit unnachsichtiger Strenge gegen ihre katholischen Untertanen vor, denen sie auch das Feiern des Fronleichnamsfestes verbot.

Während die Königinmutter sich mit der halsstarrigen, zu dieser Zeit schwer erkälteten Jeanne d'Albret abquälen musste, saß ich entweder in der kostbaren Bibliothek oder streifte durch die neu eingerichtete Orangerie, unternahm Kutschfahrten in die nähere Umgebung oder brachte mir schließlich, den sorgfältig angelegten Unterlagen der Königinmutter folgend, selbst bei, wie man Arzneien herstellte. Schon als Kind hatte ich mit Katharina de' Medici an sonnigen und trockenen Tagen, vor oder während der Blütezeit Heilpflanzen gesammelt. Im Frühjahr und im Herbst konnte man uns beide beobachten, wie wir Wurzeln und Wurzelstöcke ausgruben, weil sie zu dieser Zeit am gehaltvollsten waren. Die Blätter und Blüten breiteten wir dann gesondert in dünnen Schichten auf sauberem Papier aus und legten das Ganze an einen luftigen, schattigen Platz. Die Wurzeln und Wurzelstöcke sowie manche Kräuter, die an Schnüren gebündelt wurden, hängten wir schließlich ebenfalls an einem dunklen Orte auf.

Ich war fleißig am Ausprobieren, Kochen und Mischen, so dass ich Ende März zum Erstaunen der Königinmutter selbst Teeaufgüsse, Tinkturen, Salben, Pulver, Kräuterbäder und Breiumschläge anfertigen konnte. Einige meiner Medikamente verschwanden schließlich ebenfalls in den geheimen Schubladen des Schlosses Blois, die man, indem man auf bestimmte Stellen in der Fußleiste trat, öffnete.

Liebe Antoinette, glaube bloß nicht den Gerüchten der Leute, die behaupten, unsere Königinmutter hätte dort Gift versteckt, um ihre Feinde umbringen zu können. Das ist absoluter Unsinn. Außer den Medikamenten hatte sie dort nur noch einige für sie wichtige Unterlagen und Erinnerungsstücke von ihren Kindern aufbewahrt.

Während ich mir dieses wichtige medizinische Wissen aneignete, bemühte Katharina de' Medici sich, die Königin von Navarra von ihren Zweifeln bezüglich der Eheschließung ihres Sohnes mit Marguerite zu befreien. Und in diesem Fall wurden ihre Anstrengungen schließlich belohnt. Am 11. April konnte endlich der Ehevertrag zwischen Heinrich und Marguerite von Karl IX., der Königinmutter und Jeanne d'Albret unterzeichnet werden. Daraufhin erhielt Heinrich Stinkefuß von seiner Mutter den Befehl, sich nach Paris zu begeben.

Kurze Zeit später verließ uns auch die immer noch schwer erkältete Königin von Navarra und begab sich nach Vendôme. Wenige Tage später brachen auch wir schließlich auf und zogen nach Dijon. Anfang Juni fuhren wir mit kleinen Schiffen auf der Saône in Richtung der kleinen Stadt Mâcon, wo uns die Königin von Navarra bereits wieder erwartete. Ihr Anblick war erschreckend. Sie schien wirklich schwer krank zu sein. Trotzdem beharrte sie darauf, mit uns nach Paris weiterzureisen. Dort, am 4. Juni angekommen, musste sie sich jedoch wegen ihres sehr hohen Fiebers sofort ins Bett begeben.

Die Königinmutter, Karl IX. und ich besuchten sie am 6. Juni in ihrer spartanischen Unterkunft. Es bestand wenig Hoffnung, dass sie die Hochzeit ihres Sohnes noch miterleben würde, da die Ärzte eine lebensbedrohliche Brustfellentzündung bei ihr diagnostiziert hatten. Und tatsächlich erlag sie ihrem Leiden bereits am 9. Juni.

Natürlich verdächtigten die Pariser die Königinmutter sofort des Giftmordes an Jeanne d'Albret. So wurde behauptet, dass die Handschuhe aus florentinischem Leder, die sie der Königin von Navarra geschenkt hätte, von ihr präpariert worden wären oder dass sie eine Dienerin gedungen hätte, Jeannes Nahrung zu vergiften. Andere erzählten böswilligerweise, dass die Königinmutter einen italienischen Kosmetiker bestochen hätte, ihr ein entsprechendes Parfüm anzurühren, dessen Dämpfe allmählich den Tod bringen würden. Dieses Lügengespinst hielt auch an, als die Autopsie eindeutig die Brustfellentzündung bestätigte.

Wegen dieser Heirat gab es wirklich nur Ärger. Als Anfang Juli der junge König von Navarra in Begleitung seiner Schwäger, Heinrich-Eduard und Franz-Hercule, seines Cousins Heinrich, des Prinzen von Condé, und seines Gefolges von 1.500 hugenottischen Reitern Paris betrat, hatte die Königinmutter auch von dem neuen Papst Gregor XIII. noch keinen Dispens erhalten. Wie seinen Vorgänger, Pius V., erinnerte Katharina de' Medici nun auch diesen voller Zorn daran, dass England sich wegen der Verweigerung eines solchen Dispenses vom Heiligen Stuhle getrennt hätte.

Am 14. August, vier Tage vor der Hochzeit, lag der Dispens immer noch nicht vor. Karl IX. und die

Königinmutter waren jedoch nicht bereit, deswegen die Hochzeit ausfallen zu lassen. Zum Glück willigte ein Onkel von Heinrich von Navarra, der Kardinal Karl von Bourbon, ein, das Brautpaar auch ohne die ausdrückliche Erlaubnis des Papstes und den Dispens zu trauen.

Das Wetter war zu dieser Zeit unerträglich heiß und schwül. Hier in Paris machte das die Menschen fürchterlich reizbar. Selbst ich lag mit Marguerite und einigen ihrer Hofdamen ständig im Streit. Durch die vielen Besucher, die wegen der zu erwartenden Hochzeit noch zusätzlich die Stadt bevölkerten, wurden die sanitären Verhältnisse geradezu abstoßend. Die Straßen und Gassen stanken nach Urin und Exkrementen, vor denen man sich beim Gehen stets in Acht nehmen musste. Ein einziger Blick nach oben und schon hatte man sich die Schuhe mit Kot beschmiert. Essensreste, abgenagte Knochen, selbst verfaulende Schweinehälften versperrten die engen Gassen. Nur mit einem Tuch vor der Nase konnte man die Stadt noch betreten. Selbst die Seine stank zum Erbrechen.

Jeder hoffte darauf, dass es endlich regnen würde. Aber leider wurden unsere Bitten nicht erhört. So mussten wir weiter schwitzen und keuchen. Jede Tätigkeit, selbst die Allergeringste, löste unendliche Schweißflüsse aus.

O, wie bedauerte ich die Arbeiter, die in dieser Hitze die Galerie und die königliche Tribüne vor dem Dom erstellen mussten, auf der die Trauung stattfinden sollte. Ich selbst verbrachte den Tag am liebsten in Marguerites Badezuber.

Die Königinmutter selbst war der Hitze und der Schwüle in Paris Ende Juli entflohen und nach Châlons abgereist, um mit ihrer zweiten Tochter Claude, der Herzogin von Lothringen, zusammen zu sein, die auf dem Wege zu Marguerites Hochzeit krank geworden war. Hier erfuhr sie dann durch einen ihrer Spione zu ihrem großen Entsetzen, dass Karl IX. sich von Coligny Anfang Juli hatte überreden lassen, eine geheime Streitmacht unter dem Oberbefehl eines gewissen Jean de Genlis in die Niederlande zu entsenden, die die Protestanten dort gegen die Spanier unterstützen sollte. Dieser Genlis geriet aber in spanische Gefangenschaft und plauderte unter der Folter alles aus. Natürlich ließ Philipp II. bei seiner ehemaligen Schwiegermutter sofort anfragen, ob sie ihm den Krieg erklärt hätte. Wutentbrannt verließ Katharina de' Medici mit ihrer Tochter sofort Châlons und begab sich unverzüglich nach Paris. Das Donnerwetter, das Karl IX. erwartete, war überall laut und deutlich zu vernehmen.

„Diesem Coligny, Karl, ist nicht zu trauen. Wie oft habe ich Dir gesagt, dass dieser ehrgeizige Mann seine privaten Interessen stets über das öffentliche Wohl Frankreichs stellt. Du interessierst ihn nicht die Bohne. Er benutzt Dich! Siehst Du das denn nicht? Gut, stürze Dich in den Krieg. Mache unser Königreich zur Beute sowohl Spaniens als auch des Protestantismus. Ich hingegen habe keine Lust, den Untergang dieses Reiches miterleben zu müssen. Deshalb bitte ich Dich um die Erlaubnis, mich vom Hofe zurückziehen zu dürfen, um am Ort meiner Geburt zu sterben. Erlaube auch Gleiches Deinen Geschwistern, die in Italien ihren Lebensabend verbringen sollen, fernab vom Unglück ihres Vaterlandes."

Karl, schockiert über die Wut und den Wunsch der Königinmutter, ihn zu verlassen, gab nach und entschied sich schließlich am 10. August bei der Schlussentscheidung des Rates über Krieg oder Frieden gegen den Krieg mit Spanien.

Katharina de' Medici hatte gewonnen. Aber sie wusste ganz genau, Coligny hatte noch nicht aufgegeben. Es stand zwischen ihnen 1 : 1. Es war nur eine Frage der Zeit, wann er erneut versuchen würde, den König auf seine Seite zu ziehen. Jetzt herrschte wegen der Hochzeit jedoch erst einmal Waffenstillstand zwischen dem Admiral und der Königinmutter.

XII

Am 17. August, einem Sonntag, unterzeichnete Heinrich von Navarra am frühen Nachmittag im Louvre den Ehekontrakt und schenkte seiner Braut einen Diamantring im Wert von 10.000 Kronen. Marguerite hatte sich bis zuletzt mit Händen und Füßen geweigert, diesen „stinkenden“ König von Navarra zu ehelichen. Denn alles missfiel ihr an diesem Mann. Er wäre viel zu klein für sie, viel zu dünn und drahtig und sähe mit seiner viel zu langen Nase und dem schiefen, schmalen Mund abgrundtief hässlich aus. Außerdem hätte er keine Manieren und wäre völlig ungebildet (was nicht stimmt, er war sehr gebildet!). Stets wäre er am königlichen Hof der schlechteste Schüler gewesen (Marguerite übertrieb gewaltig!) – er verstände noch nicht einmal Latein –, da er, anstatt im Unterricht zu sitzen und den Lehrern zu lauschen, Bauplätze aufgesucht oder Bauern mit Spaten und Hacke bei der Feldarbeit geholfen hätte. Und dann würde er ständig Knoblauch kauen, und er würde sich so selten waschen, weil er die Körperpflege für eine reine Zeitverschwendung halte. Wo doch seine Füße schon allein Ohnmachtsanfälle auslösen könnten! Ja, was die Körperpflege von Heinrich Stinkefuß anging, hatte Marguerite absolut recht. Nicht nur sie, auch ich fragte mich, wie dieser unsaubere Mann nur den Ruf eines erfolgreichen Schützenjägers haben konnte. Er müsste diese Frauen mit Geld oder großzügigen Geschenken bestochen haben, bemerkte Marguerite bösartig hierzu. Denn wer in aller Welt würde sich mit diesem „stinkenden Zwerg freiwillig paaren“. Gegenüber dem Argument ihrer Mutter, dass nur durch ihre Aufopferung die Protestanten und Katholiken für immer versöhnt und die Religionskriege beendet werden könnten, hatte Marguerite nur die Bemerkung „das ist noch nicht sicher“ parat.

Für Marguerite, die alles Schöne, Duftende und Saubere liebte, musste Heinrich wirklich eine wahre Zumutung sein.

Am 18. August, einem Montag, fand schließlich gegen Mittag die kirchliche Trauungszeremonie statt. Schon am frühen Morgen hatten sich die Pariser zu Tausenden um die Kathedrale von Notre Dame eingefunden, um nur nichts zu verpassen. Die königlichen Bogen- und Hakenbüchsenschützen hatten allerhand zu tun, um die Massen an Neugierigen an ihrem Platz zu halten und einen Absperrungsgürtel für den königlichen Festzug zu bilden. Der Weg vom Louvre bis zur Kathedrale war bereits mit kostbaren Teppichen belegt, und die Stadt war reich mit bunten Wandbehängen ausgestattet worden.

Das stundenlange, vergebliche Warten in der unbarmherzig brennenden Sonne hatte für die Zuschauer und

Zuschauerinnen gegen Mittag ihr Ende gefunden, als die königlichen Musikanten mit ihren Trompeten die Ankunft der Braut verkündeten. 200 Höflinge in langen Gewändern aus silbernem und goldenem Brokat gingen der königlichen Braut voran. Die riesige Menschenmenge fing sofort zu jubeln an, als sie Marguerite, die trotz der großen Hitze an diesem Tag atemberaubend schön aussah, auf der hölzernen Galerie, die parallel zur Kathedrale verlief, erblickten. Begleitet wurde sie von ihrem königlichen Bruder, der in einem blass-gelben Satin erschien. Marguerite, deren Kopf mit einer kostbaren Diamantkrone geschmückt war, trug an diesem heißen Tag ein Gewand aus goldfarbigem Samt, das reich mit blauen Lilien bestickt war. Darüber hatte sie noch einen schweren blauen Mantel gelegt, dessen vier Ellen lange Schleppe von mir und zwei weiteren Prinzessinnen getragen werden musste.

Da kein Ketzer eine katholische Kirche betreten durfte, hatte der Trauungsgottesdienst auf der Tribüne vor der Kathedrale stattzufinden. Stolz und eigensinnig wie Marguerite sein konnte, weigerte sie sich auch jetzt noch, die Frage des Geistlichen, ob sie Heinrich von Navarras Gattin werden wollte, mit „Ja“ zu beantworten. Karl IX., der direkt hinter ihr saß, versetzte ihr daraufhin einen Schlag in den Nacken. So genötigt, den Kopf zu neigen, sah es so aus, als ob sie nun endlich einwilligte. Jedenfalls interpretierte der

Geistliche diese Geste so. Anschließend begab sich Marguerite ohne ihren Mann in die Kathedrale, deren steinerne Wände mit prächtigen Teppichen geschmückt waren. Der Hochaltar war zudem beladen mit Leuchtern, Reliquienschreinen, Weihrauchkesseln, Tausenden von Wachskerzen und silbernen Vasen, die mit Rosen-, Jasminblüten- und Fliedersträußen gefüllt waren. Himmlische Klänge und Gesänge hießen die vielen Gäste herzlich willkommen. Nach Beendigung auch dieses Gottesdienstes erschallten im Inneren der Kirche Glockengeläut und Trompetengeschmetter, während draußen die Kanonen zu donnern begannen. Das Volk wurde schließlich mit kostenlosem Wein und Fleisch verwöhnt. Die Königinmutter war diesmal sehr großzügig, da sie sich endlich mit den Parisern, die ihr stets feindlich gesinnt waren, versöhnen wollte. Zusätzlich wurde – wie üblich bei solchen Anlässen – eine Menge Geld unter das Volk geworfen.

Am Abend warteten auf das Brautpaar und seine Gäste noch ein opulentes Mahl, viel Tanzvergnügen und eine italienische Komödie, und spät in der Nacht wurde der Hochzeitstag schließlich mit einem gewaltigen Feuerwerk über der Stadt beendet, das mit seinen herrlichen Farben, seinem Glitzern und seinem Funkenregen niemanden unbeeindruckt ließ.

Am Dienstag, den 19. August, lud der König von Navarra die Hochzeitsgäste zur Mittagszeit in dem

Hôtel d'Anjou zu einem exzellenten Mahl ein. Den Nachmittag über verfolgte man den Kampf zwischen einem Löwen, einem großen Ochsen und einem weißen Bären. Da es Letzterem gelang zu entfliehen, brach in der Bevölkerung eine große Panik aus. Das Tier musste erlegt werden. Nach dieser Aufregung begaben sich die königliche Familie und die Gäste in den Louvre zurück, um dort bis tief in die Nacht hinein zu tanzen.

Das prächtigste und ausgefallenste Fest fand jedoch am Mittwoch, den 20. August, im größten Saal des Palastes Bourbon statt, der nicht weit vom Louvre entfernt lag. Hier waren die Kulissen für das Paradies und die Hölle aufgebaut worden, die sich dank einer großartigen Maschine bewegen konnten. Getrennt waren sie durch einen Fluss, auf dem der Nachen des Charon fuhr. Den Eingang des Paradieses verteidigten der König und seine beiden Brüder Heinrich-Eduard und Franz-Hercule. Alle drei steckten in goldenen Rüstungen. Auf der Seite der Hölle wurde derweil ein riesiges Rad mit kleinen Glöckchen von einer großen Zahl von Teufeln und kleinen Teufelchen unter seltsamen Gebärden und Sprüngen unaufhörlich gedreht. Hinter dem Fluss befand sich noch ein schöner grüner Garten mit vielen Bäumen und Blumen, der die Elysäischen Gefilde darstellen sollte. Der Garten selbst war von einem Sternenhimmel umgeben, der durch die sieben Planeten und eine Menge kleiner Sterne aus

Kristall erleuchtet war. Zusätzlich hatte man dort noch ein weiteres Rad mit den zwölf Sternzeichen angebracht. Wurde dieses gedreht, bewegte sich das Paradies und gab nach und nach 12 wunderschöne Nymphen frei. Natürlich versuchten einige „böse“ Ritter, zu denen der König von Navarra gehörte, die Nymphen zu entführen. Diese hübschen Damen wurden jedoch von den drei goldenen Rittern unter Aufbietung ihrer ganzen Kraft verteidigt. Nachdem sie mit den bösen Rittern einige Lanzen gebrochen und mit den Degen gefochten hatten, wurden Letztere von den Hütern des Paradieses schließlich in den Tartarus gestürzt und von den Teufeln gefesselt. Und als ob noch nicht schon genug Spektakel gezeigt worden wäre, kamen die Götter Merkur und Cupido, von einem Hahn getragen, vom Himmel herab und grüßten mit herrlichen Gesängen die Wächter des Paradieses. Schließlich endete alles in einem großen Tanzvergnügen. Die goldenen Ritter ergriffen die Nymphen und tanzten über eine Stunde mit ihnen um einen mitten im Saale befindlichen Springbrunnen herum. Auch die „bösen“ Ritter wurden nach einstimmigen Bitten aller Gäste wieder befreit. Aber sie hatten zuvor noch einige Lanzen mit dem König und seinen Brüdern zu brechen. Der ganze Saal war daraufhin voller Funken und Blitze, die von dem Stoß ihrer Waffen hervorgingen. Schließlich wurde zu dem Erstaunen aller Anwesenden noch ein Feuerwerk am Springbrunnen angezündet, das mit schrecklichem Getöse und bunten Feuerströmen in wenigen Minuten sowohl das Paradies als auch die Hölle und die Elysäischen Gefilde zerstörte.

Am Donnerstag wurde das Hochzeitsfest schließlich noch mit einem Maskenball und einem letzten großen Feuerwerk beendet.

Die Stadt Paris sah nach diesem viertägigen Fest wie ein Schlachtfeld aus. Die Reste von gebratenem Fleisch und leere Weinfässer füllten die Gassen, der Gestank von Exkrementen war noch weitaus schlimmer als in den Wochen zuvor. Nur mit Duftwässerchen wagten wir uns noch nach draußen. Das Wetter hatte sich nicht geändert. Die drückende Schwüle lag immer noch über der Stadt. Zudem gab es in der Gegend rund um die Rue de Béthisy, wo die meisten Hugenotten auf Kosten der Bürger untergebracht worden waren, sehr häufig blutige Schlägereien. Auch im Louvre, wo viele Diener des Königs entfernt worden waren, um dem hugenottischen Adel Platz zu machen, wollten die Streitigkeiten zwischen den Hugenotten und den Katholiken nicht enden.

Am Freitag, den 22. August, passierte schließlich das, womit ich eigenartigerweise schon die ganze Zeit über gerechnet hatte. Der Führer der Hugenotten, Gaspard de Coligny, war auf dem Weg vom Louvre zu seiner Unterkunft in der Rue de Béthisy angeschossen worden. Der König, Colignys Schwiegersohn, Charles de Téligny, Marie de Clèves und ich befanden uns gerade beim Tennisspielen, als ein Bote, völlig aufgelöst, zu Karl IX. eilte und ihm das Vorgefallene mitteilte. Natürlich wurde das Spiel sofort unterbrochen. Karl IX. schrie noch: „Kann man denn nie seine Ruhe haben“, bevor er mit voller Wut seinen Schläger auf den Boden warf. Sofort schickte er seinen besten Arzt, Ambrose Paré, zu dem verwundeten Admiral. Zum Glück hatten die beiden Kugeln diesen nicht lebensgefährlich verletzt. Eine hatte seinen rechten Zeigefinger weggerissen und die andere war im linken Ellenbogen steckengeblieben.

Der König, die Königinmutter, Heinrich-Eduard, Franz-Hercule und einige andere katholische Herren begaben sich noch am Nachmittag zum Admiral, um ihr Bedauern über diesen Vorfall auszudrücken. Zudem versprach Karl IX., alles zu unternehmen, um den oder die Täter und deren Mittelsmänner zu finden und dem Admiral so bald wie möglich Gerechtigkeit widerfahren zu lassen. Er bot Coligny sogar an, doch in den Louvre überzusiedeln. Aber dieser weigerte sich. Er traute dem König wohl nicht mehr, denn er ließ, kurz nachdem Karl IX. ihn mit den anderen Gästen verlassen hatte, seine eigenen Männer ebenfalls nach dem oder den Schützen suchen.

Sowohl die Katholiken als auch die Hugenotten wussten somit bereits am Abend, dass das Haus, aus dem die Schüsse auf den Admiral abgefeuert worden waren, einem gewissen Villemur gehörte, der als Kanonikus einst im Dienst der Guisen gestanden hatte. Bei dem Schützen soll es sich zudem um einen gewissen Charles de Louviers, Sieur de Maurevert, gehandelt haben, der früher als Page bei den Guisen gedient hatte.

Wir wussten nun alle, dass wir mit dem Schlimmsten zu rechnen hatten. Die Hugenotten und die Guisen warteten schon lange auf eine Gelegenheit wie diese. Ein blutiges Gemetzel war zu befürchten. Gab es doch in den letzten Jahren schon so viele Auseinandersetzungen dieser Art zwischen den fanatischen Hugenotten und Katholiken. In Castelnaudary, Tours, Sens, Amiens, Toulouse, Marseille, Abbeville, Troyes und in anderen Städten wurden von diesen fanatischen Katholiken Versammlungen der Hugenotten überfallen, deren Häuser zerstört, deren Besitz geraubt und die Bewohner getötet. Auch die fanatischen Protestanten hatten Blutbäder angerichtet. In Nîmes wurden von ihnen 80 Katholiken erschlagen, und in Montpellier, in der Provence, in Venaissin und Orange sollen durch sie über 1.000 Katholiken ihr Leben verloren haben. Katholiken schlugen auf Protestanten, Protestanten auf Katholiken, das war die Realität in unserem Königreich.

Und schließlich teilte man uns mit, dass die Hugenotten tatsächlich gerüstet und in großer Zahl vor die Häuser von Heinrich von Guise und seinem Onkel Claude, Herzog von Aumale, gezogen waren und mit ihrem Angriff drohten.

Die Königinmutter lief in meinem Zimmer nervös auf und ab und fragte mich hilflos: „Madeleine, was sollen wir tun? Ich habe selbst miterlebt, wozu diese fanatischen Protestanten und Katholiken in der Lage sind. Vor drei Jahren haben Anhänger der Guisen in Orléans 280 Protestanten im Turm der Quatre-Coins lebendig verbrannt. Strozzi hatte sogar 800 hugenottische Frauen in der Loire ertränkt, und Monluc hatte sich daran ergötzt, in Rabastens an die 60 protestantische Gefangene von der Spitze des Turmes in die Gräben springen zu lassen. Was für ein Gewaltpotenzial bei diesen Leuten vorhanden ist, ist unvorstellbar. Was sollen wir tun?"

Natürlich blieb ich ihr eine Antwort schuldig, denn ich hatte wirklich keine Ahnung, wie wir uns vor ihrer Wut schützen konnten. Karl IX. ließ vorsichtshalber vor dem Haus des Admirals 50 Hakenbüchsenschützen postieren.

Die Nacht vom Freitag auf den Samstag verlief jedoch ruhig und ohne Zwischenfälle, was Katharina de' Medici als „die Ruhe vor dem Sturm" bezeichnete.

Am nächsten Tag, am Samstag, den 23. August, erhielten wir von verschiedenen Seiten die Nachricht, dass die Hugenotten etwas gegen uns planen würden. Katharina de' Medici befürchtete, die Protestanten wollten nicht mehr nur die Guisen, sondern auch ihre Familie auslöschen. So rief sie noch in der Nacht eine Krisensitzung zusammen.

Was dort entschieden wurde, weiß ich leider nicht. Es wurde strengstes Stillschweigen bewahrt. Marguerite, Claude, die zweite Tochter von Katharina de' Medici, und ich lauschten auf jedes Geräusch. Zu gern hätten wir gewusst, was denn nun geschehen sollte. Claude hatte panische Angst, morgen schon nicht mehr am Leben zu sein. Wir drei beschlossen, die Nacht vom Samstag auf den Sonntag, der dem Heiligen Bartholomäus gewidmet war, zusammen zu verbringen. Abergläubisch waren wir alle drei nicht, aber es war schon unheimlich, dass dieser Heilige, der als Missionar bis nach Indien gekommen war, von seinen Feinden geschunden, enthauptet und gekreuzigt wurde. Wir hofften, dass dies kein böses Omen war.

Plötzlich wurden wir zwischen ein und zwei Uhr morgens durch ein Glockengeläut geweckt. Wir saßen vor Schreck alle drei senkrecht in Marguerites Bett. Was hatte das zu bedeuten? Marguerite lief als Erste zu den Fenstern und schaute nach draußen. Schon bald hörten wir in der Ferne Schüsse und gellende Schreie, und schon wenig später wurde auch in unserem Schloss geschossen. Auf dem Innenhof sahen wir – wir befanden uns mittlerweile alle drei an den Fenstern –, wie Männer in Nachthemden über den Platz liefen und von hinter ihnen herlaufenden Schweizer Garden mit Hakenbüchsen erschossen oder mit Degen erstochen wurden. Einige der fliehenden Männer hatten sich mit ihren Waffen, ihren Pistolen und Degen, zu wehren versucht, aber letztendlich hatten sie nicht die geringste Chance. Unsere Soldaten waren in der Überzahl. Aus der Stadt hallten die Schreie ängstlicher und verwundeter Menschen. Lichtfunken, verursacht durch die Hakenbüchsen, ließen das Ganze vor unseren Augen wie ein grausames Feuerwerk erscheinen. Durch heftiges Pochen und Schlagen gegen unsere Tür wurden wir schließlich selbst in dieses mörderische Spiel verwickelt. Irgendjemand draußen schrie Marguerites Namen. Marguerite, mutig wie immer, schritt daraufhin trotz unserer Bitte, das Klopfen einfach zu ignorieren, auf die Tür zu, öffnete sie und wurde sogleich von fünf blutenden Männern überrannt.

„Helft uns, liebe Damen, helft uns!“ Mit diesem Schrei stürzten sie auf uns zu und versuchten sich, hinter unseren Rücken zu verstecken. Ihre Verfolger betraten mit ihren Degen und Hellebarden ebenfalls den Raum und liefen auf die verwundeten Männer zu. Mit ihren spitzen Degen und den langen Hellebarden stießen sie hinter und neben uns. Vor Angst hatte ich zu zittern begonnen. Der Mann hinter mir fasste mich um die Taille, drehte mich wie ein Abwehrschild hin und her und bat um Erbarmen. Und auf einmal schrie ich: „Verschwindet. Haut endlich ab. Wir wollen eure blutigen Spielchen nicht mitmachen. Habt ihr mich nicht verstanden? Ihr sollt verschwinden.“ Und um meinen Worten Nachdruck zu geben, schlug ich dem königlichen Soldaten, der immer noch mit seinem Degen um mich herumstocherte, mit meiner Faust mitten ins Gesicht. Der Soldat, dessen Nase zu bluten begonnen hatte, zögerte einen Augenblick und richtete dann den Degen direkt auf meinen Hals. Wutentbrannt und – zum Glück – nicht ängstlich blickte ich zurück.

„Verschwinde. Hast du mich verstanden, du sollst mit deinen Kumpanen verschwinden, oder ich werde dem König melden, dass wir von euch mit dem Tode bedroht wurden.“

Mein Schreien und vermutlich auch mein Mut schienen plötzlich Wirkung zu zeigen, denn die Soldaten hörten auf, auf ihre Gegner hinter uns zu stechen und verließen unser Zimmer.

Die Männer hinter unseren Rücken ließen uns daraufhin endlich los. Unsere weißen Nachthemde waren mittlerweile voller Blut und ließen bei uns selbst Verwundungen vermuten. Die beiden Männer, die sich hinter Claude und Marguerite versteckt hatten, waren nur leicht verletzt. Zwei Männer, die unter Marguerites

Bett geflüchtet waren, waren bereits gestorben. Der Mann hinter mir war sehr schwer verletzt. Mit einem Teil unseres Bettlakens versuchte ich, das heftige Bluten am linken Bein zum Stillstand zu bringen. Dieses Verfahren hatte uns der königliche Leibarzt Ambrose Paré erklärt, der es im Krieg oft bei solchen Wunden erfolgreich angewandt hatte. Der verletzte Mann, der wie mein Bruder Ysambert hieß, zitterte am ganzen Körper und schien kaum noch sprechen zu können. Wir legten ihn in unser Bett, schlossen unsere Tür ab und horchten nach draußen. Die ganze Nacht und den ganzen Morgen über waren um uns herum, die entsetzlichen Todesschreie zu hören. Claude, Marguerite und ich wagten nicht, das Zimmer zu verlassen. Ängstlich saßen wir mit den verwundeten Männern auf dem Fußboden. Gott sei Dank, hatte Marguerite in ihrem Zimmer reichlich Konfekt, mit dem wir unseren Hunger stillen konnten. In der Not tranken wir auch das Wasser in ihrer Kanne, mit dem sie sich am Morgen eigentlich frisch machen wollte.

24 Stunden währte diese Schlächterei. 24 lange, lange Stunden. Der Mann in unserem Bett schied gegen Mittag mit ein paar Seufzern aus dem Leben. Gegen Abend klopfte Heinrich-Eduard an unsere Tür und erklärte, dass man nun alles wieder unter Kontrolle hätte. Er versprach zudem, dass den beiden Hugenotten, die bei uns Schutz gesucht hätten, nichts geschehen sollte. Claude, Marguerite und ich dankten

Gott schließlich von ganzem Herzen, dass wir noch am Leben waren.

Im Laufe des nächsten Tages erfuhren wir, dass viele Hugenotten von Rang und Namen ihr Leben verloren hätten. Coligny wurde z. B. unter dem Kommando von Heinrich von Guise, dessen Onkel Claude, dem Herzog von Aumale, und Heinrich dem „Bastard" ermordet. Getötet hatte man den Admiral in seinem Zimmer. Als Sterbenden hatten seine Mörder ihn dann aus dem Fenster auf die Straße geworfen, wo Heinrich von Guise ihm noch zusätzlich den Kopf und die Finger abschlagen ließ. Seine verstümmelte Leiche schleuderte man später in die Seine, riss sie jedoch schon bald wieder aus den Fluten und ließ sie am Galgen in Montfaucon an den Füßen aufhängen und rösten.

Ermordet wurde auch dessen Schwiegersohn Téligny, des Königs Tennispartner. Katholiken schossen ihn von einem Dach herunter, auf das er aus Angst gekrochen war. Ja, es gelang nur wenigen Hugenotten die Flucht.

Heinrich von Navarra und Heinrich von Condé wurden von Karl IX. vor die Alternative Konversion zum Katholizismus oder Tod gestellt und entschieden sich klugerweise für das Leben.

Am 26. August verließen wir Frauen Paris, da Karls Gattin Elisabeth kurz vor ihrer ersten Entbindung stand und die Königinmutter sie vor weiterer Unruhe bewahren wollte. Da die Kutsche wegen der vielen Leichen, die den Weg säumten, nicht vorwärtskam, hatten wir bis zum ersten Stadttor zu Fuß zu laufen. Selbstverständlich erhielten wir militärischen Schutz. Im Innenhof des Louvre wurden gerade die in der heißen Sonne bereits verwesenden Leichen eingesammelt. Die königlichen Diener mit Handschuhen versehen und mit Tüchern vor ihren Nasen, schleiften die Toten an ihren Füßen in die Mitte des Hofes, wo ein riesiger brennender Scheiterhaufen entstanden war. Mit meinem parfümierten Tuch vor der Nase schritt ich an diesem angeekelt vorbei.

Dabei war das erst der Anfang unser langen Odyssee auf dem Weg zu unserer Kutsche, die uns nach Amboise bringen sollte.

In den engen, gekrümmten Gassen zum Tor mussten wir über ganze Familien, die hingestreckt am Boden lagen, steigen. Der wütende, blutrünstige Mob hatte niemanden verschont. Selbst vor kleinen Kindern hatte er keinen Halt gemacht. Der üble Geruch der verfaulenden Menschenleiber war unerträglich. Claude musste sich als Erste übergeben. Wir folgten ihrem Beispiel bald. Vorsichtig tasteten wir uns weiter, stiegen über die zum größten Teil nackten Leichen, wobei viele Frauen unter ihnen nach Eroberer-Manier geschändet worden waren. Die Menschen hier schienen mit Knüppeln zu Tode geprügelt worden zu sein. In der nächsten Gasse lagen die Körperteile der mit Schwerthieben zerstückelten Menschen wild verstreut herum. Die mittlerweile getrockneten Blutlachen färbten die Böden der Gassen rot. Alles um uns herum war fürchterlich zerstört und ausgeplündert worden. Zerbrochene Fensterscheiben, eingetretene Türen, Brandspuren. Von den Dächern hingen gespenstisch die Arme von dort oben Erschlagenen oder Erschossenen herab. Raben, die sich schon genüsslich auf ihnen niedergelassen hatten, ließen sich selbst durch meine Steine, die ich nach ihnen warf, nicht stören.

Die Seine, die wegen der Blutlachen zur „roten“ Seine geworden war, war ebenfalls mit Leichen übersät, die sich entlang ihrer Ufern stauten. Außer den patrouillierenden Soldaten, die auf Befehl des Königs jede weitere Niedermetzelung verhindern sollten, sahen wir keinen einzigen Menschen.

Als wir endlich das Stadttor erreicht hatten, erwarteten uns erneut Berge von Erschlagenen, die vor die Stadt gezerrt und dort zu einem weiteren Scheiterhaufen getürmt wurden. Erschrocken blieb schließlich die Königinmutter vor einem auf eine Lanze gesteckten Kopf stehen und wandte sich angeekelt ab. Von einem Soldaten erfuhr ich voller Stolz, dass es sich bei diesem Haupt um das von Coligny handeln würde.

Während wir nun in größter Eile mit einer schwerbewaffneten Eskorte Richtung Amboise flohen, übernahm Karl IX. gerade vor dem Parlament die volle Verantwortung für das Massaker, indem er erklärte, dass seine Handlungsweise die einzig Mögliche gewesen wäre, da der Admiral und seine Anhänger und Komplizen eine unheilvolle und verdammenswerte Verschwörung vorbereitet hätten, die gegen den König, gegen die Königinmutter, gegen seine Brüder, gegen den König von Navarra und gegen die ihnen nahestehenden Fürsten gerichtet gewesen wäre. Die königliche Regierung hätte dieser Verschwörung zuvorkommen müssen. Sie hätte nur getötet, um nicht selbst getötet zu werden. Selbst sehr bestürzt über so viel Blutvergießen, fügte Karl IX. hinzu, dass die säuberlich geplante Mordaktion, die nur die Anführer dieser Rebellion treffen sollte, leider außer Kontrolle geraten wäre. Neben vielen unschuldigen Hugenotten hätten auch fast 100 Katholiken ihr Leben lassen müssen.

Am späten Nachmittag trafen wir in Amboise ein. Die Königinmutter forderte von ihrem königlichen Sohn sofort eine weitere schwerbewaffnete Truppe an, denn das Morden hatte jetzt in den Provinzen begonnen. Die Nachrichten, die im September und Oktober bei uns einliefen, ließen einen vor der menschlichen Rasse, Gottes angeblich auserwähltem Geschöpf, erschaudern. Wozu waren diese „Auserwählten“ alles in der Lage!

Weitere fürchterliche Massaker fanden in Meaux, Charité, Orléans, Saumur, Lyon, Bourges, Rouen, Toulouse, Romans, Bordeaux und in anderen Städten statt. Die einzige Freude in dieser Zeit bereitete der Königinmutter ihre Schwiegertochter Elisabeth, die am 27. Oktober einem gesunden Mädchen das Leben schenkte, das von ihrem Vater den Namen „Elisabeth-Marie“ nach seinen zwei geliebten Frauen erhielt.

Marguerite sah ich in dieser Zeit kaum, weil sie ihrer Mutter schmollte, die ihr diese Heirat mit Heinrich von Navarra eingebrockt hatte. Denn – das musste jeder zugeben – die schöne, duftende Marguerite war umsonst geopfert worden. Die Katholiken und die Protestanten standen sich immer noch feindlich, wenn nicht sogar noch feindlicher gegenüber.

Mir persönlich gestand sie, dass sie das intime Leben mit Heinrich Stinkefuß schon nach drei Nächten aufgegeben hätte, da dessen Gestank ihr solchen Ekel eingeflößt hätte. „Madeleine, die Laken müssen, wenn Heinrich nur eine Viertelstunde auf ihnen gelegen hat, dringendst gewechselt werden. Könntest Du mit solch einem Mann intimen Verkehr haben?“

Natürlich konnte ich ihr nur recht geben. Zum Glück besaß Marguerite die Macht, sich ihrem Gatten zu entziehen. Nicht jede Frau hat diese Möglichkeit!

Während die Königinmutter in ihrer kleinen Kapelle Gott flehentlich bat, die in diesem Massaker Getöteten bei sich aufzunehmen und ihr zu verzeihen, da es sich doch um eine reine Selbstverteidigung gehandelt hätte, trafen derweil beim König in Paris Glückwunschbriefe von Papst Gregor XIII. und dem spanischen König ein. Philipp II. schrieb seinem ehemaligen Schwager anlässlich des Blutbades überschwänglich: „Das ist eines der freudigsten Ereignisse meines Lebens gewesen ..." Und der Papst, der in Rom Freudenfeste arrangieren ließ, um die Vernichtung von Ketzern gebührend zu würdigen, forderte vom französischen König über seinen Legaten Orsini am 20. November sogar die völlige Ausrottung der Hugenotten.

Die Königinmutter, der König und ich hofften hingegen, dass das neue Jahr nicht mehr im Zeichen des Blutes stehen würde.

XIII

Karl IX. konnte die Gräueltaten, die in der Bartholomäusnacht geschehen waren, nie wieder vergessen. Die Toten ließen ihn nicht mehr zur Ruhe kommen. Seit dieser Zeit fiel er oft in schwere Depressionen und litt häufig an Schwächeanfällen und Schweißausbrüchen. Selbst die Geburt seines Sohnes Karl, der ihm am 23. Januar 1573 von seiner Geliebten Marie Touchet geboren wurde, vermochte ihn kaum aufzuheitern. Nur wenn er in der Lage war, sich für einige Stunden in seine Schmiede im Louvre zurückzuziehen, vergaß er für kurze Zeit seinen großen Kummer.

Katharina de' Medici, die seit 1572 damit beschäftigt war, ihren jüngsten Sohn mit der englischen Königin Elisabeth I. zu vermählen, war über ihr neues Enkelkind, das Ende Februar an unseren Hof kam, hocherfreut. Der kleine Karl sah auch wirklich zum Verlieben aus. „Ganz der Vater!“ meinte die Königinmutter.

Ansonsten gab es in dieser Zeit leider nichts Erfreuliches zu berichten. Die Hugenotten hatten sich in La Rochelle erfolgreich eingenistet und weigerten sich, dem vom König entsandten Gouverneur Biron den Eintritt in ihre Stadt zu gewähren. Seit dem 11.

Februar hatte Heinrich-Eduard das Kommando über die dortige Belagerungsarmee übernommen. Aber auch die schweren Bombardements, die schließlich die Stadtmauern zum Einstürzen bringen sollten, brachten keine Veränderung der Situation.

Bei mir hingegen trat im Leben eine Neuerung ein. Mein Vater hatte mir Anfang April mitteilen lassen, dass ich nun seit dem 24. März mit dem Sohn seines Freundes, des Marquis Jean de Rohan-Preuilly, Vicomte de Fougères, verlobt sei.

Der Marquis de Rohan-Preuilly und mein Vater waren schon seit ihrer gemeinsam verbrachten Kindheit am Hofe des Königs Franz I. sehr gute Freunde gewesen. Nur in den letzten paar Jahren waren die beiden häufig wegen Nichtigkeiten in Streit geraten und hatten sich deswegen nur noch sehr selten besucht. In ihren jungen Jahren jedoch wurden sie zusammen mit meinem Ex-Ehemann „die unverwüstlichen Drei“ genannt, da sie anscheinend kein Saufgelage zum Umfallen bringen konnte. Außerdem schien diese drei Haudegen nichts aus dem Gleichgewicht zu bringen. Sie standen im Rufe der Tollkühnheit, der Furchtlosigkeit und der Tapferkeit. Und Frauen, die sich ihnen anboten, wurden nie abgelehnt.

Seit der Bartholomäusnacht litt der Marquis de Rohan-Preuilly, der seit 1568 dem Protestantismus anhing, jedoch wie der König an schweren Depressionen.

Seine beiden ältesten Söhne, Jean und Pierre, die als Stellvertreter ihres Vaters Gäste auf Marguerites Hochzeit waren, waren als Hugenotten von fanatischen Katholiken brutal abgeschlachtet worden. Mit durchschnittenen Kehlen wurden ihre Leichen zu ihrem Vater auf die Stammburg in der Bretagne überführt. Von diesem Schock hatte sich der Marquis nicht mehr erholen können. Seine reizende und liebenswürdige Frau Marie war zudem vor einem Jahr gestorben. Nun blieben ihm nur noch der neunjährige Avel und die achtjährige Anne. Bei meinem Vater hoffte er, Trost zu finden, und anscheinend kamen die beiden bei einer ihrer gemeinsamen Sauforgien auf die Idee, mich mit Avel zu verkuppeln.

Meine Wut war natürlich unbeschreiblich. Erst hatte mein Vater mich gegen meinen Willen mit einem lüsternen Greis verheiratet, nun wählte er ein Kind für mich aus. Ich konnte das nur als eine reine Bosheit mir gegenüber empfinden. Die Königinmutter hatte leider nicht das geringste Verständnis für meinen Zorn und meinte nur, dass wir Kinder unseren Eltern gehorchen müssten, da sie im Gegensatz zu uns wissen würden, welche Ehepartner für das Haus bzw. die Dynastie von Vorteil seien. Eine Ehe sollte auf keinen Fall auf Liebe basieren, da diese vergänglich sei. Außerdem wäre ich als Witwe mit einer Jahreseinkunft von mehr als 100.000 Livres für viele Adelshäuser eine hochbegehrte Braut geworden. Sollte ich doch froh sein, dass ich einen Sohn des stets freundlichen und großzügigen Marquis de Rohan-Preuilly als Ehemann erhalten würde.

Nur Heinrich-Eduard, der im April einen kurzen Abstecher bei uns machte, verstand mich und hielt meine negativen Gefühle gegenüber meinem Vater für berechtigt. Hatte seine Mutter doch seine große Liebe Marie de Clèves am 10. August 1572, also kurz vor der Hochzeit Marguerites, mit dem Prinzen Heinrich de Condé verheiratet, da sie befürchtet hatte, dass ihr romantisch veranlagter Sohn diese Dame von zu geringem Adel irgendwann ohne ihre Erlaubnis heimlich ehelichen würde. Heinrich-Eduard sollte seiner Mutter dies nie verzeihen. Wehmütig baumelte immer noch ein Medaillon mit dem Bildnis Maries um seinen Hals.

Aber schon bald musste er mich wieder verlassen, da man bei der Belagerung von La Rochelle immer noch keinen Schritt weitergekommen war. Gegen Ende Mai 1573 wurde ihm dann völlig überraschend der Thron von Polen angeboten. Der polnische König Sigismund II. August war im Juli 1572, ohne einen Nachfolger zu hinterlassen, gestorben. Der polnische Adel, der seit Urzeiten das Recht der freien Königswahl besaß, schwankte nun zwischen Heinrich-Eduard, dem Herzog d'Anjou, und dem Erzherzog Ernst, einem Sohn des Kaisers Maximilian II. und Bruder der französischen Königin Elisabeth von Österreich. Am 10. Mai 1573 hatte sich die Mehrheit der 40.000 polnischen Adligen schließlich für Heinrich-Eduard entschieden. Man war der ehrgeizigen Habsburger überdrüssig geworden.

Am 19. Juni erhielten wir in Fontainebleau die Nachricht über den Ausgang der Wahl. Sofort setzte die Königinmutter alles in Bewegung, um diesen unnützen Bürgerkrieg zwischen den Katholiken und den Hugenotten zu beenden. Jetzt, da ihr Lieblingssohn als Generalleutnant nicht mehr zur Verfügung stand und die Aussichten auf Erfolg auf beiden Seiten sehr gering geworden waren, begann sie wieder mit ihren Verhandlungen zwischen den streitenden Parteien. Am 6. Juli konnte der König schließlich das Edikt von Boulogne verkünden, das die Gewissensfreiheit in ganz Frankreich garantierte, die Kultfreiheit für die Hugenotten jedoch nur in den Städten La Rochelle, Montauban und Nîmes erlaubte.

Am 22. August wurde Heinrich-Eduard außerdem von seinem königlichen Bruder offiziell zu seinem Nachfolger erklärt. Karls IX. schwankender Gesundheitszustand ließ diesen Schritt ratsam erscheinen.

Anfang September hieß es für mich auf in die Bretagne, denn mein Vater und mein neuer Schwiegervater hatten für den 14. September die

Hochzeit zwischen ihren Kindern festgesetzt. Als ich am 12. September im Stammschloss meines zukünftigen Gatten, Fougères, das mit seinen massiven Wänden und den 13 Türmen einen genauso trotzigen Anblick wie unsere Burg bot, eingetroffen war, hatten wir immer noch sehr schönes Sommerwetter. Avel und seine Schwester Anne spielten Fangen, und mehrere kleine Hunde schlossen sich ihnen kläffend an. Mich schienen sie überhaupt nicht bemerkt zu haben, als ich endlich am späten Nachmittag der rumpelnden Kutsche entsteigen durfte. So rannte Avel, nach hinten auf seine ihn jagende Schwester schauend, mir direkt in die Arme. Ziemlich verlegen entschuldigte er sich, um dann gleich wieder weiterzulaufen. Der Marquis de Rohan-Preuilly, mittlerweile ein alter, grauhaariger Mann mit traurigen Augen und vorstehendem Bauch, begrüßte mich dafür recht herzlich. Mein Vater, mein Bruder und Jeanne folgten seinem Beispiel. Herluin sah blendend wie eh und je aus, Jeanne hingegen war so dünn und so blass geworden. Ich hatte durch Ysambert erfahren, dass sie seit ihrer Heirat krampfhaft versucht hätte, schwanger zu werden. Da alle Gebete bisher nichts gebracht hätten, würde sie seit einem Jahr häufig Badekuren unternehmen, von denen sich ihre Ärzte Wunder versprachen. Mit meinem Vater war es seit unserer letzten Zusammenkunft körperlich noch weiter bergab gegangen. Die Lustseuche hatte mittlerweile seinen Mund so sehr angegriffen, dass er kaum noch sprechen konnte.

Avel, der mir zusammen mit seiner Schwester beim Abendmahl vorgestellt wurde, verbeugte sich, küsste meine Hand und entschuldigte sich zum zweiten Mal für den peinlichen Vorfall am Nachmittag. Seine Stimme klang heiter und hell, und das Lächeln, das seinen schönen, weichen Mund umspielte, wirkte durch seine strahlenden Augen ansteckend auf mich. Lange, seidige und dichte Wimpern umsäumten seine dunklen, sanften Augen, und blondes, leicht gelocktes Haar ruhte auf seinen Schultern. Ich weiß nicht, wie lange ich diesen kleinen schönen Engel angestarrt hatte, auf alle Fälle entstand wohl eine unangenehm lange Pause, die seine Schwester Anne, sich nun selbst vorstellend, galant unterbrach. Anne sah ihrem Bruder sehr ähnlich, nur besaß sie nicht seinen sinnlichen Mund.

Als wir uns an die Tafel setzten, ertappte ich mich immer wieder, wie ich einen Blick auf Avel, vor wenigen Tagen erst 10 Jahre alt geworden, warf. Die Frau, die ihn als Gatten bekommen sollte, konnte Gott wirklich danken. Schade, dass ich mit meinen 19 Jahren viel zu alt für ihn war.

Aufgetischt wurde natürlich das Feinste vom Feinsten. Besonders die Fisch-, Krabben- und Austernplatten waren von den Gästen im Nu geleert worden. Nur Jeanne, die sich ständig übergeben musste, genoss das herrliche Essen wohl nicht. Meine Kammerzofe

Françoise raunte mir noch zu, dass meine Schwägerin nun wohl doch endlich schwanger geworden wäre. Nach dem Essen folgten eine lustige Komödie und dann eine Ballettaufführung, in der Avel und seine Schwester Anne die Hauptdarsteller waren. Und mit welcher Grazie die beiden sich bewegten und die Gäste verzauberten! Wir Zuschauer und Zuschauerinnen waren jedenfalls ständig vor Entzückung zum Applaudieren gezwungen. Aufgeführt wurde die abenteuerlich-romantische Liebesgeschichte zwischen Amor und Psyche mit all ihrer Dramatik, dem Hass von Psyches Schwiegermutter Venus, dem Neid von Psyches beiden bösartigen Schwestern, ihrer großen Liebe zu Amor und dem glücklichen Ende, nämlich ihrer Aufnahme bei den Göttern.

In der Nacht konnte ich kaum schlafen, immer wieder rief ich mir bestimmte Szenen in Erinnerung und immer wieder musste ich an Avel denken. Avel, der zehnjährige Junge, der in zwei Tagen mein Gatte werden sollte. Der Arme war von seinem Vater ebenfalls, ohne gefragt zu werden, verheiratet worden. Verheiratet an eine neuneinhalb Jahre ältere Frau. Wer von uns war eigentlich mehr zu bedauern? Avel oder ich?

Irgendwann schlief ich endlich ein und träumte von süßen Dingen. Deshalb kam ich am nächsten Morgen auch nur schwer wieder aus dem Bett. Ein Vogel zwitscherte mir mit seinem reizenden Gesang einen guten Morgen zu. Die Luft war wunderbar erfrischend, und als ich mich aus dem Fenster lehnte und auf den Burghof schaute, sah ich schon die Leute fleißig bei der Arbeit. Avel mit zwei kleinen Vögeln auf seinen Schultern sitzend und einem wuscheligen, kleinen Hund auf dem Arm unterhielt sich gerade mit einem Stallknecht. Als die beiden in Richtung der Stallungen trotteten, folgten ihnen noch mehrere Hunde, die von ihrem Avel nicht einen Augenblick getrennt werden wollten. Ja, in den zwei Wochen, in denen ich auf Fougères weilte, konnte ich bemerken, wie beliebt mein junger Gatte bei jedermann war. Selbst das Dienstpersonal, die Bauern, die ihre Abgaben brachten, und die Bettler, die bei solchen Feierlichkeiten in Haufen erscheinen, behandelte er stets mit Respekt und beeindruckender Höflichkeit. Nicht ein einziges Mal sah ich Avel jähzornig werden, obwohl ich diese Eigenschaft bisher für ein spezifisches Charakteristikum aller Männer hielt, denn mein Vater, mein älterer Bruder, mein Ex-Ehemann, selbst die Söhne der Königinmutter waren sehr schnell zu reizen und konnten in ihrer Wut dann unberechenbar werden.

Nachdem ich mich frisch gemacht, angekleidet und eine Kleinigkeit zu mir genommen hatte, begab ich mich in den wunderschönen Burggarten meines Schwiegervaters. Immer noch waren vereinzelte Büsche am Blühen und strömten ihre Düfte aus.

Zwischen den Hecken und Blumenrabatten waren Fontänen und andere Wasserspiele zu entdecken. Am Rande eines Brunnen, der von einer nackten Venus-Statue bewacht wurde, ließ ich mich nieder und genoss in vollen Zügen die wärmenden Strahlen der Sonne auf meinem Gesicht. Ich war völlig in Gedanken versunken, so dass ich überhaupt nicht bemerkt hatte, dass Avel sich mir leise auf Zehenspitzen genähert hatte. Erschrocken fuhr ich deshalb zusammen, als ich meine Augen wieder geöffnet und festgestellt hatte, dass ich nicht mehr allein war. Avel jedoch streckte nur lächelnd seine rechte Hand aus, in der sich eine eben erst aufgegangene, dunkelrote Rose befand, die er mir sogleich in mein üppiges schwarzes Haar steckte.

Dann zog er mich, ohne mich erst zu fragen, zu seinem Lieblingsplatz, einer Bank, die von Fliederbüschen umgeben war. Nachdem er sich dort mit mir niedergelassen und seine Arme fest um seine hochgezogenen Beine geschlossen hatte, begann er mich auszufragen. Und er wollte wirklich alles wissen, wann ich geboren worden bin, wo, wie unsere Burg aussehen würde, welche Erinnerung ich noch an meine Mutter hätte ... Bereitwillig beantwortete ich alle seine vielen Fragen und genoss es regelrecht, von meiner schönen Kindheit mit meinem Bruder Ysambert und meiner Mutter zu erzählen. Ja, Avel und ich tauschten das, was man von einem anderen Menschen über seine Vergangenheit, seine Vorlieben und Abneigungen, seine Lieblingsbeschäftigungen und seine Träume eigentlich nur in Wochen und Monaten erfahren kann, in wenigen Stunden aus. So erfuhr ich, dass Avel sehr gern mit seinen Tieren und seiner Schwester Anne zusammen ist und dass er Bücher über alles liebt. Außerdem erzählte er mir, wie sehr er seine Mutter vermissen würde und ihren Tod immer noch nicht verkraftet hätte, sich aber zusammennehmen würde, um seinen Vater und seine Schwester mit seiner Trauer nicht zu belasten. Und dann klärte er mich noch auf, welche Speisen er nicht ausstehen könnte, welche Unterrichtsfächer ihm sehr gefallen würden und welche Erzieher er am liebsten zum Teufel schicken würde.

Sein Vater berichtete mir am Abend noch, dass Avel ein außergewöhnlich guter Schüler sei, dem das Lernen sehr leicht fallen würde. Er würde acht Sprachen perfekt beherrschen und außerdem vorzüglich tanzen, reiten und fechten. Sehr viel Zeit würde er in seinem eigenen kleinen Garten verbringen, in dem er Gemüse unterschiedlichster Art, Obst wie Erdbeeren und Johannis- und Stachelbeersträucher und Rosen züchten würde. Diese Leidenschaft hätte er von seiner Mutter übernommen, die jeden Nachmittag – außer natürlich im Winter – dort ebenfalls zu finden gewesen wäre. Vor über einem Jahr wäre diese leider am Kindbettfieber gestorben. Ihr kleiner neugeborener Sohn Odet wäre seiner Mutter schon drei Monate später gefolgt. Zurück hätte sie außer ihrem Gatten, der sie sehr geliebt hätte, noch drei Söhne und eine Tochter gelassen, von denen die beiden ältesten Söhne, Jean und Pierre, ihr bereits in der Bartholomäusnacht gefolgt wären.

Ich genoss diesen Morgen mit Avel sehr. Zum ersten Mal hatte ich das Gefühl, dass sich wirklich jemand für mich interessierte. Vielleicht konnten Avel und ich Freunde fürs Leben werden. Eine alte Frau wie mich wollte ich ihm jedenfalls nicht zumuten. Da er Protestant war, konnte er sich im Gegensatz zu mir später ohne Schwierigkeiten scheiden lassen. Er brauchte einfach nur zu behaupten, dass ich Ehebruch begangen hätte, und schon wäre er wieder frei von mir und könnte dann die Frau seines Herzens heiraten.

Am Nachmittag lernte ich seine Voliere und die frischbepflanzte Orangerie kennen. Anschließend wurde ich noch durch das Schloss geführt und mit allen Familiengeschichten vertraut gemacht.

Am nächsten Tag fand schließlich unsere Hochzeit statt. Girlanden und prächtige Teppiche schmückten das alte Schloss, und die Dorfbewohner standen bereits dichtgedrängt im Innenhof. Wer zu diesem Fest kommen konnte – egal welchen Standes – wurde von dem Marquis und seiner Familie herzlich willkommen geheißen. An großen Spießen wurden bereits Ferkel und Ochsen gegrillt, und die Weinfässer wurden über den Innenhof in den Burggarten gerollt, wo die Bauern und ihre Familien verwöhnt werden sollten. In der Schlosskapelle steckte Avel mir derweil den Ehering, der mit einem schönen Diamanten versehen war, an und küsste mich scheu auf den Mund, nachdem der protestantische Geistliche – der katholische Pfarrer weigerte sich zu erscheinen –, uns zu Mann und Frau erklärt hatte.

Anschließend folgte das Hochzeitsmahl, das wir in Harmonie mit den vielen angereisten Dorfbewohnern einnahmen. Selten hatte ich solche Zufriedenheit und Freundlichkeit zwischen einem Grundherrn und seinen Untertanen gesehen, wobei es Letztere nicht an Respekt gegenüber ihrem Herrn fehlen ließen.

Leckere und würzige Speisen, zubereitet aus eingelegtem Spargel, frischen Artischocken, Morcheln, Trüffeln, Moosschwämmen und Steinpilzen, große Pasteten, mit vielen Pistazien, Pinienkernen und Walnüssen verziert, delikate Fischspeisen mit den köstlichsten Soßen wurden von den Dienern und Dienerinnen mit Tusch auf unsere Tische gestellt. Ich fühlte mich an diesem Tag wirklich so glücklich wie selten in meinem bisherigen Leben und tanzte hinterher ausgiebig mit meinem Gatten, der mir nur bis zur Schulter reichte.

Die Hochzeitsnacht verbrachten wir mit Büchern bewaffnet in unserem Hochzeitsbett, das leuchtend blaue und goldene Vorhänge und feinste Schnitzereien – Schwäne darstellend – aufwies. Avel hatte nämlich aus der großen Bibliothek seines Vaters seine Lieblingsbücher besorgt, aus denen er und ich abwechselnd die lustigsten Geschichten vorlasen, nachdem wir es uns im großen Bett gemütlich gemacht hatten und die Lichtverhältnisse durch zwei zehnarmige Kandelaber nicht allzu schlecht waren. Irgendwann schlief Avel an meiner Schulter ein, und ich legte die Bücher schließlich auf den Boden, deckte ihn zu, kuschelte mich an ihn und begann ebenfalls zu schlafen.

Die restlichen Tage, die ich noch bei ihm war, verbrachte ich nur mit Anne und Avel. Zusammen tobten wir im Garten herum, spielten Verstecken oder Karten, hielten heimliche Picknicks im nahegelegenen Wald oder ritten aus. Einmal unternahmen wir drei auch einen Ausflug ans Meer, das auf mich wegen seiner Unendlichkeit einen überwältigenden Eindruck machte. Auf dem Rückweg lernte ich ein wenig die Heimat meines Mannes mit seinen eingesprenkelten Bauernhöfen und Dörfern und den durch Hecken eingezäunten Feldern kennen.

Als dann der Tag des Abschiednehmens kam, war mir richtig flau im Magen. Ich hatte mich hier so wohl gefühlt wie seit Ewigkeiten nicht mehr. Avel drückte mir, nachdem ich mich bei jedem für die

Gastfreundschaft bedankt hatte, noch ein kleines Geschenk in die Hände, das ich erst auf der Fahrt öffnen sollte. Mit Tränen in den Augen verließ ich sie alle zusammen.

Und nachdem ich noch Avels Geschenk aus seiner samtenen Hülle befreit hatte, heulte ich schließlich wie ein Schoßhündchen. Er hatte mir nämlich das diamantene Herzkettchen, das Einzige, was ihm von seiner Mutter geblieben war und das er die ganze Zeit über an seinem Hals getragen hatte, zugesteckt. Ich band es sofort um meinen Hals und habe mich seit dieser Zeit nicht ein einziges Mal von ihm getrennt.

Mit dieser betrübten, aber trotzdem glücklichen Stimmung begab ich mich wieder zurück an den königlichen Hof, der sich zu dieser Zeit in Saint-Germain-en-Laye befand, da das Klima hier der angegriffenen Gesundheit des Königs zuträglicher erschien.

Und der König sah tatsächlich sehr blass aus. Ständig war er am Husten, und zuweilen spuckte er sogar Blut. Mit Katharina de' Medici stellte ich zusammen Medikamente für ihn her, z. B. einen Krautaufguss aus den handförmig eingeschnittenen Blättern der Sanikel. Außerdem hatte Karl IX. auf Anweisung seiner Mutter Lakritze zu lutschen, kein Wasser zu sich zu nehmen und abends seinen Hunger nur mit einer Brotsuppe zu stillen. In den Phasen, in denen er sich erholt zu haben schien, gab der König sich vollkommen seiner exzessiven Jagdleidenschaft hin. Stundenlang blieb er im Sattel sitzen und ritt mit einer Geschwindigkeit, die seine Begleiter vollkommen erschöpfte. Erst bei Einbruch der Dunkelheit kehrte er, in Schweiß gebadet und völlig entkräftet, zurück.

Gegen Ende November begab sich Heinrich-Eduard endlich auf die lange Reise nach Polen, und ich hoffte, dass nun wieder friedlichere Zeiten einkehren würden, da Karl IX. und Heinrich-Eduard sich ständig miteinander gestritten hatten. Aber sobald der angehende König von Polen den Hof mit seiner Mutter und seinem Tross von ungefähr 1.200 Personen verlassen hatte, gab es bereits zwischen dem König und seinem jüngsten Bruder Franz-Hercule eine heftige Auseinandersetzung, da Letzterer von seinem königlichen Bruder nicht den von ihm so heißbegehrten Titel des Königlichen Generalleutnants erhielt.

O Antoinette, wie sehnte ich mich nach Fougères zurück. Avel schrieb mir aber so liebe und lustige Briefe, dass ich den Kummer und die Einsamkeit hier schnell wieder vergaß.

Die Königinmutter hatte ihren Lieblingssohn bis nach Blâmont in Lothringen begleitet und sich dann wieder auf den Weg zu uns begeben.

Das Jahr endete, wie es angefangen hatte, mit Krieg. Die südfranzösischen Hugenotten hatten eine straffere Organisation ihrer Gemeinschaft mit quasi-staatlichen Zügen, nämlich mit Kompetenzen im Militär-, im Finanz-, im Justiz- und im Polizeibereich, geschaffen. Außerdem sprachen die radikalen Hugenotten ihren Glaubensbrüdern das Widerstandsrecht gegen Tyrannei zu. Solche Übergriffe auf Hoheitsrechte der Krone konnte sich der König nicht gefallen lassen.

XIV

Das Jahr 1574 brachte ebenfalls nichts Erfreuliches. Der König, mit dem wir uns im Februar nach Vincennes begeben hatten, ließ uns mit seinem ausgemergelten Körper, seiner pergamentartigen Haut, seinen gelblichen Augen und den geschwollenen Lidern wenig Hoffnung, dass er wieder gesunden würde. Nur die Königinmutter allein glaubte an seine Genesung. In dieser schweren Zeit konnte zudem noch im März/April eine Rebellion gegen das Königshaus aufgedeckt und verhindert werden. Unter den Führern dieser Verschwörung gehörten u.a. Franz-Hercule, des Königs eigener Bruder, und Heinrich von Navarra. Seit dem Herbst 1573 hatten die beiden Verbindung mit den protestantischen Fürsten – z. B. Wilhelm von Oranien – in Deutschland aufgenommen, und im März 1574 war Ludwig von Nassau bereits unterwegs, um bei Sedan ein Heer aufzustellen, das in Frankreich einfallen sollte.

Die Liste der Männer, die an dieser Rebellion aktiv teilnehmen wollten, erschütterte den König und die Königinmutter sehr. Die zwei führenden Marschälle Frankreichs, Montmorency und Cossé, hatten sich dieser Verschwörung ebenfalls angeschlossen. Gemeinsam mit diesen wollten die Rebellen verhindern, dass nach dem Tode Karls IX. Heinrich-Eduard auf dem französischen Königsstuhl sitzen würde. Der sollte gefälligst in Polen bleiben. Ihr Auserwählter war Franz-Hercule, der in seinem Ehrgeiz nichts ausließ, um mit Hilfe der Verschwörer auch tatsächlich der nächste König von Frankreich zu werden. Angeblich würde die überwiegende Mehrheit der Franzosen seine Thronbesteigung wünschen.

Der König und die Königinmutter bestraften die Übeltäter sehr hart. Die Marschälle hatte man in die Bastille werfen lassen, bevor man sie im Juni wegen Hochverrates hinrichten ließ. Im April vollstreckte man bereits das Urteil an drei Mitverschwörern geringeren Ranges, die enthauptet und anschließend gevierteilt wurden. Einer von ihnen brüstete sich damit, Marguerites Liebhaber gewesen zu sein, was ihn jedoch auch nicht vor dem Tode bewahrte. Heinrich von Navarra und Franz-Hercule wurden im Schloss von Vincennes unter strengste Bewachung gestellt. Im Gegensatz zu Marguerite hatte ich mit diesen beiden nicht das geringste Mitleid. Am 13. April wurde ihnen ebenfalls der Prozess gemacht. O, wie wimmerte und flehte Franz-Hercule seinen königlichen Bruder um Verzeihung an! Es war ekelerregend, seine salbungsvollen Unschuldsbeteuerungen anhören zu müssen, wo wir doch alle genau wussten, dass er einer der Führer der geplanten Rebellion war. So eine klägliche Figur wollte unser nächster König werden!

Karl IX. ließ ihn und auch Heinrich von Navarra am Leben, verurteilte sie jedoch zu strenger Haft.

Anfang Mai ging es dem König gesundheitlich wieder etwas besser, und wie immer in solchen Zeiten griff er wieder zu seinem Pferd, das er mit seiner peitschenden Gerte den Hang hinauf in den Wald trieb. In scharfem Galopp verschwand er dann bald aus unserem Gesichtsfeld. Die Königinmutter fühlte sich in ihrer Einschätzung bezüglich der Gesundheit ihres Sohnes als Siegerin. Hatte doch nur sie seine völlige Genesung prophezeit.

Jedoch schon wenige Tage später musste auch sie sich eingestehen, dass sie sich wohl geirrt hatte. Karl IX. spuckte nun ununterbrochen Blut. Außerdem konnte er sich nicht mehr auf den Beinen halten, brach häufig vor Schwäche zusammen und begab sich schließlich freiwillig ins Bett. Sein krampfhaftes und sein ihn so schmerzendes Husten konnte durch nichts mehr gestillt werden. Die Ärzte nahmen natürlich wie üblich Aderlässe und Einläufe vor. Da diese jedoch nichts brachten, verbot die Königinmutter den Herren, ihren Sohn weiterhin mit diesen unangenehmen Behandlungsmethoden zu quälen. Sie versuchte nun, Karl IX. mit ihren eigenen Medikamenten zu helfen. Des Öfteren begleitete ich die Königinmutter ans Krankenbett, an dem stets auch des Königs Frau, die schweigsame Elisabeth von Österreich, zu finden war.

Sie schien nur selten ihren Platz an der Seite des Kranken zu verlassen. Selbst bei den gemeinsam eingenommenen Mahlzeiten fehlte sie häufig.

Am 29. Mai bat der König schließlich seine Familie und seine Räte an sein Krankenbett, um ihnen zu verkünden, dass es mit ihm bald zu Ende sein würde und dass er deshalb seine Mutter zur Regentin bestimmen möchte, da sie sich während seiner Krankheit mit größerer Sorgfalt denn je um seine Angelegenheiten und die seines Königreiches gekümmert hätte. Sie sollte ihr Amt so lange ausüben, bis sein Bruder Heinrich-Eduard wieder in Frankreich sein würde und seine Nachfolge antreten könnte.

Der Anblick, den Karl IX. uns allen bot, war bestürzend. Er bestand nur noch aus Haut und Knochen, da er schon seit Tagen keine Nahrung mehr bei sich behielt. Die einzige Erquickung, die man ihm bieten konnte, war ein bisschen Eis, um seine ausgetrockneten, aufgeplatzten und blutigen Lippen zu kühlen.

Am Nachmittag des 30. Mai, einem Pfingstsonntag, starb er am frühen Morgen zwischen zwei und drei Uhr in den Armen seiner Mutter, nachdem er eine schmerzvolle Nacht voller Atemnot verbracht hatte. Seine letzten Worte waren „Liebe Mama!“

Einen Tag später wurde der Körper des Königs, der 24 Stunden tot in seinem Bett gelegen hatte, von den Ärzten und Chirurgen geöffnet, einbalsamiert und in einen Bleisarg gelegt. Katharina de' Medici hatte derweil einen ihrer Kuriere nach Polen geschickt, der so schnell wie möglich Heinrich-Eduard über das Vorgefallene unterrichten und ihn zu einer schleunigen Heimkehr nach Frankreich überreden sollte.

Am 1. Juni begaben wir uns mit der Mehrheit des Hofstaates nach Paris, um im Louvre zu übernachten. Die Leiche Karls IX. blieb in seinem dunklen Sterbezimmer mit den geschlossenen Läden und den Wänden mit schwarzem Damast im Vincennes zurück, wo die mittlerweile eingetroffenen Mönche Tag und Nacht für ihn beteten.

Am 2. Juni ließ die Königinmutter alle Tore und Eingänge des Louvre zumauern. Nur ein Pförtchen im großen Tor blieb offen, das jedoch von einer großen Abteilung Bogenschützen innen und Schweizern außen bewacht wurde. Auch die beiden Enden der Rue du Louvre wurden vermauert. Denn Katharina de' Medici befürchtete nicht ohne Grund, dass uns nun nach dem Tode des Königs eine weitere Rebellion bevorstand, mit der Franz-Hercules Anhänger ihren jüngsten Sohn auf den französischen Thron setzen wollten.

Außerdem machte der König von Navarra, Heinrich Stinkefuß, wieder Schwierigkeiten. Er widerrief seine

Zwangskonversion von 1572 und verbündete sich heimlich erneut mit den Hugenotten, zu deren Führer er sich nun aufschwang.

Das Begräbnis von Karl IX. fiel zu unser aller Enttäuschung zudem nicht besonders prächtig aus, da der Königinmutter trotz ständiger Steuererhöhungen das Geld fehlte. Auch sah es mit unserer Sicherheit aus finanziellen Gründen ebenfalls nicht besonders rosig aus. Die Schweizer Garde, die letzte militärische Stütze des Königs, konnte nicht bezahlt werden und war infolgedessen nicht mehr sehr zuverlässig. Außerdem fingen bewaffnete Banden an, ihr Unwesen zu treiben.

Marguerite war trotzdem nicht bereit, auf ihren Luxus zu verzichten. Kurz vor dem Begräbnis ihres Bruders hatte sie ihre sämtlichen Pagen und Lakaien erst einmal mit den Farben Weiß und Gelb neu einkleiden lassen.

Heinrich-Eduard erfuhr am 14. Juni sowohl von Elisabeth von Österreichs Vater, dem Kaiser Maximilian II., als auch von seiner Mutter vom Tod seines Bruders. Vier Tage später stahl er sich, ohne seine Räte oder Diener zu informieren, um Mitternacht heimlich aus dem Schloss in Krakau und ritt, nur von wenigen Begleitern umgeben, sein Pferd wie ein verfolgter Schwerverbrecher in scharfem Galopp bis zur polnischen Grenze. Nichts und niemand hatte ihn in seinem neuen Königreich, das ihm von Anfang an so zuwider war, halten können. Er hasste das kalte Klima, die düsteren Paläste, den selbstherrlichen Adel, die zungenbrecherische Sprache und die Braut, mit der seine polnischen Ratgeber aus Senat und Reichstag ihn verheiraten wollten. Sollte er doch die 50-jährige Prinzessin Anna, die Schwester des letzten polnischen Königs, ehelichen. Aber Anna war nicht nur 28 Jahre älter als er, nein, sie sah auch noch abstoßend hässlich aus!

Heinrich-Eduard hatte es jedoch mit seiner Rückkehr nach Frankreich zum Leidwesen seiner Mutter nicht so eilig. Wir waren alle sehr besorgt um ihn, denn außer einem Brief Ende Juni aus Wien, wo er einige Tage am kaiserlichen Hofe von Elisabeth von Österreichs Vater verbracht hatte, erhielten wir von ihm persönlich keine weiteren – weder schriftlichen noch mündlichen – Nachrichten mehr. Erst am 3. September betrat er wieder französischen Boden, nachdem er in der Zwischenzeit Venedig, Padua, Ferrara, Mantua, Cremona, Monza und Turin einen Besuch abgestattet hatte. Über ihre Spione erfuhr die Königinmutter, dass er das Leben in der Zwischenzeit in vollen Zügen genossen, keine Festveranstaltung ausgelassen und sich nur mit den schönsten und teuersten Kurtisanen Italiens abgegeben hatte.

Und dank ihrer Spione wie immer gut informiert, konnte Katharina de' Medici ihren Sohn am 5.

September in Lyon wieder in ihre Arme schließen. Aber nicht jeder seiner Untertanen freute sich wie seine Mutter über seine Heimkehr, und bereits im November befand sich Frankreich erneut in einem Bürgerkrieg. Eine von den vier im Felde stehenden Armeen kommandierte nun der neue König Heinrich III. selbst.

Als dieser Ende November zu uns an den königlichen Hof zurückgekehrt war, erfuhr er durch einen seiner vielen Günstlinge, die sich mittlerweile überall im Schloss breitgemacht hatten, dass seine große Liebe, Marie de Clèves, im Wochenbett – sie hatte ihr erstes Kind erwartet – am 30. Oktober gestorben wäre. Sofort zog er sich in seine Gemächer zurück, weigerte sich zu essen und überhaupt irgendjemanden zu empfangen. Als er nach einer Woche seine Zimmer verließ, trug er tiefschwarze Kniehosen, ein tiefschwarzes Wams und einen tiefschwarzen Mantel. Und von seinem Hals hing eine Schnur mit besonders feingeschnitzten, versilberten Totenköpfen herab, die er auch an seiner Kleidung, ja selbst auf seinen Schuhbändern hatte aufnähen lassen. Außerdem hielt er in seinen Händen einen Rosenkranz, dessen silbernen Kügelchen ebenfalls lauter winzig kleine Totenköpfe darstellten.

Hätte ich nicht die vielen lieben Briefe von Avel erhalten, hätte ich dieses Jahr am liebsten aus meinem Gedächtnis gestrichen. Für die königliche Familie konnte es jedenfalls im nächsten Jahr nur noch besser werden.

XV

Am 13. Februar 1575 fand in Reims die Weihe und Krönung des neuen Königs Heinrich III. statt. Das Wetter war natürlich alles andere als schön. Es war noch viel zu kalt, um festliche Anlässe dieser Art zu feiern. Die Königinmutter gab sich jedoch alle Mühe, die Krönung ihres Lieblingssohnes zu einem unvergesslichen Fest werden zu lassen. Blumen, die normalerweise bei diesen Gelegenheiten den Weg zur Kathedrale reichlich schmücken, wurden durch farbige, außergewöhnlich kostbare Wandbehänge aus Damast, Brokat und Samt und bunten türkischen Teppichen ersetzt. Aber leider wollte trotz der großen Menge an Schaulustigen keine richtige Freude im Volk und bei uns aufkommen. Heinrich dachte immer noch an seine verstorbene Geliebte und legte nur widerwillig das Krönungsornat an, das aus dem berühmten Hemd und der Tunika aus der Basilika von Saint-Denis, dem weißen, mit Marderpelz besetzten Damastgewand, dem blauvioletten Mantel, der mit goldenen Lilien bestickt war, und den azurblauen Beinkleidern bestand.

In der kalten Kathedrale, die sich trotz der vielen Fackeln und Kerzen nicht erwärmen wollte, wurden ihm noch die vergoldeten Sporen, das Schwert, das Zepter und die Krone Karls des Großen überreicht. Ich fror fürchterlich und wünschte mir sehnlichst, dass der

Erzbischof seine Predigt kurz und knapp halten würde. Jedoch schien diesem warm zu sein, denn er sprach zwei lange Stunden ohne Unterbrechung. Die Kathedrale war an diesem Tag ganz besonders fein herausgeputzt worden. Kostbare, goldene Reliquiare und drei große ebenfalls goldene Kreuze umgaben den Altar, auf dem sich prächtige Marmor-, Silber- und Goldgefäße, verziert mit Perlen, Rubinen, Saphiren und Smaragden, zerbrechliche Schalen und Trinkgefäße, silberne Weihrauchfässer und Amulette aus Kristall befanden.

Die Kälte, die sich von unten herauf meines Körpers bemächtigt hatte, ließ mich mittlerweile steif werden, als endlich die Predigt ihr Ende fand und die Salbung am König vorgenommen werden konnte. Da ich in der ersten Reihe saß, war ich in der Lage, alles genau zu beobachten. Der Erzbischof öffnete zuerst das heilige Fläschchen, entnahm diesem mit einer goldenen Nadel einen Tropfen des heiligen Öls, das Gott einstmals für die Weihe des Königs Chlodwig vom Himmel gesandt hatte, vermischte es auf dem Hostienteller mit dem Salböl und näherte sich damit, während er einen Bibelspruch und das Gebet des heiligen Remis vor sich her sprach, dem König, dessen Tunika und dessen Hemd von einem Priester bereits aufgeknöpft worden waren. Heinrich kniete sich daraufhin nieder und wurde von dem Erzbischof auf dem Scheitel, auf der Brust und zwischen den Schultern gesalbt. Dabei sprach der Erzbischof jedes Mal laut: „Ungo te in regem de oleo sanctificato, in nomine Patris, Filii et Spiritus Sancti.“ Wir antworteten ihm wie üblich in solchen Situationen jedes Mal mit „Amen“. Mit Hilfe seines Ersten Kammerherrn legte Heinrich III. wieder sein Gewand und seinen Mantel an, erst dann wurden ihm schließlich noch die Hände gesalbt und ein gesegneter Ring über den entsprechenden linken Finger gestreift. Die Königinmutter weinte vor Rührung die ganze Zeit über. Die anschließende Mahlzeit fiel jedoch im Gegensatz zu den sonstigen Festmählern, die ich am königlichen Hofe kennengelernt hatte, sehr bescheiden aus, da die Königinmutter nicht genügend Geld in so kurzer Zeit auftreiben konnte.

Zwei Tage später fand in aller Bescheidenheit die Hochzeit von Heinrich und seiner Auserwählten, Louise de Vaudémont, statt, die ein Jahr älter war als ich. Katharina de' Medici war über die Braut ihres Sohnes alles andere als entzückt. Aber sie hatte sich Heinrichs Wunsch zu fügen, der sich in dieser Beziehung von seiner Mutter nicht hineinreden ließ. Louise, die aus einer jüngeren, ärmeren Linie des lothringischen Herzogshauses stammte, war jedoch schon bald überall sehr beliebt. Weder die Protestanten, noch die Katholiken, noch die Schwiegermutter konnten sich über ihr tadelloses Verhalten beschweren. Sie war zu jedem freundlich und zeichnete sich zudem durch ihre Schönheit und Sanftmut aus. Außerdem hatte sie eine gewisse äußerliche Ähnlichkeit mit der verstorbenen Marie de Clèves.

Heinrich war seiner Gattin vor über einem Jahr in Blâmont zum ersten Mal begegnet, wo er sich auf seiner Reise nach Polen von seiner Mutter verabschiedet hatte. Wie er mir gestand, wäre Louise ihm dort sofort wegen ihrer Zurückhaltung, Sanftmut und Frömmigkeit aufgefallen, und er hätte sie seit dieser ersten Begegnung nie wieder vergessen können. Die königlichen Bräute, die seine Mutter für ihn ausgesucht hätte, gefielen ihm nicht. Außerdem hätte er sich immer schon vorgenommen, seine zukünftige Frau selbst auszuwählen.

Gegen Ende Februar erhielt die Königinmutter die traurige Nachricht, dass nun auch ihre zweite Tochter, die Herzogin Claude von Lothringen, bereits das Zeitliche gesegnet hätte. Da der Tod der noch nicht einmal 28-Jährigen ziemlich überraschend kam, traf er Katharina de' Medici besonders hart. Mir blieben jedoch nur wenige Tage, um sie zu trösten, denn ich hatte am 16. März bei meinem Vater, meinem älteren Bruder und meiner Schwägerin zu sein, die mich zur Taufe ihres Sohnes bzw. Enkelkindes eingeladen hatten. Außerdem fiel mir die große Ehre zu, einer der Paten des Neugeborenen zu sein.

So ließ ich die tiefbetrübte Königinmutter allein zurück, die von ihren sich ständig streitenden Kindern keinen Trost erwarten konnte.

Ich hingegen freute mich riesig auf das Wiedersehen mit Ysambert und Johannes, die zu meiner Hochzeit leider nicht kommen durften, da mein jüngerer Bruder nicht bereit gewesen war, Vaters Befehl, ohne „seinen Schatten“ zu kommen, zu befolgen. Diesmal jedoch schien der Vater nichts gegen Johannes’ Anwesenheit zu haben.

Als ich am 15. März auf unserer Burg eintraf, hatten es sich sämtliche anderen Gäste schon in ihren Quartieren gemütlich gemacht, und sie waren bereits mit den verschiedensten Spielen beschäftigt. Ysambert bemerkte meine Anwesenheit als Erster und stürzte mit weit offenen Armen auf mich zu, umfasste mich und warf mich wie einen kleinen Ball in die Höhe. Gott sei Dank, fing er mich auch wieder auf.

„Schwesterchen, Du wirst aber auch immer leichter!“ fügte er hinzu.

„Nein, Ysambert, ich glaube eher, Du wirst immer stärker!“

Johannes erschien ebenfalls und begrüßte mich, indem er mich eher zaghaft in seine Arme schloss. Beide hatten sich seit unseren letzten gemeinsamen Tagen kaum verändert. Im Gegensatz zu meinem Vater, der vor kurzem einen leichten Schlagfluss erlitten hatte und der hierdurch eine leichte Lähmung an seiner rechten Körperhälfte zurückbehalten hatte. Herluin hingegen wirkte wie stets dynamisch-jung und strahlend-schön, und Jeanne schien durch ihre Mutterschaft richtig aufgeblüht zu sein.

Vor einem Jahr hatte sie eine Fehlgeburt erlitten, die sie seelisch völlig niedergedrückt hatte, aber nun war sie wieder fröhlich und besonders gut gelaunt. Die Thermalquellen unserer Heimat hatten nicht nur bezüglich der Empfängnis bei ihr Wunder bewirkt. Ihr kleiner Herluin war aber auch ein außergewöhnlich schönes Kind, das meinem Bruder äußerlich sehr glich. Seine langen schwarzen Haare, seine munteren blauen Augen und sein ständig zum Lächeln neigender Mund machten es den Gästen schwer, sich von ihm zu trennen. Oft trug ich den Kleinen auf meinen Armen und zeigte ihm alles Mögliche in unserem Schloss, die Gemälde, die vielen Tiere in der Menagerie, die bunten Blumen in den Burggärten, und immer wieder belohnte er mich mit seinem heiteren Lächeln. Manchmal überfiel mich große Traurigkeit, dass ich selbst nie ein eigenes Kind in meinen Armen halten könnte, und dann zog ich mich betrübt in meine Gemächer zurück. Aber Ysambert und Johannes taten dann alles, um mich wieder aufzumuntern. Ja, mit den beiden war ich viel unterwegs. Da uns die gesellschaftlichen Spiele, mit denen die anderen ihre Zeit verbrachten, nicht gefielen, unternahmen wir Streifzüge durch die stillen Wälder oder ließen uns auf einer Wiese nieder, um Neuigkeiten auszutauschen oder Bücher zu lesen.

Eines Tages, als ich mit den beiden ein Picknick im Wald unternommen hatte und wir uns gerade gesättigt und vollkommen zufrieden auf der großen Decke niedergelassen hatten, fragte mich Ysambert plötzlich, ob ich gewusst hätte, dass es vor Urzeiten statt der zwei Geschlechter – also des Mannes und der Frau – drei Geschlechter gegeben hätte. Da ich hierüber noch nie etwas gehört hatte, erzählte er mir, dass Johannes und er vor kurzer Zeit ein Werk des großen griechischen Philosophen Platon gelesen hätten, der behauptet, dass es auf unserer Erde vor langer, langer Zeit tatsächlich drei Geschlechter gegeben haben soll, und zwar das Weibliche, das Männliche und das Mannweibliche. Diese drei Geschlechter hätten sich von uns heutigen Menschen deutlich unterschieden, da sie nämlich vier Beine, vier Hände, zwei Gesichter, einen Kopf, vier Ohren und zwei Schamteile besessen hätten. Letztere Organe wären zudem anders als bei uns nach außen gewandt gewesen, da sich diese Lebewesen nicht selbst befruchteten, sondern ihre Samen in die Erde gespritzt hätten.

Ihre Gestalt wäre außerdem rund gewesen, wobei der Rücken und die Flanken den äußeren Teil des Körperkreises gebildet hätten. Und obwohl sie wie wir aufrecht gegangen wären, bewegten sie sich jedoch, wenn sie schnell laufen wollten, wie die Radschlagenden, indem sie ihre Beine nach oben herumwerfend einen Kreis beschrieben. Aber es hätte noch weitere Unterschiede zu uns heutigen Menschen gegeben. Denn diese ursprünglichen Geschlechter wären sehr viel stärker und sehr viel klüger als wir gewesen, und so wäre es nicht ausgeblieben, dass Zeus und die anderen Götter und Göttinnen es allmählich mit der Angst zu tun bekamen. Konnten diese Menschen sie nicht von ihrem Himmelsthron stürzen? Und da dies tatsächlich eines Tages Realität zu werden schien, beratschlagten die Götter und Göttinnen in aller Eile, wie sie diese große Gefahr, in der sie steckten, abwenden könnten. Vernichten wollten sie die Menschen nicht, denn dann hätten sie ja niemanden mehr gehabt, der für sie Altäre bauen, Feste für sie veranstalten und sie mit Opfergaben und Geschenken verwöhnen würde. Schließlich hätte Zeus endlich eine Lösung gefunden. Er ließ die drei Menschengeschlechter einfach in ihre zwei Hälften zerschneiden, so wie man z. B. Birnen teilt, und trennte das männliche Geschlecht in seine zwei männlichen Teile, das weibliche Geschlecht in seine zwei weiblichen Teile und das Mannweibliche in seinen weiblichen und seinen männlichen Teil.

Und nachdem noch einige notwendige Korrekturen vorgenommen wurden, z. B. die Drehung der Gesichter und der Schamteile um 180° Grad nach vorn – Letzteres geschah, damit die neuen Menschen von nun an ineinander zeugten – konnten die Götter und Göttinnen in aller Ruhe weiterschmausen und uneingeschränkt weiter herrschen, denn diese schwachen Wesen bedeuteten nun wahrlich keine große Gefahr mehr für sie.

Wir „halbierten" Menschen würden uns jedoch seit dieser Zeit auf die Suche nach unserer anderen Hälfte begeben, denn wir würden fühlen und wissen, dass wir erst mit diesem „anderen Teil" wieder als „ein Wesen" – verbunden mit Herz und Seele – zufrieden, stark und glücklich bis über den Tod hinaus werden können.

Und nachdem Ysambert seine Erzählung beendet hatte, nahm er Johannes sanft in seine Arme und drückte ihm einen zarten Kuss auf seinen Mund.

„Na, Madeleine, glaubst Du, dass es diese drei Urgeschlechter gegeben hat?" fragte er mich dann neugierig.

Natürlich war ich erstaunt, ja sogar überrascht, Zeuge dieser Liebesbezeugung zwischen Ysambert und Johannes geworden zu sein, denn die Liebe zwischen gleichen Geschlechtern galt und gilt noch heute als todeswürdiges Vergehen. Aber nach allem, was ich bisher mitbekommen hatte, musste ich meinem jüngeren Bruder recht geben, denn diese Zärtlichkeit zwischen Johannes und Ysambert war wirklich nicht anders zu erklären. Stets waren sie eng beieinander zu finden, und schon früher war mir bei unseren gemeinsamen Spaziergängen ihre Liebe zueinander aufgefallen, wenn sie z. B. Händchen haltend neben mir gingen oder sich gegenseitig sanft durch die Haare fuhren. Wie konnte ich nach dieser altgriechischen Erzählung nun noch daran zweifeln, dass es sich bei den beiden eindeutig um das männliche Geschlecht aus der Urzeit handeln würde, dessen beiden getrennten männlichen Hälften zueinandergefunden hatten. Und deshalb fragte ich meinen Bruder nur: „Glaubst Du, Ysambert, dass es hier auf der Erde auch noch meine andere Hälfte gibt, mit der ich so glücklich werden könnte wie Du mit Johannes?“

„Klar, Schwesterchen, Du musst nur für alles offen sein. Vielleicht ist Deine andere Hälfte weiblich oder viel älter oder viel jünger als Du!“ Dabei schmunzelte er leicht und fügte nur noch: „Vielleicht ist es ja Avel!“ hinzu.

Ysambert hatte ich nämlich alles über Avel erzählt. Außerdem hatte ich ihm in einem meiner letzten Briefe gestanden, dass die Liebe, die ich zu diesem schönen, sanften Jungen empfinde, zu meinem eigenen Entsetzen sich mittlerweile nicht mehr mit mütterlich umschreiben ließe.

An den Abenden nahmen wir drei an dem offiziellen Festprogramm teil, das aus Komödien, Maskeraden, Jagden bei Fackelschein, Ballettaufführungen und Feuerwerken bestand.

Eines Morgens jedoch wurde ich durch ein lautes Gebrüll geweckt. Die Stimme des Verursachers war mir nur zu bekannt. Mein Vater hatte wieder einen seiner berüchtigten Wutanfälle bekommen. Ich zog meinen Mantel über und versuchte herauszubekommen, wer denn diesmal seinen Zorn erregt hätte. Die Diener und Dienerinnen, die sich alle schuldig fühlten, liefen geduckten Hauptes an mir vorbei. Dann bemerkte ich plötzlich, dass Johannes von zwei bulligen Soldaten meines Vaters die Treppe hinuntergeschleift und in die draußen auf ihn wartende Kutsche mit Gewalt gepresst wurde. Die bulligen Männer stiegen ebenfalls ein und gaben dem Kutscher mit einem Wink Bescheid, dass er losfahren sollte. Da Johannes' Nase blutete und er sich nur schwer vorwärtsbewegen konnte, schien er zuvor noch mächtige Schläge von meinem Vater oder einem seiner Leibwachen erhalten zu haben. Sofort musste ich an Ysambert denken. Doch niemand ließ mich zu meinem Vater vor, so dass ich an diesem Tag nichts Genaueres erfahren konnte. Auch konnte ich Ysambert nirgendwo finden. Schließlich gelang es mir am nächsten Tag, den ältesten Diener meines Vaters, der stets gut informiert war, ausfindig zu machen, um ihn nach dem

Vorgefallenen auszufragen. Unter dem Siegel der Verschwiegenheit flüsterte er mir Folgendes zu: „Madeleine, Genaueres weiß ich auch nicht! Ysambert und Johannes sollen bei etwas Todeswürdigem erwischt worden sein! Was immer das war, Dein Vater hielt es für so schlimm, dass er gedroht hat, Deinen jüngeren Bruder nie wieder freizulassen!“

Daraufhin boxte ich mich mit Gewalt durch die stiernackige Leibwache meines Vaters in dessen Arbeitszimmer hindurch. Aber mein Flehen, Wimmern, Bitten und Drohen bewirkte nichts. Ich durfte Ysambert nicht sehen. O, wie hasse ich meinen Vater!

Voller Wut beschloss ich mein altes Zuhause zu verlassen. Ich verabschiedete mich nur bei Jeanne und begab mich wieder zur königlichen Familie, in der wie üblich nur Heinrich III. Verständnis für meinen Zorn zeigte. Er bot sich sogar an, meinen Vater in einem Brief persönlich zu bitten, Gnade walten zu lassen. Aber auch Heinrichs Einsatz ließ meinen Vater von seinem harten Vorsatz nicht abbringen, meinen Bruder sein Leben lang für dieses „Verbrechen“ zu bestrafen.

So etwas hätte der König nie getan! Im Gegenteil, im Sommer verzieh er seinem jüngeren Bruder Franz-Hercule und seinem Schwager Heinrich von Navarra, die nach seiner Ankunft im September 1574 von Vincennes zum Louvre überführt worden waren und dort auf Anordnung der Königinmutter hinter verrammelten Fenstern und unter verstärkter Bewachung ihr Leben fristen mussten. Zweimal hatten die beiden vergeblich versucht zu fliehen. Trotzdem ließ der König Milde walten, und beide Gefangenen durften sich im Schloss schließlich wieder einigermaßen frei bewegen. Natürlich ordnete er an, diese beiden weiterhin zu überwachen, denn zu trauen war diesen ewigen Verrätern nicht. Und tatsächlich stand Franz-Hercule im Juli bereits wieder in dauerhafter Verbindung mit Heinrich von Condé. Die Vorwürfe seines königlichen Bruders interessierten ihn nicht. Am 15. September floh er schließlich vom Hofe. Wir alle hatten Marguerite in Verdacht, dass sie ihrem Lieblingsbruder geholfen hatte. Einige Diener hatten sie nämlich zusammen mit Franz-Hercule noch kurz vor seinem Verschwinden gesehen. Er soll dann ungefähr um sechs Uhr abends, von Kopf bis Fuß in einen Mantel gehüllt, in einer Kutsche Paris verlassen haben.

Für Heinrich III. wurde diese Situation sehr bedrohlich, denn sein Bruder verbündete sich mit den unzufriedenen Hugenotten und Katholiken, die lieber Franz-Hercule als ihn auf dem französischen Thron sitzen gesehen hätten.

Am 21. November konnte die Königinmutter, die den Streit ihrer Söhne für immer schlichten wollte, zumindest einen sechsmonatigen Waffenstillstand aushandeln. Aber Franz-Hercule löste trotz seines Versprechens gegenüber seiner Mutter seine Armee nicht auf. Die hugenottischen Führer, La Noue und Turenne, hatten ihm im Gegenteil bereits Verstärkung zugeführt, und Condé holte schon deutsche Reiter nach Frankreich, die sich der Armee von Franz-Hercule ebenfalls anschließen sollten.

Ich selbst hatte in dieser Zeit meine eigenen Probleme, so dass ich nicht allzu viel von den Unverschämtheiten des jüngsten Sohnes der Königinmutter mitbekam. Meinem Bruder Ysambert war es nämlich Anfang Dezember gelungen, der Haft meines Vaters zu entfliehen. Niemand wusste, wo er sich aufhielt. Mein Vater bedrohte mich mit dem Leben, falls ich etwas wüsste und es ihm nicht sofort mitteilen würde. Kurz vor den heiligen Tagen steckte mir jedoch ein mir völlig unbekannter Mann einen Brief zu, in dem Ysambert seinen gemeinsamen Tod mit Johannes ankündigte. Er bat mich um Verzeihung, aber er könnte hier auf Erden leider nicht mit Johannes glücklich werden, da es zu viele Menschen geben würde, die aus Neid oder Unkenntnis der wahren Dinge ihre große Liebe zerstören wollten. Da er und Johannes jedoch voneinander getrennt nicht mehr leben könnten und wollten, wären sie bereit zu sterben. Ich sollte sie zusammen beerdigen, und bitte niemals dem Vater erzählen, wo sie bestattet worden wären, denn dieser würde sie noch im Tode zu trennen versuchen.

Mit einer kleinen Eskorte von Heinrichs Leibwache, bestehend aus 12 Leuten, machte ich mich mitten im Winter ins Poitou auf, wo in einem kleinen Wald die in diesem letzten Schreiben meines Bruders Ysambert erwähnte verfallene, kleine Hütte von Johannes' Großvater stehen sollte. Und dort fand ich tatsächlich die beiden eng umschlungen in einem kleinen Holzbett liegend, das nur notdürftig mit Stroh ausgelegt worden war. Auf dem wackligen Tisch befand sich noch das Fläschchen Gift, das die Aufschrift Cantarella aufwies. Dieses Gift war damals in aller Munde, da viele Menschen mit diesem Gebräu, dessen wichtigster Bestandteil das weiße Arsen war, ihre reiche Verwandtschaft loswerden wollten. Jedenfalls gab es damals deswegen einen Skandal nach dem anderen.

Ysamberts und Johannes' Gesichter sahen so friedlich und glücklich aus. Sie schienen nur zu schlafen, denn die große Kälte zu dieser Zeit hatte verhindert, dass der Verwesungsprozess einsetzen konnte. Ich bat die Soldaten, neben dem Haus ein tiefes Loch zu graben, damit die Wölfe die Leichen nicht finden konnten. Da der Boden wegen der sehr kalten Witterung durchgefroren war und sich nur schwer bearbeiten ließ, stöhnten die Männer unaufhörlich. Ich versprach ihnen, sie reichlich für ihre Mühen zu belohnen. Und schließlich konnten die beiden Liebenden am nächsten Tag zusammen beerdigt werden. Da sie Selbstmord begangen hatten, hätten sie sowieso nicht auf heiligem

Boden, also auf einem Friedhof, ihre letzte Ruhe finden können. Ich bat Gott um Gnade und legte ihm beide ans Herz. Er, der Herr der Liebe, musste für sie doch Verständnis haben.

Nachdem ich die Soldaten mit kleinen Geldsäckchen, 100 Livres für jeden, zufriedengestellt hatte, bat ich sie noch um einen Tag Aufschub, bevor wir uns auf den Heimweg begaben. Die Zeit nutzte ich aus, um im nahegelegenen Dorf einen vertrauenswürdigen Bauern zu bitten, die Hütte so bald wie möglich zu entfernen und irgendwo anders wieder aufzubauen, wobei die neue der alten völlig gleichen sollte. Für seine Mühen bot ich ihm 1.000 Livres im Voraus an. Falls er seinen Auftrag in zwei Monaten ausgeführt haben sollte, würde er noch weitere 3.000 Livres von mir erhalten.

Im Gegensatz zu meinem Vater traute ich Soldaten nämlich nicht im Geringsten. Da fand ich die Bauern sehr viel loyaler. Bestimmt würde einer meiner Männer, dem die Belohnung nicht hoch genug war, versuchen, noch mehr Geld aus dieser Angelegenheit zu schlagen. Entweder würde er versuchen, mich zu erpressen, oder er würde gleich zu meinem Vater gehen und diesem alles verraten. Und ich hatte tatsächlich recht. Sechs Monate später verriet einer der Soldaten mich bei meinem Vater. Seinen Tobsuchtsanfall konnte ich mir nur zu gut vorstellen. Ich dagegen leugnete alles. Und als der Soldat schließlich mit meinem Vater die Stelle aufsuchte, wo mein Bruder mit seiner großen Liebe beerdigt worden wäre, fand er nichts, obwohl er aus Verzweiflung alles um die Hütte herum aufbuddeln ließ. Mein Vater fühlte sich natürlich von diesem Soldaten an der Nase herumgeführt und ließ ihm die Zunge herausschneiden, da er ja ganz offensichtlich gelogen hatte.

Im königlichen Hause ging es nicht viel friedlicher zu, denn Anfang Februar 1576 war es auch Heinrich von Navarra gelungen, während einer Jagdpartie zu entfliehen. Er machte sich sofort in Richtung Süden auf, um dort ebenfalls neue Truppen zu rekrutieren. Bald hieß es schon, dass er etwa 3.000 Reiter und 9.000 Fußsoldaten unter seinem Kommando hätte. Sollte sich dieses Heer mit der Armee von Franz-Hercule vereinigen, die zu dieser Zeit aus mindestens 30.000 Mann bestand, wäre Heinrichs III. Lage aussichtslos gewesen. Aber seine Mutter gab nicht auf.

Trotz starker Ischiasschmerzen machte sie sich auf, um ihren jüngsten Sohn wieder zur Vernunft zu bringen. Die Situation war nämlich mittlerweile mehr als nur bedrohlich für Heinrich III. geworden. Denn zusätzlich zu den vereinigten Streitkräften von Franz-Hercule, Heinrich von Navarra und Condé kündigten sich bereits schon deutsche Reiter unter der Führung von Johann Casimir von der Pfalz an, die auf ihrem Weg nach Frankreich durch ihre Plünderungen und

Brandschatzungen schon eine Strecke der Verwüstung zurückgelassen hatten.

Katharina de' Medici ließ sich allerdings nicht entmutigen. Sie schrieb weiterhin unzählige Briefe an die Feinde ihres Lieblingssohnes, führte mit diesen geheime Unterhandlungen, teilte Schmeicheleien aus und machte überall großzügige Versprechungen. Es gab wirklich keine Stunde am Tag und in der Nacht, in der sie nicht versuchte, irgendwelche friedlichen Mittel zu finden, um die politische Situation doch noch zu retten.

Und in der ersten Maiwoche gelang ihr wirklich, die gegnerischen Parteien an einen Tisch zu bringen, und sie war mit ihren Vermittlungsbemühungen sogar sehr erfolgreich. Sie konnte nämlich die feste Front der Feinde endlich brechen, indem sie Franz-Hercule mit dem Versprechen köderte, nun Königlicher Generalleutnant werden zu dürfen und zusätzlich noch mit den Provinzen Berry, Touraine und Anjou belehnt zu werden. Zudem hatte sie ihm noch ein jährliches Einkommen in der Höhe von 100.000 Livres zugesagt. Nachdem auch Heinrich von Navarra mit der Aussicht, zum Gouverneur der Provinz der Guyenne ernannt zu werden, auf die königliche Seite gezogen werden konnte, stand der Unterzeichnung des Ediktes von Beaulieu am 6. Mai 1576 nichts mehr im Wege, mit dem nicht nur die Toten der Bartholomäusnacht rehabilitiert, sondern den Protestanten Gewissensfreiheit und in einem bestimmten Rahmen auch Kultfreiheit sowie acht Sicherheitsplätze zugestanden wurden. Außerdem sollten die Hugenotten wieder in ihren ehemaligen Ämtern bestätigt werden und freien Zugang zu allen anderen staatlichen Positionen haben.

Die Guisen unter ihrem neuen Führer Heinrich von Guise waren natürlich wütend über den Ausgang der Verhandlungen und über das neue Edikt, das in ihren Augen den Hugenotten zu viele Rechte zugestand. Auch der Papst legte wie üblich seinen Protest ein. Mit spanischen Geldern und päpstlichem Zuspruch gründeten die Guisen deshalb noch im Laufe dieses Jahres die Liga, mit der sie die Ketzer ausrotten und – was lange geheim blieb – Heinrich III. und seine Mutter stürzen wollten. Schließlich hielten sie sich als Abkömmlinge Karls des Großen für berechtigter, die Krone Frankreichs zu tragen, als die Valois, die sich als Stammvater nur auf Hugo Capet berufen könnten.

Die Pariser waren sofort auf der Seite ihres Lieblings, des Guisen Heinrich, dessen Gesicht seit 1575 zusätzlich mit einer großen Narbe geziert war, was ihn jedoch bei den Frauen, die ihm sowieso schon zu Füßen lagen, noch begehrter werden ließ.

Heinrich III. versuchte, dem Machtzuwachs der Guisen entgegenzuarbeiten, indem er trotz massiven Protestes seiner Mutter im November 1576 den in Blois einberufenen Generalständen verkündigte, dass erstens der Protestantismus fortan verboten sei, dass zweitens das Edikt von Beaulieu aufgehoben werde und dass drittens der König sich nun selbst zum Oberhaupt der Liga ernenne.

Katharina de' Medici fühlte sich nach dieser Verkündung durch ihren eigenen Sohn verraten und verkauft. Mit einem einzigen Gesetz hatte dieser ihr ganzes Lebenswerk zunichtegemacht. Nur ihr Schwiegersohn Heinrich von Navarra schien sie wirklich verstanden zu haben. So war in einem Manifest von ihm aus dieser Zeit Folgendes zu lesen: „Die Religion pflanzt sich in das Herz der Menschen kraft der Lehre und Überzeugung und ist stark durch ein beispielhaftes Leben und nicht durch das Schwert. Wir alle sind Franzosen und Bürger desselben Landes. Deshalb müssen wir uns in Vernunft und Freundlichkeit einigen und nicht durch Strenge und Grausamkeit."

Seine Worte stießen bei den fanatischen Katholiken jedoch auf völliges Unverständnis. Begriffe wie Nächstenliebe und Toleranz wurden bei ihnen durch Verbrennen aller Ketzer und bestialische Grausamkeit gegenüber Andersdenkenden ersetzt.

Die Königinmutter zeigte ihrem Sohn Heinrich deutlich ihre Enttäuschung, indem sie ihm sagte, dass er sich nun zum Chef einer Verschwörung gemacht hätte, und seine eigentliche Aufgabe, Vater aller seiner Untertanen zu sein, damit völlig verfehlt hätte: „Sohn, da Gott Rache und Grausamkeit verwirft, versuche zumindest kriegerische Aktionen zu unterlassen.“

Da die staatlichen Kassen jedoch leer waren, konnte der König – zur Freude seiner Mutter – die Rückführung der ketzerischen Untertanen sowieso nicht mit Gewalt durchführen. Die Hugenotten waren selbstverständlich nicht bereit, ihren Glauben aufzugeben, und versuchten mit Hilfe Elisabeths I. und einiger protestantischer Fürsten, eine Anti-Liga aufzubauen.

Ja, liebe Antoinette, wir waren gegen Ende des Jahres 1576 dem Frieden wieder einmal keinen Schritt näher gekommen.

Und auch das nächste Jahr 1577 brachte keine positiven Veränderungen diesbezüglich.

Im Gegenteil schien sich nun alles gegen uns zu wenden, denn der König wurde in der Bevölkerung und im Adel immer unbeliebter. Selbst ich verstand Heinrich nicht mehr. Er hatte sich seit dem letzten Jahr so verändert. Seine Stimmung wechselte ständig zwischen fröhlich und tiefbetrübt. Entweder zog er sich in ein Kloster zurück, oder er zeigte sich in übertriebenem Putz.

Gerade Letzteres erregte oft böses Aufsehen. Jeder Modeschnickschnack wurde von ihm übernommen.

Seine Vorliebe, sich mit Seidenbändern und Federbüschen zu schmücken, stieß bei vielen Leuten am Hofe auf völliges Unverständnis. Seine zierlichen Hände glitzerten nur so mit Juwelen und Diamanten, und seine Ohren litten unter den viel zu schweren Ringen. Sein Gebrauch an Puder, Schminke und Parfüm kostete den Hof mittlerweile ein Vermögen. Und obwohl es an allen Ecken an Geld fehlte, ließ er sich nicht davon abhalten, seine Menagerie weiter auszubauen, seine Günstlinge weiterhin großzügig zu beschenken und ständig extravagante Feste zu veranstalten. Mit Vorliebe ließ er Maskeraden inszenieren, auf denen sich die Männer als Frauen verkleideten und mit Perlenketten und spitzenbesetzten Fächern wedelnd durch den Saal schritten.

Im Mai 1577 trug er im Schloss von Chenonceau anlässlich eines Festes, das seine Mutter für ihn ausrichten ließ und das über 100.000 Livres gekostet haben soll, z. B. ein rosa-silbernes Brokatkleid. Sein Hals war mit Perlenschnüren völlig überladen, und die enorm lange Schleppe seines Umhangs, die mit Smaragden und Perlen im Kleeblattmuster bestickt war, musste von acht Pagen getragen werden. Seine smaragdenen und diamantenen Ohrringe waren zudem derart schwer, dass sie seine Ohrläppchen so sehr in die Länge zogen, dass sie fast bis zur Schulter reichten. Sein Haar war violett gepudert, und Veilchen und Diamanten, die es schmückten, flimmerten und glitzerten im Kerzenlicht. Seine Eskorte bildeten die Kurtisanen seiner Mutter, die nur in durchsichtige Schleier gehüllt waren. Die Königinmutter selbst erschien in einem einfachen schwarzen Kleid. Und auch Louise und ich bevorzugten unauffällige Gewänder. Marguerite dagegen, die seit einigen Jahren von ihrem königlichen Bruder als „königliche Hure" beschimpft wurde und die sich trotz der Abwesenheit ihres Gatten tatsächlich nie über ein leeres Bett beklagen musste – wobei sie Stallmeister bevorzugte –, erregte wie üblich auf diesem Ball mit ihrem weit ausgeschnittenen Dekolleté großes Aufsehen. Sie zeigte den Herren tatsächlich alles, was sie besaß!

Turbulente Festlichkeiten, fröhliche Gelage bei Wein und Musik, galante Tanzvergnügen, Komödien, Bälle, üppige Gastereien, Maskeraden und Turniere folgten kontinuierlich aufeinander. Dabei wurde auf Pracht und Luxus nicht verzichtet. Mit Gold und Silber geschmückte Pferde zogen edelsteinbesetzte Kutschen, und Zauberschiffe mit geblähten Silbersegeln schwebten durch den Ballsaal. Ja, das Leben am königlichen Hofe wurde zu einem immerwährenden Fest.

Das nötige Geld wurde entweder gegen hohen Zins ausgeliehen oder durch den Verkauf von Ämtern, z. B. Gerichtsdienststellen, Präsidentenrängen, Ratsposten oder durch Verleihung von Adelspatenten, Freikauf vom Kriegsdienst und Vergabe eines militärischen Titels erworben.

Wenn doch mindestens bei dieser immensen Geldausgabe Frieden am königlichen Hofe und im Lande geherrscht hätte. Aber beides traf nicht zu. Die Günstlinge von Heinrich und die Günstlinge von Franz-Hercule, die sich mit ihren gesalbten, gekräuselten und kunstvoll gebrannten Haaren, ihren kleinen Samtkappen und ihren hohen, steifen Hemdkrausen äußerlich so sehr glichen, bildeten richtige Klans, die sich ständig gegenseitig bis zur Weißglut reizten und sich zuweilen richtige Schlachten mit Verwundeten und sogar Toten lieferten.

Und was für eine Dekadenz an unserem Hofe herrschte, liebe Antoinette, das kannst Du Dir wirklich nicht vorstellen. Die Venus regierte in ihrer fleischlichsten Form! Verhütungsmittel waren bei den Damen am Hofe heißbegehrt. Schließlich wollten sie nicht zu kurz kommen. Diener vor den Türen ließen ahnen, was sich dahinter abspielte. Und die Herren prahlten ganz offen, wie viel Attacken sie geritten hätten oder dass sie in 24 Stunden 12mal zum Angriff auf dem schönsten Sattel in Frankreich geblasen hätten.

Folgendes Gedicht konnte bald jeder vor seiner Liebsten zitieren:

„Wer dem Weibe will verwehren,
Mit andern Männern zu verkehren,
Müsste sie in eine Pfeife schließen
Und sie selbst durchs Loch genießen.“

Immer wieder wurden wir Frauen mit dem sogenannten „Sex-Rätsel“ von aufdringlichen Herren belästigt, das folgendermaßen lautete und im Allgemeinen gesungen wurde:

„Ich habe, liebe Frau’n, ein Ding
Das ihr auch habt, wenn Amor macht
zu einem zwei in Liebesnacht.
Weiß ist es, hat ’nen roten Kopf
und Haare schwarz wie’n Tintenpfropf.
Mal ist es groß und mal ist’s klein,
Hat Ohren nicht und hört doch fein.
Nun sagt, was wird’s für’n Ding wohl sein?“

Außerdem wurde am königlichen Hofe plötzlich ein Buch äußerst beliebt, in dem auf unverschämter Weise 32 hohe und weniger hohe Damen ganz natürlich dargestellt wurden, wie sie sich im Liebesspiel mit ihren angeblichen Verehrern ergötzten. O Antoinette, Du kannst Dir meine Wut vorstellen, als Marguerite mir stolz zeigte, dass auch ich in einer interessanten Stellung mit einem von Heinrichs Günstlingen farbig abgebildet sei. Marguerite konnte sich im Gegensatz zu mir von diesem Buch gar nicht losreißen und verbrachte volle zwei Stunden damit, sich sämtliche Stellungen einzuprägen.

Kunst spielte bei uns am Hofe keine Rolle mehr. Ballettaufführungen fanden nämlich nur deshalb statt, damit die Herren schöne Beine bewundern konnten. Besonders die Pirouetten waren beliebt, da es dann immer reichlich viel Fleisch zu sehen gab.

Mich ekelte dies alles an, und ich zog mich deshalb immer häufiger in die Bibliothek der Königinmutter zurück, was mir jedoch schon bald den Titel „Frömmlerin" eintrug. Gerade Marguerite, die mich mit einem Günstling ihres Lieblingsbruders verkuppeln wollte, ging mir fürchterlich auf die Nerven. Hatten wir doch in unserem Königreich wahrlich genug andere Probleme!

So schleppte sich der Krieg zwischen den Protestanten und den Katholiken schon den ganzen Sommer hin. Im Herbst, als beiden Lagern endlich das Geld ausgegangen war, konnte schließlich wieder Frieden (am 17. September in Bergerac) geschlossen werden.

Die Königinmutter und ich wussten, dass die Kämpfe nicht endgültig zu Ende waren, denn den Hugenotten war ihre Religionsfreiheit nur in vereinzelten Orten zugestanden worden. Sobald die beiden Fraktionen wieder zu Geld kommen würden, würde die militärische Auseinandersetzung fortgesetzt werden.

Ich hatte den Krieg und dieses Blutvergießen so satt, Antoinette. Aber immer wieder erhielten wir am Hofe Nachricht von neuen Massakern. Und Franz-Hercule begann auch wieder, im Mächtekampf mitzumischen. So begab sich Marguerite im Juli als seine Spionin für sechs Wochen in die spanischen Niederlande, um die dortige politische Situation für ihren Bruder auszukundschaften und um mit den führenden Protestanten heimliche Gespräche bezüglich der geplanten Kämpfe zu führen. Denn der jüngste Sohn Katharina de' Medicis träumte mittlerweile davon, in den Generalstaaten der neue König zu werden. Alles war natürlich als eine Badereise nach Spa getarnt worden, die angeblich wegen Marguerites Wundrose dringend nötig gewesen sei. O, wie habe ich mich gefreut, als ich hörte, dass die Spanier Marguerite bald auf die Schliche kamen und sie gefangen nehmen wollten. Wie musste die schöne Königsschwester sich da beeilen, dass sie nicht für immer in die Hände ihrer Feinde fiel.

Ja, dieses Jahr war für Heinrich III. wirklich ein schlechtes Jahr, denn durch sein protziges Auftreten und durch die Einführung neuer Steuern, die sein Finanzloch füllen sollten, machte er sich beim Volke sehr unbeliebt. Überall kursierten Schmähschriften sowohl in französischer als auch in lateinischer Sprache über ihn herum. Heinrich von Guise hingegen liefen die einfachen Leute nur so zu. Er wurde immer mächtiger und für den König immer gefährlicher.

Die Königinmutter befürchtete bereits das Schlimmste. Gegen Ende des Jahres starb schließlich noch ihre Enkelin Elisabeth-Marie, die nach dem Tode Karls IX. ihr ein und alles geworden war. Ich selbst war nicht mehr in der Lage zu trösten, zu sehr hatten mich die Vorfälle in den letzten Jahren erschüttert. Denn während wir am Hofe in übertriebener Pracht und unverschämtem Luxus lebten, starben, wie Avel mir schrieb, Tausende von unseren Untertanen an Hunger. So konnte ich Gott nur noch flehentlich bitten, mit unserem Land endlich Erbarmen zu haben.

XVI

Die Königinmutter betrat das Jahr 1578 mit großen Ängsten, denn ihre Astrologen hatten durch das Erscheinen eines Kometen im November 1577 prophezeit, dass der Tod einer Königin oder einer anderen großen Dame bevorstehen würde, was für Frankreich ein „beträchtliches und bedeutungsvolles Unglück" bedeute. Selbstverständlich hatte Katharina de' Medici dies alles auf sich bezogen. Auch ich konnte sie von diesem Irrglauben nicht abbringen. Da sie seit einigen Wochen an einer schweren Erkältung litt und sich auch sonst körperlich nicht besonders wohl fühlte, schlug ich ihr eine Erholungsreise zu meinem Witwensitz in der Champagne vor. Hier versuchte ich, die Königinmutter fast vier Wochen lang, so gut ich konnte, zu verwöhnen. Ende Januar 1578 reisten wir dann gemeinsam an den königlichen Hof zurück, der sich zu dieser Zeit in Paris befand.

Katharina de' Medici hatte sich unter meiner Obhut in der Champagne außerordentlich gut erholt. Die täglichen heißen Sitzbäder hatten ihr wirklich sehr gut getan. Selbst der Rheumatismus und die Gicht schienen sie nicht mehr zu plagen. Als wir jedoch in den Louvre zurückkehrten, stellten sich die Gelenkschmerzen schon bald wieder ein. Außerdem gab es erneut viel Ärger am königlichen Hof. Vier

Günstlinge Heinrichs III. hatten Anfang Februar versucht, einen Günstling von Franz-Hercule, Bussy d'Amboise, aus dem Weg zu räumen. Dabei wurde ein Begleiter des Letzteren lebensgefährlich verletzt.

Dieser Streit der Günstlinge der Söhne Katharinas untereinander bewirkte schließlich, dass sich auch Heinrich III. und Franz-Hercule wieder spinnefeind wurden und sich gegenseitig „die Hölle auf Erden" wünschten. Der König ließ sogar die Zimmer seines jüngsten Bruders durchsuchen, und obwohl er nichts Verdächtiges finden konnte, Franz-Hercule unter Hausarrest stellen. Katharina de' Medici, die zwischen ihren einzigen noch lebenden Söhnen schlichten wollte, war nicht in der Lage, Heinrich zu überreden, von seinem irrsinnigen Verhalten zu lassen.

Am 15. Februar floh Franz-Hercule mit Hilfe seiner Schwester Marguerite aus dem Schloss und suchte in Angers Zuflucht. Seine spektakuläre Flucht wurde schließlich für mehrere Wochen das Gesprächsthema Nummer 1 im Louvre.

Marguerite hatte ihren Lieblingsbruder, seinen Freund Jean de Simier und seinen Kammerdiener Cange mit ihren drei Kammerfrauen und einem Burschen an einem dicken Seil aus dem Fenster ihres Schlafgemaches, das sich im zweiten Stockwerk befand, in den Schlossgraben hinuntergelassen. Da das Seil nicht bis zum Boden reichte, mussten die Herren das letzte

Stück springen, wobei sich Franz-Hercule sein linkes Bein verstaucht hatte. Trotz großer Schmerzen hatte er sich mit den anderen beiden in größter Eile zur Abtei Sainte-Geneviève begeben, wo schon Bussy d'Amboise auf die drei gewartet hatte. Dieser hatte zuvor mit Bewilligung des Abtes eine Öffnung in die Mauer geschlagen, durch die sie schließlich zusammen Paris verlassen konnten. Vor der Mauer der Abtei hatten nämlich Pferde bereitgestanden, die den Prinzen und seine drei Verbündeten ohne weiteren Unfall nach Angers brachten.

Marguerite leugnete vor ihrem Bruder Heinrich natürlich ihre Mithilfe ab, aber das verräterische Seil, das sie in ihrem Kamin verbrennen wollte, hatte in ihrem Zimmer einen Brand verursacht, so dass schließlich jeder wusste, dass sie sich bei den Streitigkeiten zwischen ihren Brüdern wieder auf die Seite Franz-Hercules geschlagen hatte.

Katharina de' Medici, die sich nach Angers begab, um ihren jüngsten Sohn wieder zur Rückkehr an den königlichen Hof zu überreden, musste unverrichteter Dinge abziehen, denn Franz-Hercule hatte nicht die geringste Lust, sich von seinem königlichen Bruder erneut einsperren zu lassen.

Im Augenblick machte er der Königinmutter auch keine Sorgen. Anders sah es da mit ihrem Lieblingssohn aus. Die Gerüchte, die ihr zu Ohren gekommen waren, ließen sie für die Zukunft nichts Gutes mehr erhoffen. Heinrich III. hatte sich mittlerweile in seinem Volk so unbeliebt gemacht, dass jederzeit mit einem Aufruhr gerechnet werden musste. Aber all ihre Warnungen an ihren Sohn Heinrich, sich bescheidener zu geben und das Geld für seine Extravaganzen nicht durch unmögliche Steuern einzutreiben, brachten nichts.

Im März stiftete er einen neuen religiösen Orden, den Orden des Heiligen Geistes, dessen Mitglieder sich nur aus seinen Günstlingen und deren Verwandtschaft zusammensetzten. Die Stiftung kostete 200.000 Livres, die der König dem Kirchenschatz entnahm, da es sich ja um eine religiöse Organisation handeln würde. Aber weder der Papst noch das Volk von Paris waren begeistert von dieser Ordensgründung. Im Gegenteil buhten Letztere die Ordensritter kräftig aus, als diese mit ihren schwarzen Samtumhängen, die mit goldenen Lilien und feurigen Zungen bestickt waren, in feierlicher Prozession zur Kathedrale zogen.

Der Jurist L'Estoile wagte, der Königin im April Folgendes zu schreiben: „In unserem Königreich ist die Korruption zur Gewohnheit geworden, Majestät. Alle Ämter werden mittlerweile an den Meistbietenden verkauft, am meisten von allen die des Hofes – jedem Gesetz und aller Vernunft zuwider – … Am widerlichsten ist der Handel mit Pfründen, deren überwiegende Mehrzahl sich in den Händen von Frauen oder verheirateten Männern befindet … selbst von Kindern an der Mutterbrust, so dass es den Anschein hat, als kämen sie schon mit Kreuz und Mitra auf die Welt ...“

Katharina de’ Medici las ihrem königlichen Sohn, ohne den Namen des Schreibers zu nennen, diesen Brief in meiner Gegenwart laut vor, aber auch dies bewirkte nichts.

Im Sommer überschritt Franz-Hercule mit seinen 10.000 Soldaten die flämische Grenze und nahm die beiden Städte Binche und Maubeuge ein. Im Herbst ließ er sich hier bereits als „Retter der Niederlande“ feiern.

Die Königinmutter selbst hatte sich in der zweiten Augustwoche zu einer erneuten Friedenstour in den Süden Frankreichs aufgemacht. Trotz ihrer vielen körperlichen Beschwerden, die besonders durch ihre enorme Fettleibigkeit hervorgerufen wurden, nahm sie diese Strapazen einer mehrmonatigen Reise, die ins Languedoc und in die Guyenne führen sollte, auf sich. Denn ihr Ziel war den schwankenden Frieden in ihrem Königreich zu festigen, die unzufriedenen Südprovinzen vom guten Willen ihres Sohnes Heinrich III. zu überzeugen und eine Wiederannäherung der Protestanten und der Katholiken zu erreichen.

Begleitet wurde sie von ihrer Tochter Marguerite, die sie zu ihrem Gatten Heinrich von Navarra nach dreijähriger Trennung wieder zurückbringen wollte. Ich selbst blieb am königlichen Hof zurück, um die Königinmutter über jeden einzelnen Schritt Heinrichs während ihrer Abwesenheit unterrichten zu können. Ehrlich gesagt, kam ich mir als Spionin im Dienste der Königinmutter sehr unwohl vor.

Zum Glück geschah nicht sehr viel Unangenehmes.

Mitte März erschien Franz-Hercule heimlich in Paris, um sich mit seinem Bruder Heinrich auszusöhnen und ihn um die Zustimmung zu seiner Reise nach England zu bitten. Schon um Weihnachten 1578 herum hatte er seinen Freund Jean de Simier, der sich als Frauenheld und Meister galanter Unterhaltung bei uns am Hofe einen Namen gemacht hatte, zu der englischen Königin geschickt, um sie im Auftrage seines Herrn um ihre Hand zu bitten. Und anscheinend war Elisabeth I. diesmal nicht abgeneigt. Sie beharrte jedoch darauf, den Bräutigam selbst in Augenschein nehmen zu können.

Heinrich und die Königinmutter hatten nichts dagegen, und so verließ Franz-Hercule Anfang Juli 1579 mit einem kleinen Gefolge Paris, um sich nach Boulogne-sur-Mer zu begeben, wo er sich nach England einschiffen wollte.

Drei Wochen blieb er – natürlich erst einmal inkognito – bei der „jungfräulichen“ 46-jährigen englischen Königin, auf die er wohl einen sehr guten Eindruck gemacht hatte. Franz-Hercule war jedenfalls jubelnder Stimmung, als er wieder bei uns eintraf. Er glaubte fest, dass die Hochzeit nur noch eine Frage von kurzer Dauer sein würde.

Seine euphorischen Worte wurden zwei Monate später zudem bestätigt, als er von der englischen Königin zwei kostbare Geschenke erhielt: ein juwelenbesetztes Mützenband, dessen Wert auf 4.000 Livres geschätzt wurde, und eine Uhr mit folgendem Begleitschreiben: „Ich sende Euer Hoheit dieses eigenhändig geschriebene Briefchen, um Sie meiner guten Gesundheit zu versichern ... Ich füge zwei kleine Geschenke hinzu. Ich möchte, dass Sie beim Tragen des einen um ihren Hals die Erinnerung an mich den ganzen Tag mit sich herumtragen. Und dann möchte ich, dass Sie in dem anderen ein Abbild der Krone dieses Königreiches sehen, die ich gern schnell mit eigener Hand auf Ihr Haupt setzen möchte, wenn ich nur könnte, wie ich wollte.“

Ja, und anscheinend konnte sie nicht, wie sie wollte. Denn die Mehrheit ihres Kronrates und der englischen Bevölkerung war nach Angaben unserer Spione gegen diese Heirat. Und in den spanischen Niederlanden sah es für Franz-Hercule nach der Ankunft des diplomatisch sehr geschickten Alexander Farnese, des Herzogs von Parma und Neffen des spanischen Königs Philipp II., ebenfalls nicht mehr zum Besten aus. Dieser erwies sich nämlich zusätzlich noch als ein hervorragender General.

Im September war ich schließlich auf mich ganz allein gestellt, da von der königlichen Familie niemand mehr im Louvre war. Heinrich III. und Louise befanden sich nämlich für vier Wochen auf einer Pilgerreise. Sie wollten die großen Wallfahrtskirchen von Chartres, Liesse, Cléry und E'Epine aufsuchen, um für ein Kind zu beten. Louise hatte bisher vergeblich versucht, schwanger zu werden und ihrem geliebten Mann den ersehnten Sohn zu schenken. Alle ärztlichen Ratschläge, die vielen Badekuren und ihre unzähligen Opfergaben hatten sie nicht fruchtbarer werden lassen. Die Königinmutter konnte den Kummer ihrer Schwiegertochter sehr gut verstehen, denn auch sie war zehn Jahre lang kinderlos geblieben. Diese Zeit – gestand sie mir – war für sie die härteste am Hof, sprach man doch ganz offen davon, ihre Ehe mit Heinrich II. wegen ihrer Unfruchtbarkeit für ungültig erklären zu lassen. Ständig wurde sie von Ärzten untersucht und ständig musste sie die unterschiedlichsten, angeblich fruchtbarkeitsfördernden Mittelchen schlucken. Schließlich war sie freiwillig bereit, in ein Kloster zu gehen, um ihrem Gatten damit eine neue, fruchtbarere Ehe zu ermöglichen. Ihr Schwiegervater Franz I. bestand damals jedoch darauf, dass sie blieb. Und dann geschah das Wunder. Sie hatte ihrem Mann innerhalb von 12 Jahren 10 Kinder schenken können. Warum sollte das bei Louise nicht auch der Fall sein? War sie doch erst seit vier Jahren mit Heinrich verheiratet.

Durch diese Pilgerreise hofften Heinrich und Louise, nicht noch weitere sechs Jahre, wie es die Königinmutter damals tun musste, auf Nachwuchs warten zu müssen. Zu Fuß liefen die beiden deshalb die Strecken zwischen den Kirchen ab und zu Fuß kehrten sie nach Paris zurück. Liebe Antoinette, ich brauche Dir nicht zu beschreiben, wie ihre Füße anschließend aussahen. Noch über eine Woche lang konnten die beiden nur tragend fortbewegt werden. Dann begab sich Louise sogleich wieder in die Bäder von Bourbon. Heinrich ließ hingegen in Vincennes neben dem Schloss eine neue Bußbrüderschaft gründen, die Hieronymiten. Mit seinen Ordensbrüdern konnte man ihn dort den ganzen Oktober über in seiner grauen Kutte und seinem Rosenkranz mit Totenköpfen Psalmen singend und betend finden.

Im November kehrte auch die Königinmutter von ihrer 16-monatigen Reise völlig erschöpft nach Paris zurück. Sie hatte im Februar dieses Jahres in Nérac eine weitere Abmachung zwischen den Hugenotten und den Katholiken zustande bringen können, nach der beide versuchen wollten, friedfertig miteinander zu leben. Wir hofften alle, dass dies der erste Schritt zu einem allgemeinen Frieden sein würde, den die meisten von uns so sehr herbeisehnten.

Die einzigen wirklich schlechten Nachrichten, die ich der Königinmutter mitteilen musste, waren die vielen Seuchen, die während ihrer Abwesenheit in Paris ausgebrochen waren. Im Juni sorgte z. B. eine gefährliche Form des Keuchhustens für Angst und Schrecken in der Bevölkerung. Ein Heilmittel gab es leider nicht. Die Opfer litten unter krampfartigen Schmerzen, Erbrechen und Schweißausbrüchen. Nur wenn sie über genügend Widerstandskraft verfügten, hatten sie eine Chance, die Krankheit zu überleben. Uns jedoch am königlichen Hof verschonte diese Epidemie. Wir hatten kein Todesopfer zu melden.

Mit all diesen positiven Nachrichten hofften wir auf ein glückliches 1580!

XVII

Leider fing das neue Jahr schon gleich mit der Unglücksbotschaft an, dass Philipp II. nun auch noch König von Portugal werden sollte, da sein Neffe, der portugiesische König Sebastian, vor zwei Jahren auf seinem Kreuzzug gegen die Heiden in Marokko anscheinend niedergemetzelt worden wäre. Jedenfalls erhielt man kein Lebenszeichen mehr von ihm. Der spanische König wurde somit noch mächtiger, was der Königinmutter, dem König, Elisabeth I. und den Generalstaaten der Niederlande selbstverständlich überhaupt nicht gefiel.

Nachdem wir diese Schreckensbotschaft verkraftet hatten, trat jedoch im königlichen Haus immer noch keine Ruhe ein. Die Königinmutter war ständig krank. Ende Januar war ihr Gesicht sehr geschwollen und sehr berührungsempfindlich geworden. Zudem hatten sich ihre Arme und Beine schlimm entzündet. Im März wurde sie außerdem so schwer von der Gicht geplagt, dass sie kaum noch allein ins Bett gehen oder das Bett verlassen konnte. Nachts litt sie noch zusätzlich an heftigem Schüttelfrost und hohem Fieber. Ihre Leibärzte rieten schließlich zu vermehrten Aderlässen, um – wie sie betonten – Blutstauungen in der Lunge zu verhindern.

Als es der Königinmutter Anfang April wieder besser ging, erkrankten der König und seine Frau schwer. Heinrich hatte sich irgendwo bei seinen nächtlichen Streifzügen in den Pariser Bordellen mit Syphilis infiziert und Louise damit angesteckt.

Zu allem Ärger brach auch der Bürgerkrieg erneut aus.

Als ob das Vorgefallene nicht schon ausreichen würde, wurden die Pariser im Mai noch durch eine Rötel-, Pocken- und Flecktyphus-Epidemie in Panik versetzt. Nachdem nun im Juni auch noch die ersten Pesttoten gemeldet wurden und an dieser oft tödlich endenden Krankheit bereits drei Hofdamen der Königinmutter litten, floh der königliche Hof in großer Hast nach Amboise.

Ich selbst schloss mich dieser panikartigen Massenflucht nicht an, denn meine Kammerzofe Jehanne hatte sich ebenfalls mit der Pest angesteckt. Liebe Antoinette, Du musst nämlich wissen, dass unsere treue Seele Jehanne schon seit 1559 stets an meiner Seite zu finden ist. Sie war für mich besonders am königlichen Hof immer eine große Stütze. Jedes Mal, wenn ich erkrankt war, pflegte sie mich mit all ihrer Liebe wieder gesund. Ich konnte sie nun, da sie meiner Hilfe bedurfte, nicht einfach ihrem Schicksal überlassen. Nur leider waren mit der königlichen Familie auch alle guten Ärzte verschwunden und nur Dr. Guillaume Frenière war zurückgeblieben, den ich persönlich für den größten Kurpfuscher unseres Königreiches halte. Seine Patienten starben und sterben immer noch durch seine nicht enden wollenden Aderlässe in sehr großer Zahl. Für mich ist unvorstellbar, wie sich irgendjemand freiwillig in die Hände dieses Arztes begeben kann.

So machte ich mich, dem Tipp des noch einzigen Koches an unserem Hofe folgend, schließlich auf, um einen Apotheker namens Nicolas de Clémanges aufzusuchen, der am Pont St.-Michel sein großes Geschäft hatte. Mit schlichter Kleidung – um in diesem Elend keine Provokation hervorzurufen –, Handschuhen und einem Tuch um Nase und Mund gebunden, beschloss ich zu Fuß – natürlich in Begleitung von einigen Wachen –, die notwendigen Medikamente zu besorgen.

Ungewöhnlich leer waren die normalerweise mit Menschenmassen vollgestopften Straßen. Seitdem in einigen Regionen unseres Königreiches durch die vielen Kriege bedingt Hungerkatastrophen drohten, waren viele Bauern mit ihren Familien nach Paris geflohen. Aber an diesem Tag befanden sich wirklich nur vereinzelte Leute auf den Straßen, auf denen ab und zu riesige Scheiterhaufen mit wohlriechenden Hölzern brannten. Zudem gingen die Menschen stets in der Mitte der Gassen, um den gefährlichen Ausdünstungen der Pest, die vielleicht schon in den

Häusern wütete, zu entgehen. Dabei wiesen normalerweise rote Kreuze, auf die Türen gemalt, daraufhin, dass sich hier Pestkranke befanden, die zusammen mit den gesunden Familienmitgliedern 40 Tage lang ihr Haus nicht verlassen durften. Wächter vor diesen Häusern hatten die nötigen Lebensmittel für sie zu besorgen und in einen Korb zu legen, der von den Eingeschlossenen mittels einer Schnur hochgezogen werden konnte.

Die Totenglocke läutete unaufhörlich, und in grüne Gewänder gekleidete Totenwärter schrien noch zusätzlich mit lauter Stimme: „Bringt Eure Toten heraus!" Worauf dann die Verstorbenen tatsächlich behutsam vor die Türen oder rücksichtslos aus den Fenstern geworfen wurden. Mit Hilfe von Mistgabeln wurden diese dann von den Wärtern lieblos auf riesige Karren gehievt und wegtransportiert.

Beim Apotheker angekommen, besorgte ich mir sogleich Theriak, Pilulas Rufi, Antidoto Matthioli, Aquavit und einige Zitronen, also die bewährtesten Heilmittel gegen die Pest. Bezahlen musste ich, indem ich das Geld in einen Topf voll Essig legte. Anscheinend wollte der Apotheker auch die kleinste Möglichkeit einer Ansteckung vermeiden.

Auf dem Heimweg merkte ich plötzlich, dass mir jemand folgte. Ich war sehr froh, dass ich vorsichtshalber meine kleine Leibwache mitgenommen hatte. Die armen erkrankten Menschen waren mittlerweile zu allem in der Lage. Auch meine Begleiter spürten, dass etwas nicht stimmte. Und da sie stehenblieben und sich umschauten, wandte auch ich mich neugierig um. Eine völlig in ihrem übergroßen Mantel verhüllte Frau schritt, ohne die geringste Furcht vor den bewaffneten Männern zu zeigen, auf mich zu, blickte mich an und reichte mir ein Bündel in die Arme, wobei sie nur einen Satz sagte: „Sorge für sie!" Dann brach sie vor unseren Augen zusammen. Die Soldaten wichen sofort einen riesigen Schritt von ihr zurück, während ich neugierig das Bündel in meinen Armen anschaute. Zwei große blaue Augen in einem kleinen rosafarbigen Gesicht blickten mich neugierig an. Sogleich verformten sich die Lippen des vielleicht vier Monate alten Kindes zu einem zauberhaften Lächeln, das mein Herz zum Schmelzen brachte. Für mich stand sofort fest, niemals würde ich mich jemals wieder von diesem Kind trennen. Es war „Liebe auf den ersten Blick".

Nachdem ich das Kleine vorsichtig in die Arme eines der Leibwächter gelegt hatte, kniete ich mich nieder, entfernte von der Frau einen Teil ihres Mantels, so dass ich zumindest ihr Gesicht sehen konnte, das durch schwarze Flecken fürchterlich entstellt war, und überprüfte, ob sie noch atmen würde. Plötzlich schlug diese ihre Augen auf und befahl uns, sie sofort zu verlassen, denn nichts und niemand könnte ihr noch helfen.

Aus lauter Angst mich anzustecken, verließ ich mit meiner Leibwache und dem Baby die sterbende Frau und eilte schnellen Schrittes zum Schloss. Dort angekommen, packte mich die Gewissensbisse, dass ich so herzlos die Sterbende ihrem Schicksal überlassen hatte, und deshalb machte ich mich noch einmal auf den Weg zurück, aber die Frau war nicht mehr zu finden. Vielleicht hatten die Totenwärter sie schon längst aufgelesen.

Im Schloss hatte ich nun für zwei Menschen zu sorgen, für das kleine Mädchen – Du kannst Dir bestimmt vorstellen, wer das war – und die erkrankte Zofe. Ehrlich gestanden, hätte ich diese doppelte Belastung nie bewältigt, wenn mir nicht unser Koch kräftig geholfen hätte. Eine Amme für Dich zu besorgen, war nicht weise. Zu leicht hättest Du mit deren Muttermilch die Pest einsaugen können, also waren wir auf andere Milchprodukte angewiesen. Aber ich hatte nicht die geringste Ahnung, wie man mit einem kleinen Kind umging, wie man es ernährte, welche Speisen es zu sich nehmen durfte und welche nicht. Unser Koch kam zu meinem Glück jedoch aus einer kinderreichen Familie, wo er des Öfteren selbst die jungen Geschwisterchen versorgen musste. So wurdest Du, kleine Antoinette, mit Ziegenmilch und später mit Hirsebrei gefüttert.

Jehanne ging es jedoch nicht so gut. Sie hatte zu spucken begonnen und wies in ihrer Leiste, in den Achsenhöhlen, hinter dem Hals und in den Ellenbogen pflaumengroße, schwach purpurfarbene Geschwülste auf, die hart wie Hornhaut waren. Drei Tage später entdeckte ich neben diesen Beulen noch kleinere, schwarze oder blauschwarze Flecken, die den ganzen Körper bedeckten. Die Erkrankte hatte mittlerweile trotz meiner Medikamente sehr hohes Fieber, sprach wirres Zeug vor sich her oder schrie häufig vor Schmerzen. Ich hatte schon alle Hoffnung aufgegeben und versuchte nur noch, ihren Durst durch Eis, das noch in den Vorratskellern vorfanden war, auf ihrer trockenen und blutigen Lippe zu stillen, als plötzlich diese scheußlichen Beulen aufplatzten und eine grüne, ekelhaft riechende Flüssigkeit entließen. Ich säuberte die offenen Wunden nach Dr. Parés Anweisungen mit Wein und verband sie anschließend. Die Verbände erneuerte ich die erste Zeit über vier- bis fünfmal, später nur noch einmal am Tag. Nach zwei Wochen war Jehanne schon wieder auf den Beinen und ließ sich nicht davon abbringen, mich und mein Baby zu verwöhnen.

Avel, dem ich natürlich alles berichtet hatte, hatte um mich, wie er mir schrieb, wahre Todesängste ausgestanden. Da ich ihn bisher vergeblich zu überzeugen versucht hatte, auf mich als Gattin zu verzichten, da ich doch viel zu alt und zudem noch unfruchtbar wäre, fand ich mich schließlich bereit, seine Bitte, endlich zu ihm zu kommen, zu erfüllen. Er sollte mir und sich selbst jedoch – das war meine einzige Forderung an ihn – die nötige Zeit lassen, um festzustellen, ob wir wirklich zueinanderpassen würden oder ob er sich während der letzten Jahre nicht ein Traumbild von mir erstellt hatte, dem ich in Wirklichkeit nicht entsprach.

Eigentlich wollte ich mich Ende September auf den Weg zu Avel begeben, aber leider kam etwas dazwischen. Von meinem Bruder Herluin erhielt ich die Nachricht, dass sein Sohn im letzten Monat nach langer schwerer Krankheit gestorben wäre und dass Jeanne seit dieser Zeit nicht mehr ansprechbar sei. Auch würde es dem Vater nach seinem zweiten, sehr viel schwereren Schlagfluss sehr schlecht gehen. Eine ausdrückliche Bitte zu kommen, enthielt der Brief zwar nicht, dazu wäre sich Herluin auch zu schade gewesen, aber trotzdem beschloss ich, meine alte Heimat wieder einmal aufzusuchen. Ich benachrichtigte Avel vom Vorgefallenen und bat ihn noch um etwas Geduld. Mit Dir, meiner kleinen Antoinette, meinem wunderbaren Geschenk Gottes, und meiner wieder gesunden Kammerzofe machte ich mich dann sogleich mit einer größeren Leibwache, da immer noch Krieg herrschte, auf den Weg in die Auvergne.

Herluin hatte wirklich nicht übertrieben. Mit Jeanne und mit meinem Vater sah es tatsächlich nicht zum Besten aus. Ja, es stand weit schlimmer mit den beiden, als ich befürchtet hatte. Mit Jeanne, die sich in ihr völlig verdunkeltes Zimmer zurückgezogen hatte, war nichts mehr anzufangen. Völlig apathisch saß sie in der Ecke und starrte ins Leere. Selbst Antoinettes süßes Geplapper weckte sie nicht aus ihren fürchterlichen Träumen auf. Ängstlich hatte sie ihre Arme um ihre Beine geschlungen und wimmerte unaufhörlich vor sich hin. Die Dienerinnen hatten sie zudem in viel zu heißem Wasser gebadet, so dass ihr Rücken und ihr Gesäß riesige, schmerzende und nässende Wunden aufwiesen.

Auch mit meinem Vater sah es nicht viel besser aus. Der zweite Schlagfluss hatte ihn völlig bewegungsunfähig gemacht. Außerdem hatte die Syphilis mittlerweile auch seine Augen angegriffen, so dass er fast blind war. Sein Körper schien sich, obwohl er immer noch lebte, allmählich zu zersetzen. Eiter und Aufliegeentzündungen machten es fast unmöglich, ihn ohne große Schmerzen von der Stelle zu bewegen oder auch nur die Leibschüssel unter ihn zu schieben. Außerdem führten wir alle einen aussichtslosen Kampf gegen das Ungeziefer, das nicht bereit war, auf seinen

Körper zu verzichten. Von schwärenden Wunden gepeinigt und von heftigen Fieberanfällen erschüttert, bot er wirklich einen trostlosen Anblick. Wie konnten seine Diener zudem nur diesen fast unerträglichen Geruch in seinem Zimmer ertragen! Ich war jedes Mal froh, wenn ich dieser Wolke von Verwesung und Fäulnis, von Urin und Exkrementen, von Blut und Eiter entfliehen konnte.

Da meine Vorräte an Tinkturen, Salben und Kräutern, die bei schlecht heilenden, eitrigen, nässenden und übelriechenden Wunden manchmal wahre Wunder bewirkten, nicht für immer ausreichen würden, versuchte ich, in dem geschlossenen Gewächshäuschen meines Vaters noch das Johanniskraut, die Ringelblume, den Wundklee, den Flachs und das Eisenkraut zu züchten.

Aus den geplanten vier Wochen wurden somit bald vier Monate, ohne dass sich bei Jeanne noch bei meinem Vater Verbesserungen einstellten. Dabei war ich ständig an ihrer Seite zu finden, überwachte das Waschen, legte die Wundpflaster selbst auf, fütterte sie und versuchte noch zusätzlich, Jeanne ab und zu aus ihrer dunklen Kammer in den Garten zu locken. Außerdem wollte ich auch noch genügend Zeit für Dich, meine kleine Antoinette, finden, die Du Dich innerhalb der letzten Monate so stark verändert hattest. Aus meinem kleinen zierlichen Baby war nämlich mittlerweile ein wahres Wonnepaket geworden, das bereits sitzend neugierig die Welt zu beobachten begann.

Eines Tages gönnte ich mir, um dem Kummer und dem Leid im Schloss zu entgehen, nach langer Zeit zum ersten Mal wieder einen längeren Ausritt in die stillen Wälder unserer Umgebung, als ich am Himmel eine große Zahl an Raubvögeln sah. Auch das hässliche Krächzen der großen schwarzen Raben war von überall zu vernehmen. „Da liegt wohl wieder eine Tote herum!“ war der kurze Kommentar eines meiner Begleiter, die sich zu meinem Schutz an meiner Seite befanden.

Neugierig blickte ich mich zu dem Mann um, von dem diese Bemerkung kam, und bat ihn das „Wieder“ zu erklären. Mit Schrecken erfuhr ich dann, dass die Erzählung des Kuriers von damals über das Monster der Auvergne wahr zu sein schien.

„Madame, es wird überdies jedes Jahr schlimmer. Erst hatten wir nur ein bis zwei Todesopfer im Jahr zu beklagen, aber seit zwei Jahren werden es immer mehr!“

Und während ich mein Pferd zum Galopp antrieb, um den Platz zu finden, den die Raubvögel umkreisten, erzählte mir ein anderer Reiter, dass die Opfer immer junge, schlanke Mädchen im Alter von 11 bis 14 Jahren wären, die sich durch flachsblondes Haar auszeichnen würden. Meine Bitte an Gott, hier nur ein verendetes Tier vorzufinden, wurde nicht erfüllt. Der Anblick war so ekelerregend, dass wir uns alle übergeben mussten. Wir fanden rohes, stinkendes Fleisch vor. Die Haut des Opfers war entfernt worden, und die Augen waren von den Vögeln bereits herausgepickt worden. Durch das getrocknete Blut im Haar waren nur noch einige wenige flachsblonde Strähnen zu entdecken. Größere Raubtiere – vielleicht Wölfe – hatten schon riesige Fleischpartien aus dem Körper gerissen. Ich bat meine Begleiter sich in der Umgebung umzuschauen, ob vielleicht noch etwas zu entdecken sei. Nach zwei Stunden fanden wir die bereits pergamentartig gewordene Haut des Opfers, die hoch oben von einer Eiche baumelte und ein Spiel des Windes geworden war. Unter dem Baum lagen das ausgebreitete braune Leinenkleid, die schwarzen Schuhe und die blaue Haarschleife des ermordeten Mädchens. Einer meiner Begleiter fand nicht weit von der Eiche entfernt noch ein Taschentuch des Opfers. Ich gab sofort die Anweisung, die Überreste des Mädchens so bald wie möglich auf unseren Friedhof zu überführen. Und während sich meine Begleiter, als wir ins Schloss zurückgekehrt waren, sogleich mit Handschuhen und Säcken bewaffnet darum kümmerten, die Leiche zu ihrer endgültigen Ruhestätte zu transportieren, begab ich mich mit dem Kleid, den Schuhen, der Haarschleife und dem Taschentuch des ermordeten Mädchens auf mein Zimmer.

Fürchterliche Gedanken gingen durch meinen Kopf. Konnte dieses Monster mein Bruder sein? Aber warum tötete er immer junge, schlanke Mädchen, die flachsblondes Haar hatten? Wenn er wirklich jemanden abgrundtief hasste, dann war das meine Mutter. Schließlich hatte sie ihn versucht zu töten. Aber sie hatte schwarzes Haar.

Ich nahm mir deshalb vor, Herluin zu beobachten. Es gab nämlich Phasen, da schien er nicht wie sonst der galante, freimütige und allseits beliebte Unterhalter zu sein. Die Männer seiner Umgebung hatten sich daran gewöhnt, dass ihr Herr zuweilen sehr schweigsam und jähzornig werden konnte. Da er sich jedoch in diesen Zeiten oft in seine Gemächer zurückzog und deshalb nicht viel Unfug anrichtete – nur manchmal schlug er dann aus Wut die Möbel klein –, schien es keinen weiter zu stören. Ich aber, die ihr Schlafgemach direkt unter dem seinen hatte, wurde dann durch sein ewiges Hin- und Herlaufen um manche Nachtruhe gebracht.

Meistens änderte sich sein Verhalten schon nach wenigen Tagen wieder. So konnte ich ihn beobachten, wie er 10 Tage, nachdem wir die Leiche im Wald entdeckt hatten, nachts in den Stall lief, sein Pferd aufsatteln ließ und in Windeseile durch das Burgtor verschwand. Neugierig blieb ich die ganze Nacht und den beginnenden Morgen über am Fenster, um seine Heimkehr mitzubekommen. Völlig blutüberströmt, mit zwei Rehen über seinem Rücken hängend, kam er schließlich, als die ersten Sonnenstrahlen erschienen, heim, warf die Tierkadaver vor den Stallungen zu Boden, übergab dem Stallknecht sein völlig erschöpftes Pferd und begab sich dann zu der hölzernen Badestube. Wenige Tage später berichteten mir die Bauern, die bei uns regelmäßig einen Teil ihrer Ernten und ihres Viehes abliefern mussten, dass schon wieder ein Mädchen verschwunden sei.

Als ich zwischen ihnen eine Frau bemerkte, die bitterlich weinte, und ich mich nach ihrem Kummer erkundigte, erfuhr ich, dass sie vor wenigen Wochen ebenfalls noch eine Tochter hatte, die jedoch, nachdem sie Freunden der Familie zwei Ferkel übergeben sollte, nie wieder heimgekehrt wäre. Die Ungewissheit, ob ihre Marie noch leben würde oder ein Opfer dieses Monsters geworden wäre, würde sie um den Verstand bringen. Plötzlich fiel mir ein, dass ich die Kleidungsstücke des letzten Opfers noch in meiner Kammer hatte, rannte deshalb zu meinem Gemach hinauf und zeigte sie, nachdem ich außer Puste zurückgekehrt war, dieser Bäuerin. Und tatsächlich erwiesen sich diese Kleidungsstücke, Schuhe und die Haarschleife, jedoch nicht das blutverschmierte weiße Taschentuch, als Maries Sachen. Schluchzend konnte ich die Frau auf unseren Friedhof führen, auf dem ihre

Tochter ein schlichtes Holzkreuz von mir erhalten hatte. Wunderschöne Blumen hatte ich zudem anpflanzen lassen, so dass Maries Grab der Frau zumindest etwas Trost bot. Nachdem ich ihr von meinem Ausflug im Wald und dem Fund der Leiche berichtet hatte, drückte die Bäuerin mir dankend die Hand und kniete sich vor dem Kreuz nieder. Ich wollte ihre Zweisamkeit mit ihrer Tochter nicht stören und begab mich wieder zu den Bauern. Dabei schaute ich mir das blutverschmierte Taschentuch noch einmal genau an. Die winzig-kleinen Initialen „*Bd'A*" in einer Ecke des Tuches ließen mich plötzlich erstarren. Wie hatte ich das übersehen können? Das Taschentuch gehörte eindeutig meiner Mutter. Aber wie kam es an den Ort des Verbrechens?

So vieles ging mir durch den Kopf, dass ich den Worten der Bauern nicht mehr voll lauschen konnte und froh war, mich endlich irgendwann von ihnen zurückziehen zu können. Mit Dir, Antoinette, auf dem Arm begab ich mich in den Garten und spielte mit Dir „Ball rollen", um auf andere Gedanken zu kommen, als sich Vaters ältester Diener Jean uns beiden näherte, sich tief zu uns hinabbeugte und Dir, liebe Antoinette, liebevoll über Dein lockiges Haar strich.

„O Madame, wie hätte sich ihre Mutter gefreut über dieses schöne Enkelkind. Hat doch Ihre Antoinette so schöne blonde Haare!“ fügte er beim Streicheln meiner Kleinen hinzu.

„Blonde Haare?“ fragte ich zurück. „Mochte meine Mutter blonde Haare sehr gern?“

„O ja, sie hasste ihre schwarzen langen Haare und wünschte sich so sehnlich, so blond wie ihre eigene Mutter zu sein. Sie wissen vielleicht, dass sie äußerlich sehr ihrem grausamen Vater glich. Er hatte auch dieses pechschwarze Haar, das ich persönlich an ihrer Mutter so sehr liebte.“

„Nein, das wusste ich nicht. Mama erzählte nie etwas über ihre Kindheit. Wissen Sie vielleicht etwas von meinen Großeltern mütterlicherseits?“

„Nein, leider nicht besonders viel. Ich bin zwar seit über 40 Jahren der Diener ihres Vaters und war auch bei der Hochzeit ihrer Eltern zugegen, aber zu diesem Zeitpunkt lebten die Eltern ihrer Mutter nicht mehr. Sie wuchs bei einem Bruder ihrer Mutter auf. Gerüchte erzählten, dass ihr Vater ihre Mutter aus Eifersucht getötet hätte. Was aber aus ihrem Vater geworden ist, das weiß ich nicht.“

„Jean, wer hat dir von der Vorliebe meiner Mutter für blondes Haar erzählt?“

„Ihre Mutter, Madame, hatte eine Unmenge an flachsblonden Perücken in ihren Schränken. Bei den festlichen Anlässen hier auf dem Schloss verbarg sie ihre schwarzen Haare stets unter einer blonden Perücke." Und weil er grinsend sein Gesicht verzog, bohrte ich weiter und wollte wissen, an was für eine lustige Begebenheit er gerade gedacht hätte.

„O Madame, Ihr ältester Bruder hasste diese blonden Perücken über alles. Er ließ es sich nicht nehmen, Ihrer Mutter stets bei den unmöglichsten Situationen die Perücke vom Kopf zu reißen. Sie können sich diese Peinlichkeit bestimmt vorstellen. Schließlich befahl ihre Mutter, dass der junge Herluin nicht mehr bei diesen Festivitäten anwesend sein durfte." Mit diesen Worten verabschiedete sich der alte Diener meines Vaters, erhob sich und lief wieder zum Palas zurück.

Ysambert und ich waren noch viel zu jung, um bei diesen Festen teilnehmen zu dürfen, so dass wir unsere Mutter dort auch nie mit ihren blonden Perücken sehen konnten. Und doch fiel mir plötzlich eine Szene ein, dass, als mein jüngerer Bruder einst schwer erkrankt war, Mama sich während eines Festes entfernt hatte, um zu schauen, ob es meinem Bruder mittlerweile wieder besser gehen würde. Dabei trug sie zu unserer beider Erstaunen wirklich eine flachsblonde Perücke.

Und wie es das Schicksal so wollte, kam nur wenige Tage, nachdem ich diese Neuigkeiten erfahren hatte, ein junges, schlankes Mädchen mit bis zur Hüfte reichendem, flachsblondem Haar zu uns aufs Schloss, um ihre Tontöpfe und -krüge vorteilhaft verkaufen zu können. Es fing gerade an zu regnen, und ich eilte mit Dir, Antoinette, vom Garten in Richtung des Palas, wo ich das Mädchen sah, wie es von unserem Oberhofmeister mit groben Worten abgewiesen wurde und sich nach dieser Abfuhr wieder zum Ausgang begeben wollte, als der Oberhofmeister plötzlich hinter ihr herlief, um ihr schließlich doch noch sämtliche Tonwaren abzukaufen.

Wie konnte es dieses Mädchen wagen, ganz allein hier herumzulaufen, fragte ich mich entsetzt. Hatte es denn noch nie von diesen schrecklichen Geschichten über das Monster der Auvergne gehört? Ängstlich schaute ich mich um und hoffte, nirgendwo meinen Bruder zu entdecken. Vielleicht befand er sich beim Vater, dann würde er das Mädchen nicht sehen können.

Diese junge Schönheit konnte meiner Meinung nach nicht die geringste Ahnung haben, was hier in unseren Wäldern für fürchterliche Morde geschahen, denn schon eine Woche später erschien sie wieder in unserem Schloss, um ihre Tonwaren bei uns erneut loszuwerden. Und da sie anscheinend gut an uns verdiente, konnte ich sie nun regelmäßig einmal in der Woche bei uns antreffen. Meine Gebete, dass mein Bruder dieses Kind nicht erblicken würde, wurden bisher erhört. Aber eines Tages, als ich Ausschau nach ihm hielt, weil die junge Schönheit wieder bei uns war, sah ich in seinem Schlafzimmerfenster einen Schatten, der sich zurückzog, als meine Augen ihn wahrgenommen hatten. Ich rief sofort meine Zofe herbei und bat sie, auf Dich, liebe Antoinette, achtzugeben. Dann begab ich mich in die Küche, da von hier aus die Ställe sehr gut beobachtet werden konnten und harrte dort bis tief in die Nacht hinein. Aber nichts geschah. Ich kam mir schon richtig blöd vor. Warum sollte Herluin, der zwar als Kind sehr grausam gewesen war, das Monster sein? Ich hielt mich mittlerweile für völlig überspannt und versuchte, das Vorgefallene zu vergessen.

Jedoch nur wenige Tage später – es war ein grauer, regnerischer Tag, der zum Aufenthalt im Zimmer zwang – vernahm ich, als ich gerade an einer komplizierten Seidenstickerei saß, die Stimme des Mädchens, das schon wieder seine Waren anbot. Neugierig begab ich mich zum Fenster und beobachtete das schöne Kind, wie es die Tonwaren von seinem Gestell auf dem Rücken befreite und dem Oberhofmeister und seinen herbeieilenden Dienern die Kostbarkeiten überreichte. Mit dem Geld in der Hand verschwand das Mädchen, das vom Regen völlig durchnässt war, durch das Tor in Richtung des Waldes.

Ich weiß nicht, wieso ich am Fenster blieb. Gedanken versunken hatte ich in die Ferne geblickt, als ich plötzlich durch hastige Schritte aus meiner Träumerei gerissen wurde. Eine Person überquerte in Windeseile den Innenhof. Und es war niemand anders als mein Bruder, der in Richtung der Pferdeställe lief und kurz darauf, sein Pferd mit der Gerte antreibend, aus dem Burgtor galoppierte.

Ich war so überrascht über das gerade Vorgefallene, dass ich tatsächlich einige Minuten brauchte, um zu überlegen, was ich nun tun müsste. Dann jedoch rannte ich ebenfalls die Treppe hinunter und quer über den Innenhof Richtung der Ställe und bat den dortigen Knecht, auch mir ein schnelles Pferd zu satteln. Schon bald befand ich mich mit diesem außerhalb unseres Tores, vor dem ein kleiner Wald lag, durch den nur ein schmaler Weg führte. Der Hengst, erschrocken, dass ich die Gerte benutzte – was ich normalerweise als Tierquälerei ablehne –, sprengte mit mir davon.

Hinter dem kleinen Wald gabelte sich der Weg leider in zwei Richtungen, die in tiefere Wälder führten. Da die Wege in beiden Richtungen aufgewühlt und zudem beide vor kurzer Zeit benutzt worden waren, konnte ich mich nicht entscheiden, welche Richtung ich einschlagen sollte. Ich entschied mich endlich für den linken Weg. Als ich jedoch, nachdem ich schon einige Meilen im scharfen Galopp zurückgelegt hatte, immer noch niemanden entdecken konnte, – das Mädchen war schließlich zu Fuß, soweit konnte es nicht gekommen sein –, beschloss ich zurückzureiten und die andere Richtung einzuschlagen. Hoffentlich war es nicht schon zu spät, ging es mir dabei ständig durch den Kopf.

Ich befand mich erst kurze Zeit auf dem rechten Weg, als ich das Pferd meines Bruders auf mich zulaufen sah. Es war jedoch ohne Herluin. Deshalb ritt ich weiter, bis ich in der Ferne eine Menge Leute erblickte, die mit riesigen Knüppeln und anderen Gegenständen bewaffnet auf etwas einschlugen. Mein Pferd raste weiter auf sie zu, da ich – selbst völlig verblüfft – ihm keine anderen Anweisungen gegeben hatte. Erst knapp vor diesen Leuten griff ich in die Zügel, brachte mein Pferd zum Stehen und starrte in die blutbespritzten Gesichter der Bauern, die mir alle nur zu gut bekannt waren, da sie ja wöchentlich ihre Abgaben bei mir ablieferten. Sie hielten kurz inne, auf den Mann unter ihnen einzuschlagen, der sich schon nicht mehr bewegte. Nicht weit von ihnen entfernt stand das junge blonde Mädchen, heulend und zitternd.

Ich wendete mein Pferd, ohne etwas zu sagen, und raste im vollen Galopp nach Hause. Im Schloss angekommen, begab ich mich, nachdem ich mein Pferd wieder zum Stall zurückgebracht hatte, trotz des strömenden Regens ans Grab meiner Mutter.

Die Bauern hatten dieses Mädchen nur als Köder benutzt. Sie hatten anscheinend schon längst gewusst, dass mein Bruder das Monster der Auvergne war.

Mutter hatte also mit ihren Befürchtungen recht behalten.

Am späten Abend brachten die nach ihrem Herrn ausschauenden Diener unseres Schlosses die zu Brei geschlagene Leiche meines Bruders heim. Nichts an seiner kostbaren Kleidung war gestohlen worden. Herluins Diener standen vor einem Rätsel. Sie vermuteten natürlich Räuber. Ich fügte deshalb hinzu, dass sie wohl recht hätten. Vermutlich wären die Räuber gestört worden. Vielleicht durch sie. Mit dieser Begründung gaben sie sich zufrieden und beschlossen, in den nächsten Tagen nach den Mördern zu suchen. Vielleicht hielten sich die Räuber ja noch weiter in unserer Umgebung auf.

Jeanne, die zum ersten Mal seit meiner Ankunft von allein ihr Zimmer verlassen hatte, schritt auf die völlig entstellte Leiche Herluins zu, kniete sich nieder und streichelte sein von den Schlägen zerfetztes und von einer Axt zerspaltenes Gesicht. Schließlich versuchte sie, die blutige Fleischmasse meines Bruders zu umarmen. Nur mit Mühe konnten wir sie, die wie eine Wilde um sich zu treten begann, von der Leiche entfernen.

Noch in der Nacht ließ ich meinen ältesten Bruder neben unserer Mutter auf dem Burgfriedhof beerdigen.

Meinem Vater wurde auf meine Anweisung hin nichts erzählt. Ich wollte ihm in seiner schwierigen gesundheitlichen Situation nicht noch mehr Kummer zufügen. Drei Tage später verschied er ebenfalls.

Es war ein heißer, unerträglich schwüler Julitag, als Gott sich nämlich endlich entschied, ihn von seinen Qualen zu befreien. Eigentlich wollte ich ihn nach altem Brauch noch 24 Stunden in seinem Zimmer liegen lassen, bevor er am nächsten Tag beerdigt werden sollte. Aber seine Leiche begann im Laufe des Tages so schnell zu verwesen, dass ich die Diener schließlich bat, noch am Nachmittag die bereits aufgetriebene, jede menschliche Form verlorene Leiche meines Vaters der Erde zu übergeben.

Die Bauern, die ich noch vor wenigen Tagen bei ihrer blutigen Arbeit gesehen hatte, sprachen mir ihr Bedauern aus und dankten mir für alles. Sie hatten mich anscheinend richtig eingeschätzt. Ja, ich verriet sie nie. Nur Papa und Dir habe ich bisher die Wahrheit über den Tod meines Bruders gestanden.

Unser Besitz fiel, da kein männlicher Nachkomme mehr vorhanden war, an das Königshaus zurück. Heinrich III. übertrug es an seinen Neffen Karl, den unehelichen Sohn von Karl IX., der seit seiner Geburt im Jahre 1573 in der königlichen Familie lebte und der für die Königinmutter und den König selbst die einzige große Freude in ihrem Leben war.

Meine Freundin und Schwägerin Jeanne, die unheilbar an ihrer Seele erkrankt war, übergab ich den fürsorglichen Schwestern des Klosters La Chaise-Dieu, das nicht weit von unserem Schloss entfernt war und in dem noch zwei Schwestern meines Vaters als Nonnen lebten.

Ich selbst begab mich Ende Juli mit Dir, lieber Antoinette, meiner Kammerzofe und einer Eskorte berittener Soldaten endlich Richtung Avel. O hatte ich eine Angst, Antoinette, Papa wiederzusehen.

Ich kam mir mit meinen 26 Jahren so fürchterlich alt vor. Außerdem hatte ich in den letzten Jahren etwas zugenommen. Avel war dagegen erst 16 Jahre jung. Scheiden lassen konnte er sich von mir seit zwei Monaten nicht mehr. Sein Vater war mit seinen Kindern wieder zum Katholizismus konvertiert. Was die Begegnung mit ihm für mich nicht leichter werden ließ.

Als unsere Kutsche in den Innenhof seines Schlosses einfuhr, war mir ganz flau im Magen, und das Herz schlug mir bis zum Hals. Mit wackligen Beinen, die bei jedem Schritt zusammenzusacken drohten, stieg ich die Stufen der Kutsche hinab und war sichtlich froh, als mein Schwiegervater mir hilfsbereit die Hand anbot. Anne und Avel – und natürlich seine vielen Hunde – stürzten auf uns zu. Meine Schwägerin drückte mir einen Kuss auf die Wange und nahm Dich,

Antoinette, sofort auf den Arm, um Dich gehörig zu schmusen. Avel stand hinter ihr und blickte mich lächelnd an. Ich wurde abwechselnd rot und weiß und zitterte am ganzen Körper. Er hatte sich so sehr verändert. Mittlerweile überragte er mich gut anderthalb Köpfe, hatte breite Schultern und einen athletischen, schönen und männlichen Körperbau. Seine dunklen, sanften Augen waren jedoch noch immer von den längsten, seidigsten und dichtesten Wimpern umgeben, die ich jemals mit Ausnahme bei meinem Bruder Herluin gesehen hatte. Sein Mund war so sinnlich, weich und zart, seine blonden, vom Wind zerzausten Haare umrahmten sein fein geschnittenes Gesicht.

Nur stammelnd konnte ich seine Fragen über den Verlauf der Reise beantworten. Nervös fingerte ich dagegen ständig an meinem Kleid herum, bis Avel meine Hände ergriff und sie in seinen weichen, warmen und zärtlichen Händen endlich ruhigstellte. Schließlich begleitete er mich auf mein bzw. unser Zimmer, das er selbst eingerichtet hatte. Rosensträuße füllten das Schlafgemach, das mit blau-goldener Seide geschmückt worden war. Das Himmelbett wies goldene Schwäne auf blauem Untergrund auf. Ich war wirklich überrascht, ein so bezauberndes Zimmer für mich vorzufinden. Avel erklärte mir, dass er die Bitte in meinen Briefen berücksichtigend erst einmal noch bei seinem Vater übernachten würde, bis ich ihm erlauben würde, bei mir zu schlafen. Zuerst sollte ich mich jedoch von der anstrengenden Reise erholen, denn um 8 Uhr am Abend würde mich schon die erste gemeinsame Mahlzeit erwarten.

In meiner großen Truhe, die die Diener wenig später hineintrugen, suchte ich nach meinem himmelblauen Atlaskleid, das über und über mit roten und gelben Stickereien besetzt war, die Flammen und fliegende Schmetterlinge darstellten, und in dem ich, wie die Königinmutter und auch Heinrich III. meinten, sehr gut aussah, und begab mich dann – natürlich ohne geschlafen oder geruht zu haben, dazu war ich viel zu aufgeregt – in den großen Saal, wo das Abendessen stattfinden sollte. Leider musste Avel mir gegenübersitzen, was mich so nervös machte, dass ich kaum einen Bissen vom Teller in den Mund bekam. Ständig fielen mir die Happen wegen meiner zitternden Hände vom Löffel herunter, so dass ich schon ganz verzweifelt war. Avel schien es zu genießen, mich dermaßen durcheinanderzubringen und schob mir schließlich etwas von seinem Essen in den Mund. Natürlich konnte er sich sein schönes Lächeln dabei nicht verkneifen. Als ich schließlich meine rechte Nachbarin noch beschmutzte, da ich aus Versehen mein Glas Rotwein umwarf, war mir fast zum Weinen zumute. Was sollte Avel letztendlich von mir denken! So blöd und dumm hatte ich mich doch noch nie benommen!

Nach dem Mahl wurden die Tische und Stühle entfernt, und die Musikanten erschienen mit ihren Instrumenten. Bis tief in die Nacht hinein wurde schließlich im vertrauten Kreise der Familie und der Freunde des Hauses die Pavane, der Branle, die Galliarde, die Courante und die unanständige Volte getanzt, bei der der Herr die Dame mit beiden Händen voll anfassen durfte, um mit ihr den hohen Sprung auszuführen.

O Antoinette, wie war ich in Papa vom ersten Augenblick an schon verliebt.

Die nächsten Tage verbrachten wir beide in seinem Garten oder ritten aus, besuchten Freunde von ihm oder picknickten mit Dir zusammen im Wald. Avel fand, dass ich mir nun keine Sorgen mehr machen müsste, dass ich keine Kinder auf die Welt bringen könnte, schließlich hätte ich doch eines, nämlich Dich, und dabei strich er mir so zärtlich durch mein Haar. Plötzlich war auch ich versucht, die Hand auszustrecken und seine weiche Wange zu berühren. Aber aus Angst, dass Avel sich vielleicht durch diese Geste zu weiteren Handlungen aufgefordert fühlen könnte, ließ ich es sein.

Eines Abends überredete er mich jedoch, eine kleine Bootsfahrt am See mit ihm zu unternehmen. Der Vollmond schien und tauchte alles in sein wohltuendes Licht. Auf dem Kieselweg zum Bootsanlegeplatz ergriff Avel meine Hand und führte sie zu seinem

Mund, um sie mit kleinen, zärtlichen Küsschen zu versehen. Ein unbeschreiblich prickelndes Gefühl bemächtigte sich meines Körpers und ohne groß zu überlegen, gab ich ihm einen langen Kuss auf seine Wange.

„Avel, Du großer Verführer!“ flüsterte ich ihm zu.

„O Madeleine, ich kann noch mehr ...“ Aber bevor er seinen Satz beenden durfte, küsste ich zärtlich seine weichen Lippen und fragte, um das mir mittlerweile peinlich gewordene Thema zu wechseln, nach dem Boot.

Nicht weit entfernt von uns befand sich das kleine Ruderboot, das mächtig zu schaukeln begann, als Avel es als Erster bestieg. Helfend streckte er mir seine Hand entgegen und zog mich ebenfalls hinüber. Wir ließen uns an den entgegengesetzten Enden des stark schwankenden Bootes nieder, und Avel tauchte sacht die Ruder ein, um uns mit sanften Schlägen von dem Ufer zu entfernen. Die Seelilien hatten schon längst wieder ihre Blüten geschlossen, aber alles andere, die quakenden Frösche, die singenden Vögel und die funkelnden Sterne am Himmelszelt ließen mich nicht unberührt. Mitten im See hielt Avel inne und streckte seine Hände nach mir aus, um mir mit seiner rechten Hand liebkosend durchs Haar und mit der linken über die Wange zu streicheln. Die Augen schließend genoss ich die Zärtlichkeiten seinerseits, bis er plötzlich aufstand und zu mir hinüber wollte. Dies jedoch wurde unserem kleinen Boot zu viel, und es warf uns beide hinaus.

Ich hatte – Gott sei Dank – nur ein leichtes Kleid ohne Hüftkissen an, sonst wäre ich wohl unweigerlich ertrunken. Ich habe nämlich schon von so vielen Unfällen gehört, wo Damen nur wegen ihrer voluminösen Kleidung sterben mussten, die sich voll Wasser saugen und die Unglücklichen wie schwere Steine in die Tiefe ziehen.

Avel schien durch unseren Unglücksfall richtig betrübt gewesen zu sein und klagte sich ständig selbst an, dass durch seine Schuld der wunderschöne Abend verdorben worden wäre. Seine Hände lagen um meine Taille, um zu verhindern, dass ich doch noch ertrinken würde. Aber er schien schon bald völlig vergessen zu haben, wo wir uns befanden, da er mich mitten im See erneut zu küssen begann.

„O Madeleine, ich weiß, ich bin schlimm, aber ich habe so ein wahnsinniges Verlangen nach Dir!“

„Ich auch, Avel!“ war meine schüchterne Antwort, als ich ihn nun ebenfalls zu küssen begann. Wir schwammen, ohne noch etwas hinzuzufügen ans Ufer, rannten wie kleine Kinder zum Schloss, wo Avel mich hochhob, einen Arm um meine Schultern legte, den anderen unter die Knie schob und mich hurtig die

Schlosstreppe hinauftrug. In unserem Schlafzimmer konnten wir uns nicht schnell genug von den nassen Kleidungsstücken befreien. Avel trug mich schließlich in unser weiches Bett, in dem wir unsere Liebesspiele begannen. Die nächsten Wochen waren wir selten zu sehen, da wir voneinander nicht genug bekommen konnten. Es fiel uns auch hinterher sehr schwer, nicht ständig vor anderen Leuten Zärtlichkeiten auszutauschen. Vielleicht sind Papa und ich deshalb so gern allein.

Im Herbst 1582 bin ich mit Avel und Dir noch einmal nach Paris gefahren, um der Königinmutter offiziell mitzuteilen, dass ich nun bei meinem Gatten und meiner Tochter leben möchte. Katharina de' Medici ging es zu dieser Zeit wieder einmal nicht gut, denn sie hatte vor Zahnschmerzen eine dick geschwollene Backe. Heinrich III. und Louise waren leider nicht anwesend. Louise schmückte gerade die Marienaltäre einiger Wallfahrtskirchen, und Heinrich befand sich wieder zu Fuß auf einer Pilgerreise.

Franz-Hercule machte sich derweil zum zweiten Mal auf den Weg zur englischen Königin, die sich immer noch nicht entschließen konnte, „ihrer großen Liebe" die Hand fürs gemeinsame Leben zu reichen. Die Königinmutter hatte mittlerweile starke Bedenken, dass dies jemals geschehen würde. Und Marguerite, die sich auf dem Weg nach Paris befand, hatte bereits wieder genug von ihrem stinkenden Gatten, der erst im letzten Jahr ihre schönste Hofdame geschwängert hatte.

Nach vier Wochen begaben wir drei uns wieder auf die Heimreise, und ich war überglücklich, diesmal den königlichen Hof für immer verlassen zu dürfen, da mein neues Zuhause nun bei Avel und bei Dir, Antoinette, war. Die Königinmutter rief mir zum Abschied noch zu, dass ich bloß nicht vergessen sollte, dass es ein großes Glück wäre, gleichzeitig verliebt und verheiratet zu sein. Ja, ich wusste es und dankte Gott aus ganzem Herzen. Wenn doch nur noch diese Kriege aufgehört hätten, dann wäre ich 1582 der glücklichste Mensch auf Erden gewesen.

XVIII

Die Jahre 1583 und 1584 verliefen bis zum Tode von Franz-Hercule am 10. Juni 1584 so vielversprechend, dass wir trotz der weiteren Pestausbrüche und Seuchenzüge, die unser geliebtes Vaterland heimsuchten, Hoffnung auf das baldige Ende dieser unglücklichen Zeit der Bürger- bzw. Religionskriege haben durften.

Aber mit dem Tode von Katharina de' Medicis jüngstem Sohn, der wie Karl IX. an Tuberkulose gestorben war und der keinen Nachwuchs hinterlassen hatte, denn aus seiner Ehe mit der englischen Königin oder einer anderen hohen Adligen war nie etwas geworden, begann das schwerste Leid in Frankreich. Heinrich III. hatte nämlich immer noch keinen Sohn gezeugt und schien auch in Zukunft, wenig Zuversicht besessen zu haben, Vater werden zu können, denn er war bereit, Heinrich von Navarra als „seinen einen und einzigen Erben" anzuerkennen, wenn dieser sich bereiterklären würde, erstens als Königlicher Generalleutnant am königlichen Hofe zu leben und zweitens wieder katholisch zu werden. Heinrich von Navarra lehnte jedoch ab, diese zwei Bedingungen zu erfüllen.

Gegen Ende des Jahres 1584 schlossen daraufhin Heinrich von Guise, sein Bruder Karl von Mayenne und die ligistischen Adligen mit Philipp II. von Spanien ein Bündnis zur „Verteidigung und Bewahrung der katholischen Religion“, das sich drei Ziele setzte: 1. die Ausrottung der protestantischen Häresie, 2. die Durchsetzung der Legitimität des betagten Kardinals Karl von Bourbon, eines Onkels von Heinrich von Navarra, damit er der Nachfolger von Heinrich III. werden konnte, und 3. der Aufstieg Heinrichs von Guise zum Oberbefehlshaber der königlichen Truppen.

Im März 1585 verkündeten die Ligisten schließlich laut und deutlich ihre Forderungen, die sie, falls nötig, mit Waffengewalt durchsetzen wollten. Die Königinmutter musste deshalb wieder zwischen ihrem königlichen Sohn und dem Ligistenführer, Heinrich von Guise, zu schlichten versuchen.

Aber sie hatte nicht die geringste Chance, einen wirklichen Kompromiss zu erzielen. Die Ligisten waren dank der reichlich fließenden spanischen Hilfsgelder sehr mächtig geworden, so dass am 7. Juli 1585 das Edikt von Nemours verkündet werden musste, das erneut zum Krieg zwischen den Hugenotten und den Katholiken führen sollte. Heinrich III. hatte nämlich in diesem Erlass die protestantische Religion verboten und Heinrich von Guise die militärische Gewalt übergeben.

Die Hugenotten sollten zukünftig von allen öffentlichen Ämtern ausgeschlossen bleiben, die protestantischen Geistlichen hatten zudem innerhalb eines Monats unser Königreich zu verlassen, und alle Untertanen, die nicht bereit waren, sich innerhalb der nächsten sechs Monate zum Katholizismus zu bekehren, hatten außerdem mit der Verbannung aus Frankreich zu rechnen.

Am 18. Juli konnten die Ligisten Heinrich III. noch zwingen, Heinrich von Navarra „gänzlich und für alle Zeiten“ von der Thronfolge auszuschließen.

Als Papst Sixtus V. am 9. September Heinrich Stinkefuß in der Bulle „Ab immensa“ zusammen mit seinem Cousin Heinrich von Condé für exkommuniziert erklären ließ, waren viele unserer Landsleute über diese papistische Einmischung sehr ungehalten, und viele wichtige Führer setzten sich trotz ihrer katholischen Gesinnung langsam von der Liga ab und liefen zum König von Navarra über.

Auch Avel war wütend über diesen „spanischen Pensionär“, wie er Heinrich von Guise zu bezeichnen pflegte, und schlug sich auf Heinrich Stinkefuß’ Seite, der mittlerweile bereits Schweizer und Niederländer angeheuert hatte.

Und während die Ligisten ihre Fahnen mit dem Spruch „Unser Kampf geschieht zu Ehren Gottes“ schmückten, dabei jedoch die Religion nur als Vorwand benutzten, um unser Land zu ruinieren, wurden die Protestanten, unsere Brüder und Schwestern, von Haus und Hof verjagt, ihre Besitztümer beschlagnahmt und preisgünstig verkauft.

Die nächsten drei Kriegsjahre waren für mich die schlimmsten dieser konfessionellen Kämpfe. Die Ligisten nahmen Städte wie Châlons und Dijon ein und überrannten ganze Provinzen wie die Picardie, Burgund und unsere Bretagne.

Unser schönes Land wurde von diesen barbarischen Truppen verwüstet und besetzt, Dörfer wurden grausam überfallen, Kirchen niedergebrannt, unzählige Häuser und Hütten geplündert und angezündet, Öfen und Mühlen zerstört, Ernten verbrannt, Vieh weggetrieben, Wasser verschmutzt, Frauen und kleine Mädchen vergewaltigt und die männlichen Bewohner, die wie Avel zu Heinrich von Navarra standen, enthauptet, erdrosselt, erhängt, aufgeschlitzt und ausgeweidet, verbrannt, zerhackt, angenagelt, aufgespießt, durch Hunde und Schweine zerrissen, bei langsamem Feuer gebraten oder mit kochendem Wasser begossen. Den Toten schnitten sie hinterher noch die Nasen ab, rissen die Augen aus, zertrümmerten die Zähne und Kiefer mit Steinen und steckten die männlichen Glieder als Trophäen in ihre Beutel ein.

Ich sah dies alles mit meinen eigenen Augen! Und nicht nur die regulären Soldaten verheerten unser Frankreich. Auch Verbrecherbanden begannen, unsere Wege und Höfe zu terrorisieren.

Im Dezember 1586 versuchte die Königinmutter, noch einmal zwischen den Fronten zu vermitteln. Leider hatte sie keinen Erfolg. Ihre Tochter Marguerite, die bis zum Tode von Franz-Hercule doch stets mit den Protestanten zusammengearbeitet hatte, hatte mittlerweile das Lager gewechselt und war auf der Seite der Feinde ihres königlichen Bruders und ihres Gatten, also der Guisen, zu finden. Sie griff sogar aktiv in den Kampf ein, indem sie ihre kleine Truppe von 1.200 Soldaten gegen Tonneins warf.

Zu all diesem Leid verwüsteten im Jahr 1586 auch noch starke Überschwemmungen unser geliebtes Vaterland. Häuser und Brücken wurden niedergerissen, und alles Land zwischen Roanne und Nantes stand unter Wasser. Als die Fluten endlich wichen, war überall der Geruch von Verwesung wahrzunehmen. Die Ernten waren dahin, die Felder waren mit schwarzem dickem Schlamm überzogen, die Kadaver ertrunkener Kühe, Schafe und Schweine und die aufgetriebenen Leiber von Männern, Frauen und Kindern bedeckten die Erde.

Ja, liebe Antoinette, zu den Plagen Krieg und Pest gesellte sich nun auch noch der Hunger. Die Menschen begannen, Gras oder halbreifes Getreide in ihre Münder zu stopfen. Mit den Fingernägeln und Zähnen wurden die dürftigen Kräuter von den Wiesen gerupft, aus Wurzeln, Sauerampfer, Laub, Schuhleder, Holzspänen und Pferdeknochen versuchten die Mütter, für ihre abgemagerten Kinder mit ihren aufgeblähten Bäuchen Suppen zu kochen. Frisch beerdigte Leichen wurden aus ihren Särgen auf den Friedhöfen gestohlen und verspeist. Und zuweilen wurde berichtet, dass Mütter ihre Neugeborenen getötet hätten, um ihre anderen Kinder und ihre Ehemänner vor dem Hungertod zu bewahren.

Papa und ich haben unsere sämtlichen Vorräte mit unseren Bauern geteilt, bis wir schließlich selbst kaum noch etwas zu essen hatten. Gewiss erinnerst Du Dich, liebe Antoinette, noch an diese harte Zeit. Wir sahen mit unseren spitzen Nasen, den blassen Gesichtern, den großen, eingesunkenen Augen und mageren Fingern mehr Gespenstern und Schatten als Menschen ähnlich.

Auch Papa, der sich im Heerlager von Heinrich von Navarra befand, ging es nicht besser, denn bei den Soldaten hatte sich der Nahrungsmangel ebenfalls bemerkbar gemacht. Außerdem brach des Öfteren die Ruhr aus und forderte Hunderte von Todesopfern.

O, ich hatte solche Ängste um Avel. Die Waffen nehmen doch ständig an Kaliber und Durchschlagskraft zu! Wohin soll das noch führen!!!

Im September 1587 erreichte die kriegerische Auseinandersetzung zwischen den Katholiken und den Hugenotten ihren Höhepunkt. Die Ligisten verfügten dabei dank der spanischen Hilfsgelder über eine schlagkräftige, gut ausgerüstete und gut ernährte Armee. Die Truppen des Königs befanden sich in Touraine, und die Armee des königlichen Günstlings Anne, Herzog de Joyeuse, war für eine große Schlacht im Süden bereit. Im Vergleich dazu wirkte die Armee von Heinrich von Navarra, in der Papa sich befand, eher klein, bäuerisch und von Hunger und Seuchen erschöpft. Eigentlich war sie nur für kleine Scharmützel und Streifzüge geeignet.

Aber am 20. Oktober 1587 siegten die Hugenotten bei Coutras haushoch über die Armee von Joyeuse. Zu unerwartet traf diesen der protestantische Widerstand. Seine Streitkräfte brachen auseinander und zersprengten sich. Bevor der Tag vorüber war, lag der Günstling Heinrichs III. mit seinem überladenen Federputz auf dem Schlachtfeld. Zwei Wochen später rächte Heinrich von Guise dessen Tod in den fruchtbaren Auen der Beauce.

Papa war jedoch nicht dabei, denn ihm hatte schon in der Schlacht bei Coutras eine Kanonenkugel seinen linken Oberschenkel zerschmettert.

Als mir einer seiner Diener bereits zwei Tage später diese grausame Nachricht mitgeteilt hatte, verließ ich fluchtartig – nur mit meinen Medikamenten versehen – unser Zuhause. O, wie bat ich Gott, mir nicht das Licht meines Lebens zu nehmen. Wie sollte ich ohne ihn jemals wieder glücklich werden können. Deinen und Papas Tod würde ich niemals überwinden!

Als ich mich dem Feldlager genähert hatte, waren von Ferne noch donnernde und pfeifende, zischende Kanonen- und Gewehrkugeln zu hören. An Hunderten von Zelten, Pferdereihen, Wagenkolonnen, Artilleriegeschützen und unzähligen verletzten Soldaten vorbei bahnte ich mir den Weg zu Papa. Und wie bestürzt war ich, als ich ihn dann bewusstlos vor mir liegen sah. Eine Amputation hatte vorgenommen werden müssen, da die Gefahr von Wundbrand bestand. Der Arzt – Gott sei dank ein Schüler von Paré – tröstete mich, dass Papa es bestimmt schaffen würde und erzählte mir stolz, dass dieser bei der Operation die Kerze aus der Hand seines anwesenden Dieners genommen hätte, nachdem diesem beim Anblick des verwundeten Beines schlecht geworden wäre, und sich selbst zur Operation so lange geleuchtet hätte, bis der große Schmerz ihn in Ohnmacht fallen ließ.

Ich saß vier Tage voller Bangen neben Papas Bett, wusch ihn, wechselte ständig die Breiumschläge auf seiner großen Wunde am Beinstumpf, hielt seine linke Hand und bat fortwährend flehentlich zu Gott um sein Leben. Als sein Fieber trotzdem immer weiter stieg, verlor ich meine bisher bewahrte Standhaftigkeit und heulte, schrie und wimmerte ohne Unterlass. Der Arzt verabreichte mir ein Opiumgetränk und ließ mich ständig überwachen, da er befürchtete, dass ich mir – falls ich in meinem Leid völlig verzweifeln würde – etwas antun könnte.

Wie überaus glücklich ich war, als Papa endlich zu gesunden begann und schließlich zum ersten Mal wieder die Augen aufschlug, kannst Du Dir bestimmt vorstellen, Antoinette.

Seit dieser Zeit habe ich Papa nie wieder an einem Krieg teilnehmen lassen.

XIX

Mitte Dezember 1588 erhielt ich von der Königinmutter einen langen, traurigen Brief, in dem sie mich bat, sie noch einmal zu besuchen, um von mir Abschied nehmen zu können. Seit längerer Zeit war sie häufig schwer erkrankt gewesen und litt nun seit Oktober an einer Lungenentzündung, von der sie glaubte, sich nicht mehr erholen zu können. Ihr Lebenswille schien verloren gegangen zu sein. Deshalb machte ich mich auch sogleich mit einer schwerbewaffneten Eskorte auf nach Blois. Kälte, Hunger und Überschwemmungen suchten noch immer unser geliebtes Frankreich heim.

Augenblicklich befand sich das Königshaus der Valois am tiefsten Punkt seiner Geschichte, denn die Guisen, die Heinrich III. im Mai mit ihrer pöbelhaften Anhängerschaft aus Paris vertrieben hatten, sprachen ganz offen davon, den letzten König dieser Dynastie zu stürzen und ihn wie den letzten Merowinger ins Kloster zu stecken, um sich danach selbst die Krone Frankreichs aufs Haupt zu setzen. Katharina de Guise, nun Herzogin de Montpensier, deren Liebe zu Heinrich III. von diesem nie erwidert worden war und die ihn deshalb abgrundtief hasste, trug schon seit Jahren an ihrem Gürtel für jedermann sichtbar eine goldene

Schere, mit der sie dem König eine Tonsur verpassen wollte.

Als im August 1588 der große Kampf zwischen Spanien und England ausgebrochen war und die große spanische Armada, bestehend aus 132 Schiffen und 30.000 Mann Besatzung, von den Engländern vernichtend geschlagen werden konnte, hatten wir alle ein wenig aufzuatmen begonnen. Bei einem spanischen Sieg wäre es wohl nur noch eine Frage von Wochen gewesen und wir wären ebenfalls zu einer spanischen Kolonie herabgesunken.

Am Sonntag, den 22. Dezember, traf ich am späten Nachmittag in Blois ein. Heinrich III. begrüßte mich höchstpersönlich. Wie in alten Tagen hakte er sich bei mir ein, als er mich in das mir so vertraute Schloss zog. Äußerlich hatte er sich jedoch sehr verändert. Seine Haare waren mittlerweile völlig weiß geworden, sein bleiches Gesicht und sein Hals bedeckten vernarbte Geschwüre als Überbleibsel seiner Geschlechtskrankheit, und wie ein alter Mann lief er trotz seiner erst 37 Jahre tief gebeugt. Er führte mich zuerst zu der Königinmutter, die sich in ihrem Bett im ersten Stockwerk sehr über mein Erscheinen freute. Mit Tränen in den Augen umarmte sie mich, küsste mich auf die Wangen und konnte sich von mir kaum trennen. Ihr heißes Gesicht, das mich bei der stürmischen Begrüßung berührte, glühte dabei vor Fieber. Neben ihrem Bett befand sich ihr langjähriger Arzt und alter italienischer Freund Cavriana.

Nachdem sie mich über die Gesundheit Papas und über Deine Lernerfolge ausgefragt hatte, erzählte sie noch von ihrem Enkel Karl, der sie wohl als einziges Familienmitglied regelmäßig am Krankenbett besuchte. Sonst gab es leider nur traurige Nachrichten mitzuteilen. Ihre ehemalige Schwiegertochter, Maria Stuart, war, nachdem ihr nachgewiesen werden konnte, dass sie an einer Verschwörung gegen Elisabeth I. beteiligt gewesen war, im Februar letzten Jahres das Haupt abgeschlagen worden. Marguerite, Katharina de' Medicis noch einzige lebende Tochter, fristete hingegen ihr Leben seit zwei Jahren wegen ihres Hochverrates gegenüber ihrem königlichen Bruder in der entlegenen Festung von Usson in der Limagne. Heinrich III. selbst ließ sich bei seiner Mutter, die ihn doch so abgöttisch liebte, kaum noch sehen.

Spät in der Nacht verließ ich zusammen mit Cavriana das Schlafgemach der Königinmutter und begab mich in ein Zimmer neben ihrem. Ich schlief nur sehr schlecht, wie es mir ja mittlerweile immer geht, wenn Papa nicht an meiner Seite ruht. Mitten in der Nacht hörte ich Schritte und Stimmen in dem Stockwerk über mir, die nicht verstummen wollten.

Ziemlich unausgeschlafen stieg ich somit am nächsten Morgen um kurz nach sechs Uhr aus dem Bett, um die

Königinmutter zu waschen und um ihr einen heißen Brei zu reichen, so wie ich das auch früher, wenn sie erkrankt war, getan hatte. Nachdem ich ihr ihre Medizin verabreicht hatte und hinausgehen wollte, stieß ich mit dem fröstelnden Heinrich von Guise zusammen, der vollkommen unpassend zu dieser kalten Jahreszeit nur ein graues, dünnes Satinwams trug. Außerdem sah er völlig übermüdet aus, da er die Nacht wohl wieder mit einer von Katharina de' Medicis Kurtisanen verbracht hatte. Er wollte der Königinmutter schon am frühen Morgen vor Beginn der Ratsversammlung, die an diesem Tag abgehalten werden sollte, einen Besuch abstatten. Da jedoch die Königinmutter gerade endlich einmal von ihrem krampfhaften Husten befreit zu sein schien und schlafen wollte, bat ich ihn, den Besuch auf später zu verschieben.

Als ich die Treppe hinunterlief, um dem Koch Anweisungen für eine spezielle italienische Suppe zu geben, die die Königinmutter über alles liebte, stieß ich fast mit Ludwig von Guise, nun Kardinal von Lothringen, zusammen, der mich trotz unserer gemeinsam verbrachten Kinderjahre nicht wiederzuerkennen schien oder wollte. Er hastete jedenfalls, ohne mich zu begrüßen, mit dem Erzbischof von Lyon die Treppen zum Ratssaal hoch.

Nachdem ich einige Minuten mit dem Koch geredet hatte und mich wieder auf mein Zimmer begeben wollte, bemerkte ich, dass sich die königlichen Bogenschützen längs der großen Treppe aufgestellt hatten und sämtliche Ausgänge – besonders die Tür zum Ratssaal – streng bewachten. Als Heinrich von Guises Sekretär Péricard zu seinem Herrn durchgelassen werden wollte, wurde er von diesen bewaffneten Männern brutal zurückgestoßen. Ich fühlte, dass irgendetwas nicht stimmte.

Kurz nach acht Uhr hörte ich dann in meinem Zimmer, das sich wie das Schlafgemach der Königinmutter unter den privaten Gemächern Heinrichs III. befand, lautes Getrampel und dumpfe, leise Schreie. An diesem Tag bekamen die Königinmutter, die durch diesen Tumult erwacht war, und ich trotz intensiven Fragens nichts heraus. Erst am nächsten Tag, dem 24. Dezember, teilte uns Heinrich III. persönlich mit, dass er sowohl Heinrich von Guise als auch dessen Bruder Ludwig hätte ermorden lassen. Ihre Leichen wären bereits verbrannt und ihre Asche in die Loire gestreut worden.

„Mama, ich habe es geschafft. Jetzt habe ich keinen Rivalen mehr. Der König des Pariser Pöbels ist endlich tot.“

„Sohn, was hast Du getan? Glaubst Du wirklich, dass Du durch das Ermorden dieser Guisen von Deinen

Problemen erlöst werden kannst? Die nächste Generation dieser ehrgeizigen Familie wird wie üblich in die Fußstapfen der Ermordeten treten, und Du wirst um Dein Leben fürchten müssen!“

„Mama, ich habe das einzig Richtige getan. Du hast doch einmal selbst gesagt, es ist erlaubt, ja, es ist sogar gut, die Ruhe aller Menschen durch die Ermordung eines Einzelnen, der die Ruhe stören will, zu gewährleisten!“

„Heinrich, erinnere mich nicht an diesen schrecklichsten Fehler in meinem Leben. Ich hatte tatsächlich geglaubt, unser Frankreich vor einem furchtbaren Krieg gegen Spanien retten zu können, indem ich den Mordauftrag gegen Coligny unterstützte. Aber hast Du nicht gesehen, was sich daraus entwickelt hat? Tausende unschuldige Menschen mussten aufgrund meines Irrtums sterben. Du kannst das Böse so nicht ausrotten, Junge, Du musst die Menschen vom Guten überzeugen!“

Nachdem die Königinmutter von ihrem Liebling noch erfahren hatte, dass außerdem der junge Sohn Heinrichs von Guise, der Prinz von Joinville, der Erzbischof von Lyon und der Kardinal Karl von Bourbon verhaftet worden seien, flehte sie um deren sofortige Freilassung. Heinrich fand sich dazu jedoch nicht bereit.

Als ihr Sohn uns verlassen hatte, bat mich die Königinmutter, ihr beim Aufstehen zu helfen. Sie wollte unbedingt den Kardinal von Bourbon persönlich sprechen. Nur mit Mühe konnte sie auf den Beinen stehen, als ihre Kammerzofen ihr die erst vor kurzem erwärmte Wäsche überstreiften. Zusammen mit Cavriana und mir begab sie sich schließlich zum Kardinal von Bourbon, der sie jedoch, ohne sie auch nur anzuhören, sofort anschrie: „O Madame, das sind die Taten von Ihnen, den Streich haben Sie geführt. Madame, Sie töten uns alle!“ Katharina de’ Medici versuchte vergeblich, sich von dieser ungerechtfertigten Anschuldigung durch Anrufung Gottes freizusprechen. Ich zog sie schließlich aus dem Gefängniszimmer des uneinsichtigen Kardinals heraus und begab mich mit ihr zurück zum Schloss.

An diesem Tag wurde sie noch kränker. Sie hatte ihre Freude am Leben völlig verloren und weinte nur unaufhörlich in ihre Kissen. Auch Cavriana, der sie zu trösten versuchte, hatte kein Glück.

O Antoinette, wie ungerecht die Menschen sein können! Was für bitterböse Lügen sie über unsere Königinmutter in Umlauf gebracht haben. Sie hätte angeblich schwarze Teufelskünste betrieben und mit tückischen Giften hantiert. Leider bleibt jedoch bei jedem Gerücht etwas zurück, auch wenn es alles erlogen ist. Skrupellos benutzten ihre Gegner die giftigen Waffen von Lüge, Verleumdung und Hetze. Dabei wollte die Königinmutter doch stets nur das Beste für unser Land. Für die Mehrheit ihrer Untertanen blieb sie, obwohl sie nun schon 54 Jahre in Frankreich weilte, eine Fremde. Ja, man nannte sie sogar Isebel nach jener grausamen biblischen Frau, die die Propheten Gottes töten ließ.

Am 5. Januar 1589 bat mich die Königinmutter erneut zu sich. Sie wollte ihren Letzten Willen schriftlich festhalten lassen und benötigte mich als einen ihrer Zeugen. Marguerite, ihre letzte Tochter, ging leer aus. Ihren Besitz, ihre Schlösser, Lehnsherrschaften, Ländereien und Domänen, Juwelen, Möbel und Renten, sollten ihre Enkelin Christine, die älteste Tochter ihrer verstorbenen Tochter Claude, und ihr Enkel Karl, das uneheliche Kind Karls IX., erhalten. Ihrer Schwiegertochter Louise vermachte sie das Schloss von Chenonceau samt dem Mobiliar. Und mir übergab sie ihr wertvolles Herzmedaillon, das sie selbst von ihrer Mutter kurz vor deren Tod erhalten und das sie seitdem zeitlebens getragen hatte.

Im Laufe des Nachmittags schlief sie sanft – ohne mit den Gliedern zu zucken und ohne den schrecklichen Todesblick in ihren Augen – in den Armen von Cavriana ein.

Ihr großer Wunsch, in der prächtigen Gruft in Saint-Denis beigesetzt zu werden, die sie hatte erbauen lassen und in der auch ihre verstorbenen Söhne und ihr Gatte ruhten, konnte von Heinrich III. leider nicht erfüllt werden. Der Pöbel in Paris ließ dies nicht zu. „Die Sechzehn“, ein Rat, der seit gut zwei Jahren die ligistischen Interessen in Paris vertrat und der wie eine Nebenregierung im Königreich herrschte, ließen nämlich laut verkünden, dass, wenn die Leiche der Königinmutter nach Saint-Denis gebracht werden sollte, sie eigenhändig dafür sorgen würden, dass diese in einer Abdeckerei oder im Fluss landen würde.

Deshalb wurde die Königinmutter in der Kirche Saint-Sauveur in Blois bestattet. Und nur wenige Menschen erwiesen dieser großartigen Frau die letzte Ehre. Außer Cavriana und mir vergoss niemand auch nur eine Träne für sie.

Wie die Königinmutter prophezeit hatte, lösten sich die Probleme mit der Ermordung der beiden Guisen nicht. Der Bruder der Getöteten, Herzog Karl von Mayenne, und der Rat der Sechzehn ließen, unterstützt von den Theologen der Universität Sorbonne, im Gegenteil verkünden, dass sie alle Untertanen von ihrem dem König geleisteten Treueid entbinden würden. Heinrich III. war somit für abgesetzt erklärt worden.

Der König tat sich jedoch nun endlich mit seinem Schwager Heinrich von Navarra zusammen, mit dem er noch im Sommer dieses Jahres gegen das aufständische Paris marschierte, um in unserer

Hauptstadt wieder für Ordnung zu sorgen. Hier wurde er in seinem Hauptquartier in Saint-Cloud am 1. August 1589 von einem fanatischen Dominikanermönch mit einem Messer lebensgefährlich verletzt. An der tiefen Wunde im Unterleib starb Heinrich III. einen Tag später. Zuvor hatte er aber noch Heinrich von Navarra zu seinem Nachfolger im französischen Königreich bestimmt.

Noch mussten wir Jahre des Grauens über uns ergehen lassen, denn die Kriege, die Seuchen und die Hungersnöte ließen nicht nach. Die Spanier mischten mittlerweile ganz offen mit. In Paris errichteten sie sogar eine Garnison. Aber sie verloren allmählich an Macht, als Heinrich von Navarra im Jahr 1593 wieder zum katholischen Glauben konvertierte. Anfang 1594 ließ sich Heinrich in Anwesenheit von Papa und mir in Chartres außerdem zum König weihen. Danach öffneten sich für ihn schließlich auch die Tore von Paris.

In diesem Jahr 1598 nun, liebe Antoinette, hört mit der Bekanntgabe des Ediktes von Nantes der rund 30 Jahre währende Bürgerkrieg endlich auf. Im ganzen Land wird mit diesem Erlass die Gewissensfreiheit garantiert. Kultfreiheit herrscht überall dort, wo protestantische Gottesdienste zwischen 1596 und August 1597 ausgeübt worden waren sowie in je einem Amtsort und auf den Schlössern des Adels. In Paris jedoch darf in einem Umkreis von fünf Meilen kein protestantischer Gottesdienst stattfinden. Allen Hugenotten stehen uneingeschränkte Rechtsfähigkeit und ungehinderter Zugang zu allen Ämtern zu. Außerdem werden an einigen Parlamenten gemischt-konfessionelle Untersuchungskammern eingerichtet.

Ich glaube, Heinrich Stinkefuß hatte als Einziger außer mir die Versuche der Königinmutter, Frieden zwischen den Konfessionen zu schaffen, zu schätzen gewusst. Deshalb hat er wohl das Edikt von Nantes, das den Hugenotten die bürgerliche Gleichberechtigung erteilt und die französischen Religionskriege beendet, an Katharina de' Medicis Geburtstag, am 13. April, verkündet. Möge er ihr nun auch ihren letzten Wunsch, bei ihrem Mann und ihren Söhnen in Saint-Denis liegen zu können, erfüllen.

Antoinette, lass uns nun gemeinsam positiv in die Zukunft schauen, mögen Kriege der Vergangenheit angehören, wir dagegen wollen jetzt nur noch die Sonnenseite des Lebens genießen, nachdem wir die Schattenseite zur Genüge spüren durften.

Alles Liebe, Deine Mama

Zusätzliche Informationen:

Weitere Informationen über die historischen Gestalten, die in diesem historischen Roman auftreten, wie z. B. Bildnisse und Biografien, finden Sie, liebe Leser und Leserinnen, auf meiner Webseite **www.kleio.org** in der Rubrik „*Bücher*" unter: Die Aufzeichnungen der Marquise de Rohan-Preuilly – Hofdame der französischen Königin Katharina de' Medici. Historischer Roman.

Weitere Bücher der Autorin

Martin Luther – In Wort und Bild
erschienen im Februar 2003, 79 Seiten, 24 Bilder
ISBN 3-8330-0039-2

Wer ist Mona Lisa? – Auf der Suche nach ihrer Identität
erschienen im September 2003, 232 Seiten, 147 Bilder
ISBN 3-8330-0647-1

Anna von Sachsen – Gattin von Wilhelm von Oranien
erschienen im März 2010, 3. Auflage, 144 Seiten, 62 Bilder
ISBN 978-3-8330-0322-6
auch als E-Book seit Juni 2014 erhältlich

Lucrezia Borgia – Das Leben einer Papsttochter in der Renaissance
erschienen im August 2010, 4. Auflage, 156 Seiten, 76 Bilder
ISBN 978-3-8334-6568-0
auch als E-Book seit Juli 2014 erhältlich

Der Alltag im Mittelalter
erschienen im April 2006, 352 Seiten, 156 Bilder
ISBN 3-8334-4354-5

Zeitreise 1 – Besuch einer spätmittelalterlichen Stadt
erschienen im März 2005, 288 Seiten, 90 Bilder
ISBN 3-8334-2419-2
als E-Book seit Juni 2014 bei Amazon erhältlich

Agrippina die Jüngere – Die große römische Politikerin und ihre Zeit
erschienen im August 2006, 260 Seiten, 59 Bilder
ISBN 3-8334-5214-5

auch als E-Book seit Juni 2014 bei Amazon erhältlich

Margarete von Österreich – Die burgundische Habsburgerin und ihre Zeit
2. überarbeitete und erweiterte Auflage 2010, 480 Seiten, 218 Bilder
ISBN 978-3-8334-0378-1
seit August 2014 bei Amazon als E-Book erhältlich

Frauen in der Renaissance – 30 Einzelschicksale
erschienen im Februar 2007, 428 Seiten, 289 Bilder
ISBN 978-3-8334-6567-3
seit November 2014 bei Amazon als E-Book erhältlich

Die Sforza I: Bianca Maria Visconti – Die Stammmutter der Sforza
erschienen im April 2008, 3. Auflage, 240 Seiten, 186 Bilder
ISBN 978-3-8334-3558-4

Die Sforza II: Caterina Sforza – Tochter einer Krieger-Dynastie
erschienen im April 2008, 344 Seiten, 148 Bilder
ISBN 978-3-8370-2395-4

Die Sforza III: Isabella von Aragon und ihr Hofmaler Leonardo da Vinci
erschienen im Mai 2010, 488 Seiten, 332 Bilder
ISBN 978-3-8391-7110-3

Die Frauen des Hauses Tudor – Das Schicksal der weiblichen Mitglieder einer englischen Königsdynastie
erschienen im Mai 2015, ca. 1000 Seiten mit Stammtafeln, 292 Bilder
nur bei Amazon als E-Book erhältlich

Printed in Poland
by Amazon Fulfillment
Poland Sp. z o.o., Wrocław

57345113R00186